쉿

인연일까요

지은이 | 양희윤
펴낸이 | 권순남
펴낸곳 | (주)마야 · 마루출판사

1판1쇄 인쇄일 | 2017년 10월 19일
1판1쇄 발행일 | 2017년 10월 23일

등록일자 | 2008년 1월 7일
등록번호 | 제310-2008-00001호

주소 | 서울시 노원구 상계 1동 1049-25 신영산업 BD 602호
대표전화 | 02-2091-0291
팩스 | 02-2091-0290
이메일 | marubooks@hanmail.net

978-89-280-8583-5(03810)

값 9,000원

• 저자와 협의하여 인지를 붙이지 않습니다.
• 잘못된 책은 교환하여 드립니다.

「이 도서의 국립중앙도서관 출판시도서목록(CIP)은 서지정보유통지원시스템 홈페이지(http://seoji.nl.go.kr)와
국가자료공동목록시스템(http://www.nl.go.kr/kolisnet)에서 이용하실 수 있습니다.」
(CIP제어번호:CIP2017026531)

쉿! 인연일까요?

양희윤 지음

11장. 여름이 와도 …251

12장. 달콤한 계절 …277

13장. 핑크 플라밍고의 등장 …299

14장. 그 남자의 로망 …323

15장. 오해인데요 …349

16장. 나를 행복하게 합니다 …371

17장. 인연이에요 …397

에필로그 1 …425

에필로그 2 …431

에필로그 3 …435

작가 후기 …439

쉿! 인연일까요?

프롤로그

이안은 자신의 눈을 의심했다.

2016년의 마지막 날, 그러니까 2017년을 하루 앞둔 나름 의미 있는 그날에 봉사 활동을, 그러니까 회사 봉사팀에서 설마 누가 하겠어, 라고 생각하고 올렸을 그 봉사 활동을 누군가가 나오리라곤 전혀 예상하지 못한 터였다.

그것도 봉사하고는 거리가 멀어 보이는 저 남자가.

참 할 일도 더럽게 없나 보다, 생각을 하면서도 그럼 또 이러고 있는 자신은 뭔가, 라는 생각이 스치자 더는 속으로 욕을 할 수도 없는 입장이 되어 버렸다.

2016년을 맞이하던 날 진심 어린 얼굴로 자신에게 고백을 했던 전 남자 친구는 한 달 전, 그러니까 11월 말에 뜬금없이 이별을 고했다. 돌이켜 보면 뜬금없던 상황도 아니었다. 갈수록 그의 연락이 뜸해졌고, '우리'의 일보다는 '그'의 일이 우선이 되는 경우가 잦아졌다. 전화를 받는 것, 즉 무슨 일이 있어도 연락이 되어야 한다는 그들의 규칙은 남자로 인해 의미 없이 깨진 지 오래였고 그녀가 아프고 슬퍼도 그는 더는 걱정스런 눈빛을 하지 않았다. 서늘하도록 날카로웠던 지독한 무관심과 무심함, 이보다 더 확실한 게 어디 있을까?

둔한 걸까, 무지했던 걸까?

인정하려 하지 않았던 자신의 업보다. 함께였다 홀로 남겨지는 것, 혹은 버려지는 일.

하루 이틀 시간이 흐르며 괜찮아졌다고 생각했는데 크리스마스를 홀로 보내며 무너지고 말았다. 연말까지도 혼자 보내다 보면 딱 미치겠구나 싶은 생각이 들어 인터넷을 무작정 뒤지다가 회사 홈페이지에 올라온 봉사 활동 일정을 발견한 것이다.

이안이 신청을 할 때까지만 해도 신청자는 그녀 딱 한 사람뿐이었다. 어찌 보면 당연했다. 가족은 가족들끼리 시간을 보낼 테고 커플은 하루 있는 그 마지막 날을 의미 있게 보낼 것이다. 그리고 솔로들은 그들만의 파티를 열거나 자축을 하거나 잠을 자겠지. 난 혼자니 봉사 활동을 가서 좋은 일을 마구 해야겠다, 라고 생각할 성인군자는 그녀가 생각해도 많지 않을 것 같았다. 혼자인 그녀야 살기 위해 온 것이지만.

회사 봉사팀의 의도가 무엇이었는지는 아직까지도 의문이지만 그녀를 위한 하늘의 작은 구원인지, 아니면 단 한 명의 손이라도 간절히 필요했던 시설의 절박함이었는지 뭐가 됐든 그녀로서는 참 다행스런 일이었다.

저 남자와 마주친 게 다행인지는 모르겠지만.

서재운.

총무팀의 팀장이었다.

이안은 잠시 눈을 내리깐 채 그간 그와 마주쳤던 상황들을 떠올렸다.

'서 팀장님! 안녕하세요.'
'네.'

'안녕하세요, 서 팀장님. 오늘 날씨 정말 좋네요.'
'예.'

'안녕하세요, 서 팀장님.'
'네.'

'서 팀…….'
'…….'

정말 친해지기 어려운 족속이었다. 그녀라고 마주칠 때마다 반갑게 인사를 하고 싶었겠냐마는 2016년 새해에 별 다섯 개를 그리며 세운 첫 번째 목표였다.

주위 사람들한테 반갑게 인사하기! ★★★★★

다른 사원들에게는 마주칠 때마다 늘 인사를 했던 그녀인지라 서 팀장한테만 인사를 안 할 수도 없어 마주칠 때마다 난감했던 건 이안도 마찬가지였다. 난감한 가운데 왜 그렇게나 자주 마주쳤던 건지 정말이지 미칠 노릇이었다.

그런데 그런 사람을 전혀 예상하지 못한 날, 예상하지 못했던 곳에서 마주치다니. 아무리 주위를 둘러봐도 지금 이곳에 동료는 서 팀장 한 사람뿐인 것 같았다.

안 그래도 심란한 연말 난처한 만남까지 이어지니 울컥 짜증이 났지만 곧 생각이 바뀌었다. 그도 어떤 이유가 있었겠지. 어쩌면 점차 무너지고 있는 자신처럼 기댈 한구석이 필요했던 건지도 모른다.

잠시 주춤하긴 했지만 늘 먼저 인사를 건넨 건 그녀 쪽이었다. 이번 한 번 더 한다고 해서 닳는 건 아닐 테니까.

"서 팀……."

재운에게 다가가려던 이안이 멈칫하며 멈춰 섰다. 더듬더듬 말하는 아이를 보며 환하게 웃는 재운의 미소에 잠깐이나마 넋을 잃었다. 저렇게 웃을 수 있는 사람이었던가? 회사에선 단 한 번도 본 적 없는 표정이었다.

본디 성격이 차가운 건지 무뚝뚝한 건지, 그도 아니면 유독 수줍음이 많은 건지 같은 층에 있는 부서의 사람인데도 제대로 대화 한 번 나눠 볼 수가 없었다. 그런데 분명 그녀보다도 덜 마주쳤을, 어쩌면 오늘 처음 봤을 저 아이에게는 저렇게나 다정하고 환하게 웃어 보이다니.

어쩐지 마음에 휑하니 바람이 부는 듯 느껴져 이안은 씁쓸하게 입맛을 다셨다. 혹시 자신을 싫어했던 건가? 터져 나오려는 한숨을 애써 삼켰지만 눈동자는 차마 감정을 속이지 못하고 무겁게 가라앉았다. 자신도 모르는 사이에 여기저기 미움받고 다녔던 건가?

제자리에 선 채 고민하던 그녀는 작게 숨을 터트린 후 재운에게 향했다. 혼자 땅굴만 파고 있다고 해서 해결되는 건 아무것도 없었다. 자신을 싫어하는 건지 다른 이유가 있었던 건지는 대화를 해 보면 알 일이다. 이유야 어떻든 그게 자신의 잘못은 아니었으니까.

"서 팀장님."

아이와 눈높이를 맞추기 위해 쪼그려 앉아 있던 재운은 자신을 부르는 소리에 고개를 들다 이안을 발견하곤 다소 당황한 얼굴을 했다. 이안은 예상했다는 듯 어색하게 입꼬리를 끌어 올렸다.

"안녕하세요. 여기서 보니 반갑네요. 팀장님은 어떠실지 모르겠지만."

그가 듣지 못하도록 뒷말은 살짝 목소리를 낮추었다. 마음을 먹은 와중에도 심술이 돋아난 모양이었다. 저런 소리까지 튀어나온 걸 보면.

이안과 눈을 마주치던 재운은 똘망똘망한 눈동자로 자신을 올려다보는 아이에게 다시 시선을 주곤 등을 한 번 토닥여 준 뒤 자리에서 일어섰다.

이안은 자신과 마주 선 재운을 차분하게 바라보았다. 당황한 듯 혹은 의아한 듯 바라보는 재운의 눈빛에 이안은 마지막으로 한 번 더 오지랖을 부렸다.

"괜찮으시면 커피 한잔하실래요? 날도 꽤 춥고 여기서 뵈니 반갑기도 하고, 제가 살게요."

그저 빤히 바라보는 재운의 태도에 이안은 속으로 한숨을 열 번은 내쉬었다. 그럼 그렇지. 포기한 채 묵례를 하고 지나갈 찰나에 낮은 음성이 귓가를 스쳤.

"그래요."

저 남자의 목소리인가?

이안은 뚱한 얼굴로 허공을 바라보았다. 하도 목소리를 못 들어서 저 남자의 목소리인지 다른 곳에서 들려온 소리인지 헷갈릴 법도 하다고 생각됐다. 목소리도 좋구만 왜 묵묵부답이었대. 괜히 심술이 돋았지만 이번만큼은 저 남자도 응하지 않았나. 성질을 내서 전혀 이로울 게 없었다.

이안은 대외용 미소를 재빨리 띤 채로 재운을 돌아보았다. 그의 눈빛엔 여전히 의아함이 남아 있었다.

날이 추워서 그런지 아니면 나름 또 의미가 있는 날이어서 그런지 평소와 다름없어야 할 커피가 유독 맛있게 느껴졌다.

"전 저 혼자만 올 줄 알았어요. 동료들은 아무도 안 마주칠 줄 알았는데."

이안이 조잘거리는 걸 가만히 듣고 있던 재운이 작게 고개를 끄덕였다. 이안은 재운을 흘끔 살폈다. 반응이 고작 저건가? 목소리 한 번 참 듣기 힘든 사람이다. 대답 듣는 걸 포기하려는 순간 낮고도 차분한 음성이 조금 전보다는 길게 들려왔다.

"근데 왜 여길 왔어요?"

"네?"

이안은 그에게 되물었다. 왜 오다니 봉사하러 왔지. 그러는 당신은 여기 왜 왔소?

"약속 없었어요? 연말인데."

굉장히 차분한 어조에 뚱한 마음이 저절로 사라졌다. 이안은 어색하게 미소를 지으며 재운에게 되물었다.

"팀장님은요?"

그제야 당황스러웠을 질문이라는 걸 깨달은 재운이 피식 웃음을 터뜨렸다. 그러곤 차분하게 대꾸했다.

"보통은 연인하고 같이 보내니까."

이어진 재운의 목소리에 이안은 눈을 동그랗게 떴다.

"저 남자 친구 있는 거 아셨어요?"

잠시 말이 없던 그가 선선히 대답했다.

"회사 앞에서 몇 번 봤었어요. 같이 있는 거."

"아, 그러셨구나."

이안은 머리를 긁적이다 사실대로 털어놓았다. 굳이 숨기고 싶지도 않았고 그럴 필요도 없었다.

"헤어졌어요. 한 달 전에."

씁쓸하게 웃은 이안은 그가 말이 없자 민망한 얼굴로 돌아보았다. 괜히 꺼냈나, 이런 말? 무시하는 줄 알았건만 너무도 빤히 바라보고 있는 그의 시선에 이안은 당황했다. 잠시 동안 그러나 그녀에겐 제법 길게 느껴지는 시간 동안 시선을 주던 그가 서서히 눈길을 거두었다.

"괜한 걸 물은 모양이네요. 미안해요."

별안간 스치는 복잡 미묘한 감정에 이안은 고개를 숙여 빈 종이컵을 내려다보았다. 한 달, 그동안 얼마나 많고 다양한 위로를 받았던가? 어떤 위로에도 감흥이 없던 그녀였다.

하지만 덤덤하고 차분한 말투에 이상하게도 울컥하며 눈물이 쏟아질 뻔했다. 생각지도 못한 위로라 그런 건지 감정이 더 크게 다가왔다.

"지난 일인데요, 뭐."

미처 헤아릴 수 없는 사려 깊은 그의 눈빛이 조금 전 아이를 토닥였던 그 손길처럼 다정하게 자신을 위로해 주는 듯 느껴졌다. 그 순간 어쩌면 저 남자가 무척이나 다정한 사람일지도 모른다는 생각이 들었다.

그로부터 며칠 후, 이안은 바느질을 배우기 위해 회사와 가까운 한 매장을 들렀다. 어느 재단에서 운영하는 봉제인형을 만들어 도움이 필요한 다른 나라에 보내면 회사에서 연마다 채워야 하는 28시간의 봉사 활동 시간 중 4시간이 인정되기 때문이었다.

연말에 고아원을 방문했던 계기로 시설에 쭉 봉사 활동을 가고 싶은 마음이 굴뚝같았으나 아쉽게도 시간이 허락되지 않았다. 그리하여 봉사 활동을 대체할 몇 개의 프로그램 중 봉제인형 만들기를 선택한 것이었다.

어느 매장의 사장님이 바느질을 그렇게나 잘 가르쳐 준다는 소문이 회사 안에 파다하게 돌고 있어 이안도 그곳에 들르게 되었다. 바느질의 신이라나 뭐라나.

이안은 설레는 마음으로 목화 리스가 앙증맞게 걸린 문을 열고 들어섰다. 하지만 얼마 못 가 주춤거렸다.

"……"

사장의 설명을 열심히 들으며 바늘을 꼭 쥔 채로 고개를 돌리는 누군가의 얼굴이 몹시도 익숙했다.

'저 남자가 왜 또 여기에…….'

참 짓궂은 타이밍이다.

다시 돌아서 나갈 수도 없는 노릇이기에 이안은 애매하게 입꼬리를 올렸다. 역시 당황한 얼굴로 바라보던 재운이 짧게 눈인사를 건넸다.

"같은 프로그램이네요. 그럼 두 분 수업 같이 진행해도 될까요?"

입은 웃고 있지만 날카롭게 빛나는 사장의 눈빛에 차마 싫다는 말은 할 수가 없었다. 재차 묻는 물음에 두 사람은 순순히 고개를 끄덕였다.

"그럼 우선 쉬운 부분부터 시작할게요."

소문이 진짜였는지 사장은 초보자도 쉽게 알아들을 수 있도록 제법 능수능란하게 설명을 이어 갔다. 하지만 어디에나 수업을 못 따라오는 학생이 있는 법. 이안은 점차 꼬여 가는 자신의 손과 바늘, 그리고 실을 망연하게 내려다보았다. 그러다 너무도 잠잠한 재운을 돌아보곤 벌어지는 입을 차마 다물지 못했다.

'무슨 남자가…….'

바느질을 저렇게 잘해?

바느질에 열중하고 있는 재운의 눈동자가 반짝반짝 빛나고 있는 것만 같았다.

이안은 자신의 인형을 말없이 내려다보곤 다시 재운의 것을 눈에 담았다.

'하나만 부탁해 볼까?'

조용히 입맛을 다시는 이안의 표정이 무척이나 아쉬워 보였다.

"오늘은 시간 관계상 여기까지만 하도록 해요. 너무 진도를 많이 나가 버리면 두 분도 힘드실 테니까요. 그럼 다음 레슨은 언제 진행할까요?"

쉽사리 답을 못 하던 두 사람은 각자 가능한 날을 말했다.

"목······."

"목······."

움찔거리는 두 사람을 보며 사장은 회심의 미소를 지었고 또한 그 기회를 놓치지 않았다.

"그럼 목요일에 뵙도록 해요. 보통 퇴근 시간이 이쯤이던데, 오늘 오신 시간에 오실 거죠?"

잠자코 서 있던 이안은 자포자기의 심정으로 고개를 끄덕였다. 그건 재운도 마찬가지였다.

작년 연말에 스치듯 부딪쳤던 인연이 한 해가 바뀐 지금까지도 이어져 오는 걸 보면 인연은 인연인 모양이다. 조금은 묘한 인연. 이번 연도엔 좀 친해져 보라는 신의 뜻인가?

가게를 나선 후 작게 한숨을 쉬는 이안 앞에 누군가가 우뚝 멈춰 섰다. 이안은 뚱한 얼굴로 고개를 들었다. 재운이었다. 한참이나 고개를 들어 그를 올려다보던 이안이 멀뚱하게 눈을 깜박거렸다. 이 사람 키가 이렇게나 컸던가? 전에 만났던 그 빌어먹을 놈보다도 큰 것 같으니 족히 185센티는 되는 것 같았다.

그저 조용히 눈을 맞추던 재운이 이안을 향해 손을 뻗었다. 자동적으로 고개를 숙이는 이안의 눈에 그의 손이 들어왔다. 뼈대가 굵은 커다란 손이 앞에 놓이자 어쩐지 묘한 안정감이 돋아났다. 어째서인지는 모르겠지만 언젠가 생각했던 것처럼 저 손 역시도 다정할 것 같다는 생각이 들었다.

"잘 부탁해요, 바느질 동기."

시야에 들어온 커다란 손이 흐릿해져 갈 때쯤 귓가에 들린 목소리였다. 여러모로 당황스러운 까닭에 그가 처음으로 먼저 말을 건넸다는 사실조차 인지하지 못했다.

슬그머니 손을 뻗은 이안은 커다란 손을 맞잡은 채 씩씩하게 흔들어 보였다.

"잘 부탁드립니다, 동기님."

차분한 목소리가 왜 그리도 다정하게 느껴졌는지 모를 일이다. 그의 입가에 희미하게 번진 것 같았던 그 미소가 이따금씩 기억나 지금 이 순간을 두고두고 돌아보게 만들었다.

1장. 이 남자 도대체 뭐야

쉿! 인연일까요?

 재운을 흘끗 바라보던 이안은 제 손에 들려 있는 볼품없는 인형을 내려다보았다. 이건 해도 해도 너무한다. 어떻게 저런 곰 같은 손으로 앙증맞은 인형을 척척 만들어 낼 수 있는 거지? 할 수만 있다면 레슨 시간엔 재운의 손과 자신의 손을 바꾸고 싶은 심정이었다.
 '될 리가 있나.'
 이안은 속으로 한숨을 내쉬었다.
 그와 함께하는 세 번째 레슨이었다.
 나날이 실력이 느는 재운과 점차 자괴감에 빠져드는 이안 사이엔 동지애 비슷한 감정이 생겨났다. 근래에 이안이 느낀 건 재운은 전에 생각했던 이미지처럼 마냥 차갑지도 무뚝뚝

하지도 그렇다고 수줍음이 많은 성격도 아니라는 것이었다.

대화하기 어려웠던 지난날들과는 달리 그는 먼저 인사를 걸어오기도 했고 수더분하게 대화를 이끌어 가기도 했다.

바늘을 든 채 한참 헤매고 있는 이안의 귀에 사장인 민아의 들뜬 목소리가 들려왔다.

"오늘은 진도도 많이 나갔으니까 회식할까요?"

"회식이요?"

"저녁 같이 먹어요. 출출할 시간이잖아요."

불편한 감이 없지 않아 있었지만 딱히 거절할 이유는 없었기에 이안과 재운은 고개를 끄덕였다.

"네, 여보세요. 어머! 인혜 씨! 정말? 그래, 알았어."

저녁 식사를 하기 위해 이동하던 중 전화를 받은 민아는 꽤나 심각한 얼굴로 고개를 끄덕이다 휘적휘적 걸음을 옮기는 재운과 이안을 고민하는 눈빛으로 바라보았다.

이걸 어쩐담?

"재운 씨, 이안 씨."

자신들을 부르는 소리에 재운과 이안은 걸음을 멈춰 민아를 돌아보았다. 민망한 얼굴로 서 있는 그녀의 모습에 이안은 의아한 눈빛을 했다.

"왜요, 선생님?"

"어쩌죠? 급한 일이 생겨서 가 봐야 될 것 같은데. 미안해서 어떡해요. 내가 저녁 먹자고 해 놓고. 사실 이게 예전부터 기다리던 일이라. 미안해요. 다음에 꼭 같이 해요. 저녁 맛있게 먹어요."

정말 기다리고 있던 일인 건지 민아는 한껏 미안한 얼굴로 사과를 하곤 왔던 길을 허둥지둥 되돌아갔다.

"네, 조심히……."

이안은 당황스런 얼굴로 서 있다 머리를 긁적였다.

'뭐, 하는 수 없지.'

오히려 잘됐다 싶어 재운에게 꾸벅 인사를 하려는데 언제 저만큼이나 간 건지 이미 돌아선 그의 목소리가 들려왔다.

"그럼 가죠. 거의 다 왔네요."

이안은 그의 어깨 너머로 보이는 가게를 시큰둥하게 건너다보았다. 단둘이 먹을 생각인가? 별로 달갑지 않았기에 우물쭈물거렸지만 말도 없이 집으로 향할 수는 없어 그녀는 어쩔 수 없이 재운의 뒤를 쫄래쫄래 따랐다.

'그래, 어차피 저녁도 먹어야 되고.'

작년보다는 친해졌으니까.

바느질 동기에서 하루쯤 저녁 동기가 되는 것도 나쁘진 않을 것 같았다.

민아가 추천한 파스타 가게는 소담한 인테리어와는 다르게 가격이 제법 비쌌다. 하지만 맛은 일품인지라 이안은 불만 없이 접시를 싹 비웠다.

그러나 미리 계산을 한 재운 때문에 가게를 나설 땐 곤란한 얼굴을 했다. 회사 상사이긴 하지만 같은 팀 소속이 아니었다. 같이 식사를 할 자리가 많지도 않았던 데다 뜬금없이 밥을 얻어먹게 된 입장이니 마음이 여간 불편한 게 아니었다.

"다음엔 제가 저녁 사 드릴게요."

몇 번 고민하다 내뱉은 말에 재운은 옅게 미소를 머금었다. 살짝 부는 바람에 휘날리는 새까만 머리카락과 지금 입고 있는 블랙 코트, 그리고 옅은 미소가 제법 잘 어우러져 이안은 멍하게 눈길을 주었다. 가끔씩 보여 주는 낯선 표정이 이상하리만큼 시선을 사로잡았다. 참 신기한 사람이다. 여전히 알 수 없을 때도 있고.

한참을 응시하던 이안은 문득 정신을 차리곤 고개를 절레절레 저었다. 그 순간 재운이 고개를 돌려 그녀를 바라보았다. 의문이 담긴 그의 눈빛에 이안은 마침 시선에 들어오는 카페 하나를 급하게 가리켜 보였다.

"커, 커피 드실래요?"

재운은 흔쾌히 고개를 끄덕였다.

마침 눈앞에 보이겠다, 가까운 거리에 있는 카페에 들어가려 했으나 안타깝게도 마감이 얼마 남지 않았다는 점원의 말에 두 사람은 카페에서 도로 나와야 했다. 잠시 망설이던 이안은 즐겨 가는 카페가 있다며 그에게 다른 카페를 추천했다. 재운은 군말 없이 이안을 따라나섰고, 잠시 후 두 사람은 제법 분위기 있는 카페에 도착했다.

이안은 늘 그랬듯이 아메리카노를 주문했다. 재운도 별 고민 없이 같은 커피를 말했다. 이안이 단골인 카페는 저렴한 아메리카노와는 달리 다른 커피들의 가격이 꽤 비쌌다. 벽에 걸린 메뉴판에 눈길을 주며 무언가를 생각하는 것 같던 이안은 재운을 돌아보며 조심스레 말했다.

"여기 다른 커피도 맛있어요."

다른 커피를 골라도 된다는 의미였다. 하지만 재운은 괜찮다는 말만 짧게 남기며 커피를 기다렸다. 어쩐지 이안은 고민이 되는 얼굴로 메뉴판을 뚫어질 듯 바라보았다. 하필이면 예전 이 카페에 들렀을 때 전 남친에게 들었던 말이 떠올랐기 때문이었다.

'네가 사면서 제일 싼 커피를 먹으면 상대가 더 비싼 커피를 시킬 수가 없잖아. 여기 아메리카노랑 라떼랑 가격 차이가 엄청 나는데.'

그땐 그럴 수도 있겠다 생각을 했지만 지금 생각해 보면 궤변이고 우스웠다. 내가 내 돈 내면서 상대를 배려하기 위해 정작 그 순간 마시고 싶은 걸 못 마시다니. 참 인생 피곤하게 산다 싶다. 소심한 건지 독선적인 건지. 별 시답잖은 이유로 남의 인생에서까지 선택을 강요하다니. 돌이켜 보니 참 형편없는 남자였다.

아름답지도 못한 기억 때문에 재운에게도 은근히 강요를 했던 건 아닌가 싶어 괜스레 미안한 마음이 들었다. 하지만 그러면서도 재운도 그놈과 같은 생각을 한 건 아닐까 하는 마음에 조용히 의심의 눈초리를 보냈다.

얼마 후 커피가 나왔고, 두 사람은 창가 자리에 앉아 각자 제 몫으로 나온 커피를 홀짝였다. 하지만 무언가 부족한 듯 이안은 심심한 표정을 지었다.

그러던 도중 아메리카노를 맛있게 홀짝이는 재운을 발견하곤 뚱하게 눈길을 주었다. 손이 워낙 커서 그런지 그녀에겐 크게만 느껴졌던 머그잔이 작아 보였다.

'귀엽네.'

옅게 미소를 띠던 이안이 퍼뜩 정신을 차렸다. 귀여워? 표정을 숨기기 위해 이안은 머그잔을 들어 얼굴을 가렸다. 커피에 정신을 뺏긴 건지 아니면 관심이 없는 건지 다행히 그는 모르는 눈치였다. 이안은 속으로 안도의 숨을 내쉬었다.

여전히 2프로가 부족한 듯한 커피를 머금으며 이안은 작게 웃음을 흘렸다. 우려와는 달리 그가 커피를 맛있게 마시는 걸 보니 마음이 편안해진 탓이었다. 조금 친해지긴 했지만 여전히 불편한 사람이었던 모양이다. 별것도 아닌 게 마음에 걸린 걸 보면.

커피를 마시는 것에 열중한 건지 아니면 멍하게 생각에 잠긴 건지 한참 말이 없던 재운이 시선을 들어 입을 열 찰나였다. 잠시 자리를 비웠던 사장이 카페로 돌아오며 얼굴이 익은 단골손님을 발견하곤 반갑게 눈인사를 했다. 이안은 작게 미소를 띠며 사장의 인사에 화답했다.

잠시 후 사장은 기다란 통 하나를 든 채 테이블 앞으로 다가왔다.

"제가 급한 일이 있어서 잠깐 자리를 비웠어요. 지금이라도 드릴까요?"

"네."

이안은 화색을 띠며 커피 잔을 사장 앞으로 내밀었고 사장은 이안의 커피 위에 자연스레 생크림을 얹어 주었다. 이 카페에 처음 왔을 때 이안은 아메리카노 위에 시럽이 섞이지 않은 생크림을 추가했었다. 집에선 곧잘 마시는 커피 머신의 아메리카노에 시중에서 흔히들 파는 그리 달지 않은 생크림을 얹어 마셨기 때문에 훨씬 향이 좋고 풍미가 깊은 이 카페의 아메리카노에도 생크림을 추가해 보고 싶었다. 하지만 안타깝게도 카페의 생크림엔 늘 시럽이 섞여 있어 죄송하지만 어렵다는 답변이 되돌아오곤 했었다.

본디 포기가 빨랐던 그녀인지라 이 카페에서도 두세 번 만에 생크림 얹기를 포기했다. 하지만 카페의 분위기가 좋았고 무엇보다도 커피 맛과 향이 좋았있기에 그녀는 이 카페의 단골이 되었다.

그 마음이 갸륵했던 건지 아니면 단골을 놓치고 싶지 않은 사장의 변심이었는지 언젠가부터 사장은 이안의 아메리카노에 시럽이 섞이지 않은 생크림을 얹어 주곤 했다. 환상적인 커피의 맛에 이안은 감동했고, 이 카페에 오지 않을 이유가 없었다.

생크림이 얹어지는 과정을 보는 이안의 눈동자가 반짝반짝 빛났다. 하지만 이내 그녀의 표정에 의문이 담겼다. 이안이 완성된 아메리카노의 머그잔을 끌어오자, 재운이 사장 앞으로 본인의 머그잔을 내밀었기 때문이었다.

그러자 사장은 자연스럽게 재운의 아메리카노에도 생크림을 얹어 주었다.

"그럼 맛있게 드세요."

흐뭇하게 미소를 띠던 사장은 생크림 통을 소중하게 품에 안곤 다시 작업대로 돌아갔다. 이안은 의아한 눈빛으로 재운을 바라보았지만 그는 머그잔을 입에 가져다 대며 그저 어깨를 으쓱거릴 뿐이었다. 이안은 의문이 풀리지 않는 표정으로 생각에 잠겼다.

'서 팀장도 여기 단골인가?'

아무리 단골이라도… 그저 커피 취향이 같은 건가?

이안은 조금은 떨떠름한 얼굴로 커피를 홀짝였다.

"여기 자주 오시나 봐요."

"커피가 맛있잖아요. 분위기도 좋고."

알고 그러는지 모르고 그러는지 아니면 일부러 그러는 건지 재운은 그보다 더 분위기 있는 미소를 지으며 마치 광고에 나오는 배우처럼 커피를 한 모금 머금었다. 멀뚱하게 눈길을 주던 이안은 그럴 수도 있겠다는 듯 고개를 끄덕였다. 그래, 숨어 있는 카페도 아니고 이 카페를 자신만 안다는 것도 이상했다.

"이제 카페 동기도 되는 건가?"

흔치 않은 그의 농담 섞인 물음에 이안은 긴장이 풀어진 듯 옅게 미소를 지었다.

재운과 헤어진 후 이안은 곧장 집으로 돌아왔다. 비밀번호를 누르고 현관문을 여니 현관 앞에 얌전히 앉아 기다리고 있는 미오가 제일 먼저 눈에 띄었다. 한창 자다가 인기척을 듣고 현관으로 친히 마중을 나온 건지 미오의 털 군데군데가 눌려 있었다.

미오는 현재 1년 된 이안의 반려묘였다. 노르웨이숲 품종의 하얀 털과 연한 회색 털이 섞인 고양이로 사람을 워낙 잘 따라 산책이 가능하다는 종의 특성과는 좀 거리가 멀게 우아하고 도도한 성격을 지닌 고양이였다.

"미오, 잘 있었어?"

이안이 인사를 건네자 알아들은 듯 지그시 눈길을 주던 미오는 잠이 덜 깬 듯 조금 전 기대고 있었던 쿠션 쪽으로 느릿하게 이동했다. 쿠션 위에 자리를 잡고 기댄 미오가 분주하게 움직이는 이안을 물끄러미 지켜보다 다시금 우아하게 몸을 일으켰다.

 늦은 퇴근과 다소 추웠던 퇴근길에 지친 기색이 역력했던 이안은 어슬렁어슬렁 다가온 미오가 애교 섞인 눈과 입을 한 채 다리 사이를 비비고 지나가자, 피식 웃음을 터뜨렸다. 까칠하고 도도한 고양이이긴 하지만 이안이 힘들거나 슬픈 감정이라는 건 귀신같이 알아채고 나름대로의 위로를 해 주곤 했다.

 이안은 자리에 쪼그려 앉아 미오의 머리를 쓰다듬어 줬다. 고르릉고르릉, 기분이 한껏 좋아진 듯 고양이 특유의 소리를 내던 미오가 더 쓰다듬어 달라는 듯 이안의 손 쪽으로 바싹 머리를 들이댔다.

 이안의 입꼬리가 부드럽게 호선을 그리며 올라갔다. 도도한 척 굴긴 해도 이안이 다른 곳에 집중해 있는 사이 자신의 몸보다 작은 상자에 들어가 있는다든지 비닐봉투 안으로 얼굴만 집어넣고 난동을 부리는 등 엉뚱한 행동들도 곧잘 해서 이안을 자주 웃게 만들었다. 우아한 자태와는 달리 매력이 아주 많은 고양이였다.

 하지만 이안의 전 남자 친구는 고양이를 포함해 모든 동물을 그리 좋아하지 않는 편인지라 이안의 집에 초대할 때면 미오를 친구의 집이나 고양이 호텔에 맡겨야 했다. 지금으로부터 1년 전쯤이니 미오를 데려올 즈음 전 남자 친구와 교제를 시작했었다. 신경을 써 줘야 할 시기에 미오에게 소홀했던 건 아닌지 미안한 마음이 일었다.

"다음엔 고양이 좋아하는 남자 만나야겠다, 그치?"

데이트를 할 때마다 늘 함께하지는 못하겠지만 이렇게 예쁘고 사랑스러운 미오를 같이 쓰다듬어 주고 관심 가져 주는 사람이라면 훨씬 더 행복하고 즐거울 것이다. 앞으로 만나는 사람과는 자신의 즐거움과 행복을 공유하고 싶었다.

미오는 이만하면 됐다 싶었는지 마지막으로 한 번 더 이안의 다리에 머리를 비비고는 자신의 침실로 향했다. 더 이상 나른함과 졸음을 견디기가 힘든 모양이었다.

이안은 미오가 엎드려 있던 바닥에 풀썩 누운 채 가만히 천장을 올려다보았다. 오늘 하루를 돌이켜 보던 그녀가 조용히 미소를 머금었다. 몽글몽글한 감정이 마음속에 살며시 스며드는 듯 느껴졌다.

'봄이 오고 있어서 그런가?'

?

봄이 오는 줄 알았건만 그게 아니었던 모양이다.

"으, 추워. 너무 추워."

옷깃을 여미며 회사에 발을 들인 이안은 종종걸음으로 엘리베이터로 향했다. 대체 언제까지 출근길이 추우려나? 몇 가지의 사건들이 있어서 그런지 유독 이번 겨울이 길게만 느껴졌다.

"연 대리."

이안은 자신을 부르는 소리에 고개를 돌려 뒤를 확인했다. 손이 꽁꽁 얼 정도로 추웠던지라 굳었던 인상이 쉬이 풀어지지 않았다. 하지만 자신을 부른 사람이 재운이라는 걸 알곤 저도 모르게 입꼬리를 올리며 반갑게 인사했다. 함께 바느질 수업을 들으면서 그에게 알게 모르게 쌓여 있던 서운함이라든가 악감정은 모조리 사라진 것 같았다. 이젠 으레 친숙한 감정이 먼저 들었다.

"안녕하세요, 서 팀장님."

"많이 춥죠?"

"그러네요."

재운은 일찌감치 출근을 했던 듯 이안과는 다르게 가방과 코트는 착용하지 않은 채였다. 어쩐지 회사에서 인사를 하는 게 어색하게 느껴져 짧게 인사를 하고 돌아서려는데 그가 다시금 이안을 불렀다.

"선생님이 내준 숙제는 했어요?"

'선생님? 무슨 선생님?'

의아하게 서 있던 이안은 봉제인형 사장이 미리 바느질을 해 오라고 한 부분이 있다는 걸 뒤늦게 기억해 냈다. 학생이 할 법한 말을 재운에게 듣자니 어쩐지 묘한 기분이 들었다. 조금 재밌기도 하고.

"시작하긴 했는데, 아직 완성하진 못했어요."

"나도 그래요. 제법 어렵더라고요. 힘냅시다!"

재운은 진지하게 응원을 한 뒤 저벅저벅 걸음을 옮겨 본래 가고자 했던 곳으로 이동했다. 느릿하게 눈을 깜박거리던 이안은 뒤늦게 웃음을 터뜨리곤 마침 열리는 엘리베이터에 올라탔다. 신기한 구석이 있는 사람이다. 미오와 닮았다고 해야 할까? 무심하고 차가운 듯싶으면서도 생각지도 못했던 발언과 행동으로 사람을 웃게 만든다.

'몽글몽글.'

낮은 목소리, 무심해 보이는 표정, 헌칠한 키와 커다란 손, 새까만 머리카락, 단정한 매무새. 대체 어느 부분이 몽글몽글한 거지? 그를 가만히 떠올리던 이안은 고개를 갸웃거렸다.

그로부터 며칠 뒤 이안은 상반된 두 가지의 감정을 안고 인형 매장으로 향했다. 오늘은 봉제인형 레슨 6회 차로 마지막 수업이 있는 날이었다. 어쩐 일인지 아쉬운 기분과 홀가분한 마음이 교차했다.

"자, 지금까지 너무 잘 따라오셨어요. 이번 바느질이 마지막이네요."

이안은 식은땀까지 흘리며 마지막 바느질에 집중했다. 두 사람의 완성작은 얼추 비슷한 시간에 끝이 났다. 자신의 인형을 흐뭇하게 바라보던 이안은 재운 쪽으로 스윽 고개를 돌렸다.

그의 봉제인형은 예상대로 깔끔하고 어디 하나 흠 잡을 데가 없었다. 이안은 자신이 만든 인형 쪽으로 애써 고개를 돌리지 않았다. 비교하지 않으리! 비참해지지 않으리!

"너무 고생하셨어요."

민아는 두 사람을 대견하면서도 아쉽다는 듯 바라보았다.

"선생님도 너무 고생하셨어요. 감사합니다. 그리고 이거요."

이안은 가방 안에 있던 자그마한 투명 봉지 두 개를 꺼내 민아와 재운에게 각각 내밀었다. 예쁘게 포장되어 있는 봉투에는 아기자기한 모양들의 쿠키가 들어 있었다.

"제가 답지 않게 아기자기한 걸 좋아하는 편이라서요. 미흡하지만 드셔 보세요."

눈에 띄게 기뻐하며 쿠키 봉지를 뜯던 민아가 이안의 말에 반박했다.

"어머! 이안 씨 딱 봐도 여성스럽고 되게 아기자기할 것 같은데, 왜요? 그렇죠, 재운 씨?"

"…네."

재운은 무척이나 진지하고 차분한 태도로 대꾸했다. 그에 반해 이안의 눈빛은 심드렁하게 변했다. 반 박자 늦은 저 대답은 뭐야? 진지하니까 더 기분 나빠. 약 올리나? 질투심이 불러온 심통에 이안은 입술을 삐쭉거렸다.

민아가 내어 준 따스한 허브차와 함께 이안이 준비한 쿠키를 먹으며 소소한 수다를 떨다 보니 어느새 시간이 늦어 있었다. 세 사람은 언제 만나게 될지 모르는 다음을 기약하며 인사를 나누었다.

 매장을 나와 다시 인사를 하려는 이안을 재운이 잠시 불러 세웠다.

"연 대리."

 이안은 의아한 얼굴로 재운을 마주 보았다.

"네, 팀장님."

 재운은 이안의 얼굴을 꽤 오랫동안 말없이 바라보았다. 마치 아쉽다는 듯이.

 그런 후 가방에서 주섬주섬 무언가를 꺼내 그녀의 앞으로 내밀었다. 이안의 시선이 자연스럽게 재운의 손 쪽으로 내려갔다.

"……."

 재운이 내민 건 이안의 손보다 조금 더 작은 봉제인형이었다.

'인형?'

 빤히 눈길만 주던 이안의 머릿속으로 얼핏 무언가가 스쳐 지나갔다. 설마…….

'직접 만든 건가?'

 하지만 해외로 보내면 봉사 활동 시간을 더 채울 수 있을 텐데 힘들게 만든 걸 굳이 왜……. 이안은 쓸데없는 생각과 가능성이 적은 추측을 떨쳐 버리며 담담하게 재운에게 물었다.

"저 주시는 거예요?"

재운은 살짝 입꼬리를 올리며 잠시 고개를 숙였다. 이안의 눈이 가느다랗게 변했다. 혹시 쑥스러워하는 건가?

"급하게 만드느라 엉망이긴 하지만 선물하고 싶었어요. 요 몇 주간 고생했잖아요, 우리."

인형에 닿아 있던 이안의 눈이 동그랗게 떠졌다. 그녀는 곧장 고개를 들어 재운을 마주 보았다. 살며시 웃고 있는 남자의 얼굴이 참 선했다.

'아, 이 남자. 어떡하지?'

직접 만든 거였다니.

"감사해요. 이 귀한 걸 제가 받아도 되는 건지 모르겠어요."

이안의 격한 감사에 재운은 피식 웃음을 터뜨렸다.

"부담 갖지 않아도 돼요. 정말 급하게 만들어서 여기저기 엉성하니까."

"엉성하긴요. 몇 주간 정성을 다해서 만든 제 것보다 훨씬 훌륭한데요."

불쑥 튀어나온 솔직한 고백에 두 사람은 한동안 아무 말이 없었다. 이안의 표정이 점차 어두워져 갔다. 솔직한 남자 같으니. 부정이라도 해 줄 줄 알았건만.

"근데 바느질을 왜 이렇게 잘하세요? 혹시 서 팀장님, 몇 년 전부터 얘기로만 전해 듣던 뭐든지 잘한다는 그 엄친아, 그런 건가요? 저 실제로는 엄친아 처음 봐요."

마치 연예인이라도 본 듯 들뜬 이안의 2차 고백에 재운은 또다시 웃음을 터뜨렸다.

"군대에서 시간 나면 십자수 많이 했거든요. 지갑도 만들고. 우리 부대에서는 그게 한창 유행이어서."

"아, 십자수."

그녀는 한 번도 해 본 적이 없는 십자수를 군대에서 2년간 틈틈이 했다면 그런 어마어마한 바느질 실력이 나올 수도 있을 것 같았다. 딴생각에서 빠져나온 이안은 여태껏 재운이 내밀고 있었던 인형을 받아 들며 다시금 고마움을 표했다.

"감사해요. 근데 전 준비한 게 없어서 어쩌죠?"

"아까 쿠키 먹었잖아요. 맛있었어요."

"감사합니다."

"그리고……."

"네?"

"나중에 연 대리가 밥 사기로 했잖아요."

재운은 차분하게 말을 이었다.

'다음엔 제가 저녁 사 드릴게요.'

얼마 전에 자신이 했던 말이 떠오르자 아아, 소리를 내던 이안은 곧 신기한 듯이 그를 바라보았다. 저런 말을 하는데도 어떻게 얄밉지가 않지?

"맞다. 제가 저녁 사기로 했죠."

이안이 선뜻 응하자, 재운은 조용히 미소를 머금었다. 그 모습이 참한 새색시를 연상시켜 이안은 또다시 멀뚱한 얼굴이 되었다. 정말이지 신기한 남자다.

그 후로 두 사람은 회사에서 이따금씩 마주치긴 했지만 바느질 수업을 할 때만큼 오래 대화를 나누거나 안부를 물을 정도의 시간은 허락되지 않았다.

이안이 회사가 아닌 다른 장소에서 재운을 본 건 그로부터 2주 정도가 지났을 무렵이었다. 전날 갑작스레 함박눈이 쏟아졌고, 어쩌면 이번 겨울 마지막일지도 모르는 그 눈을 밟으며 이안은 회사와 멀지도 그렇다고 가깝지도 않은 한 서점을 찾았다. 때아닌 하얀 풍경에 괜스레 감상적이 된 건지 가슴 뭉클한 글귀가 그리워졌다.

진열되어 있는 책들을 찬찬히 훑어보던 이안은 마치 눈이 쌓인 듯한 깔끔한 표지의 책을 집어 들었다. 책장에 기대어 한 줄 한 줄 책을 읽어 내려가던 그녀가 무심코 시선을 들다가 무언가를 발견하곤 한곳에 오래도록 눈길을 주었다. 맞은편의 진열장에서 책을 고르고 있는 남자의 모습이 무척이나 낯익었다.

'서 팀장?'

이안은 의아한 눈동자로 차분히 책을 고르는 그를 지켜보았다. 그들이 함께 있는 서점은 대형 서점도 그렇다고 그리 유명한 서점도 아니었다. 신입 시절 이안이 우연히 발견한 서점이었고, 상냥한 서점 주인과 고풍스런 분위기가 마음에 들어 전에 가던 대형 서점을 포기하고 주로 이곳으로 책을 사러 왔었다. 재운이 이 서점을 알고 있고 또 이곳에 책을 사러 올 거라는 건 예상하지 못했기에 그녀는 당황한 얼굴을 했다.

인사를 할까 망설이던 이안은 조용한 공간이고 방해를 하고픈 마음이 없었기에 알은척은 나중으로 미루기로 했다. 하지만 책에 닿은 시선은 오랫동안 머물지 못하고 다시금 그가 있는 곳으로 향했다.

재운은 살 책이 확실히 정해져 있던 건지 금방 책을 집어 구매하고는 서점을 나섰다. 금세 사라진 재운 때문에 이안은 조금은 아쉬운 표정을 지었다.

한편 서점을 나온 재운은 입구 앞의 빙판길로 인해 미끄러질 뻔하다 간신히 중심을 잡고 위태롭게 섰다. 그는 계속 길을 가는 대신 서점 쪽을 돌아보곤 단단히 얼어 있는 빙판에 길게 시선을 주었다.

'높은 굽이던데…….'

걱정스런 눈빛을 하던 재운은 다시 서점 안으로 들어가 직원에게 양해를 구하고 정중하게 부탁했다. 서점 문 코앞에 빙판길이 얼었기에 서점으로 들어오고 나가는 손님이 충분히 사고를 당할 수도 있는 상황이었다. 직원은 재운에게 감사의 인사를 전하고 빙판길이 덜 미끄럽도록 서둘러 조치를 취했다. 그제야 재운은 안심하는 얼굴을 하며 홀가분한 마음으로 걸음을 옮겼다.

그렇게 배려심 깊은 누군가로 인해 이안은 마의 구역인 빙판길에서 미끄러지지 않고 무사히 집으로 향할 수 있었다.

?

-이번에도 안 내려오면 할아버지, 할머니 다 모시고 올라갈 거야!

휴대폰을 귀와 어깨 사이에 끼고 있던 이안은 모친의 엄포에 오일을 바르고 있던 다리를 벅벅 긁으며 심드렁하게 대꾸했다.

"알았어, 알았어. 내려갈게. 그리고 돌아가신 할아버지를 어떻게 모시고 올 거야?"

-못 모시고 갈 것 같니?

수화기 너머로 들려오는 낮게 깔린 모친의 음산한 목소리에 순간 등골이 오싹해지자 이안은 몸을 부르르 떨며 모친을 타박했다.

"어우! 그러지 좀 마!"

-꼭 내려와야 된다. 바쁘다고 설날에 벌써 몇 년째 안 내려오고 있는 거야? 작은엄마들도 너 보고 싶어 죽겠단다, 아주. 네 아빠 생신에 남자랑 같이 올 거 아니면 무슨 일이 있어도 내려와!

"…알았어."

선택의 여지가 없었다. 남자가 있어야 데려가지. 아빠 생신이 세 달도 채 남지 않았건만 어디서 남자를 만들어서 데려간단 말인가.

울상을 짓던 이안은 테이블에 세워져 있는 달력을 보며 한숨을 내쉬었다. 그동안 바쁘다고 안 내려가긴 했지. 같이 여행을 가거나 시간을 보낼 남자 친구도 없겠다, 크리스마스처럼 쓸쓸하게 보내고 싶은 생각도, 연말처럼 봉사 활동을 갈 계획도 없었기에 이안은 할머니 댁에 내려가는 걸로 마음을 굳혔다.

"문제는 미온데……."

이안은 뒷다리를 일자로 척 든 채 열심히 털을 핥고 있는 미오를 바라보았다.

'참 힘든 자세로 그루밍을 하는구나, 우리 미오는.'

미오가 기나긴 대중교통의 여정과 꼬맹이들의 호기심 어린 치근거림을 당해 내지 못할 거라고 판단을 한 이안은 어쩔 수 없이 할머니 댁에 있을 이틀 동안을 대비하여 고양이 호텔을 예약했다.

명절 전날 미오가 늘 먹는 사료와 간식, 쿠션과 장난감 등을 챙긴 이안은 이동가방에 미오를 들여보낸 후 고양이 호텔로 향했다. 낯선 환경에 스트레스 받을 미오를 생각하니 미안한 마음이 들었지만 이게 최선이었다.

이안은 걸음을 옮기며 조용히 생각에 잠겼다. 반려동물 없이 혼자라면 제약도 받지 않을 테고 이런 고민이나 걱정 없이 훨씬 더 자유로웠을 것이다. 하지만 단 한 번도 미오를 들인 걸 후회한 적이 없었다. 오히려 미오가 있어 더 위로받았고 따뜻한 나날을 보낼 수 있어 행복했다.

고양이 호텔 건물이 보이자 이안은 시무룩해진 목소리로 미오를 향해 말했다.

"미오야, 잘 지낼 수 있지? 잘 자고 잘 놀고 있어. 금방 데리러 올게."

우냥.

시크한 울음소리에 이안은 피식 웃음을 터뜨렸다. 네가 나보다 씩씩하구나.

이안은 부러 씩씩한 걸음걸이로 고양이 호텔로 들어섰다.

"오늘, 내일 예약이요."

고양이를 맡기기 위해 미오의 작성지를 적어 나가던 이안은 낯익은 목소리에 반사적으로 고개를 돌렸다.

따뜻하고 편한 차림의 남자는 이동가방을 데스크에 올려놓고 있었다. 유난히도 익숙한 옆모습에 한참을 응시하던 이안이 놀란 눈빛을 했다.

"서 팀장님?"

그제야 이안을 발견한 재운도 마찬가지로 놀란 얼굴을 했다. 하지만 곧 그녀를 향해 반가운 표정을 지어 보였다.

"아, 연 대리. 여기서 또 보네요."

재운이 이안에게 인사를 하자, 그가 올려놓은 이동가방에서 솜사탕 같은 하얀 털이 불쑥 튀어나왔다. 이안은 저도 모르게 움찔거렸다.

"줄리예요. 인사하는 걸 좋아하는 고양이라······."

재운의 설명을 듣고 이동가방 안을 조심스레 살펴보니 아주 도도하게 생긴 하얀 고양이가 고아한 자태로 앉아 앞발을 불쑥 내밀고 있는 게 눈에 들어왔다. 이안은 어색하게 웃으며 줄리의 앞발을 살짝 붙잡고 흔들었다.

"안녕."

냥냥냥.

새침스런 외모와는 달리 애교가 무척이나 많은 고양이였다. 재운의 시선이 자연스레 이안의 이동가방으로 향했다.

"아."

이안은 미오의 얼굴이 보이도록 이동가방을 살짝 옮겼다.

"미오예요."

시큰둥한 미오의 눈빛에 이안은 멋쩍게 말을 이었다.

"낯을 가리는 고양이라."

"시크한 고양이도 매력 있죠. 노르웨이숲이네요."
"어? 아시네요?"
"관심이 많아서요. 줄리는 터키쉬앙고라 품종이에요."
"아, 그 도도하게 생긴 예쁜 고양이."
"생긴 건 이래도 개냥이에요."

재운의 솔직한 설명에도 뭐가 그리 즐거운지 줄리는 냥냥거리는 걸 멈추지 않았고 이안은 웃음을 터뜨렸다. 즐거운 듯 환하게 웃는 이안의 모습을 지켜보며 재운도 살며시 미소를 지었다. 그 모습을 발견한 이안은 저도 모르게 두 손을 맞잡고 꼼지락거렸다. 마음을 훈훈하게 만드는 선한 미소였다. 재운이 저런 얼굴로 웃을 때면 이상하게도 묘한 느낌이 일곤 했다.

그렇게 미오를 맡기고 버스에 오른 이안은 그 후 계속해서 떠오르는 누군가의 얼굴에 알쏭달쏭한 표정으로 창밖을 내다보았다.

'연말 봉사 활동 이후로 이상하게 동선이 겹친단 말이지.'

단순히 취향이 비슷한 건지 그게 아니면 우연이 계속되는 건지 묘한 일이었다.

할머니 댁에 도착해 오랜만에 만나는 친척 어른들에게 인사를 하다가도 전을 붙이다가도 친척들과 수다를 떨다가도 모친의 잔소리를 듣다가도 자꾸만 떠오르는 얼굴에 이안은 환장하겠다는 표정을 지었다.

"왜 자꾸 생각나지?"

잠자리에 누워서도 뭉실뭉실 떠오르는 차분한 미소 어린 얼굴에 이안은 심기 불편한 표정을 했다.

연말 봉사 활동, 바느질 레슨, 카페, 서점, 고양이, 봉제인형…….

"아! 봉제인형!"

그날 재운에게 선물 받은 인형을 가방에 넣어 두었던 게 뒤늦게 떠오르자, 이안은 자리에서 벌떡 일어나 가방을 주섬주섬 뒤졌다.

"분명히 이 가방에……. 여기 있다!"

이안은 흐뭇한 얼굴로 귀가 기다랗게 내려온 토끼 모양의 봉제인형을 만지작거렸다. 인형을 내려다보는 이안의 눈동자가 반짝거렸다. 귀여워.

근데 이걸 왜 준 거지? 단지 바느질 동기로서?

"나한테 관심 있나? 허! 가슴은 왜 뛰고 난리야?"

이안은 가슴께를 살며시 토닥이며 서둘러 잠자리에 들었다. 하지만 봉제인형은 손에 꼭 쥔 채였다.

다음 날 아침, 이안은 졸린 눈을 간신히 뜬 채 세배를 시작했다. 느닷없이 떠오르기 시작한 얼굴 때문에 잠을 설치다시피 한 탓이었다.

부친의 다섯 형제 중 네 번째로 어른인 작은아빠에게 세배를 할 때쯤이었다. 불현듯 스쳐 지나가는 가능성 하나로 인해 이안은 이마를 바닥에 댄 채 멍하게 중얼거렸다.

"포, 폴링 인 러브……."

바로 옆에서 세배를 하던 그녀의 오빠, 이재가 그 소리를 듣곤 경악스런 얼굴로 느릿하게 이안을 돌아보았다.

"……."

침이 떨어질 듯 헤 벌린 입과 멍하게 풀린 눈에 움찔한 이재는 다리를 슬금슬금 움직여 제 동생에게서 멀찍이 떨어졌.

참 요상스런 설이 아닐 수 없었다.

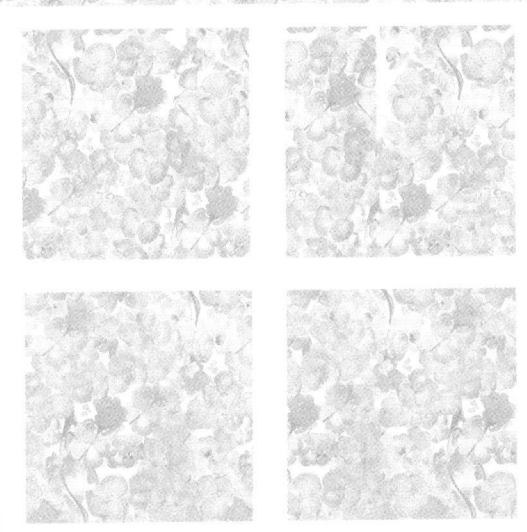

2장. 같은 취향

 늦은 아침, 할머니 댁의 테라스에서 커피 회사에 다니고 있는 사촌 언니가 손수 타 준 커피를 음미하던 이안은 정원을 감상하다 천천히 고개를 기울였다.

 '폴링 인 러브?'

 그게 가능해? 몇 번 마주치지도 않았으면서? 그것도 얼마 전까지 남자 친구가 있었으면서?

 하긴 정식으로 이별을 한 건 두 달 전이었다고 해도 그 전부터 이미 만남이나 연락이 뜸했다. 바람을 피운 것도 아니고, 따지고 보면 서 팀장한테 관심을 가진 것도 그 이후였으니까.

 한 달 정도 되려나?

 그사이 회사 팀원들을 제외하고 가장 많이 마주친 남자가 바로 서 팀장이었다.

불가능한 것도 아닌가?

그와 함께 있으면서 의외인 점을 많이 발견했고 그 짧은 시간 동안 그에게 받은 것도 여럿 있었다. 하지만 마음이 가는 게 사실이라면 아마 앞서 생각한 것보다도 예상외의 공통적인 부분이 많다는 게 마음을 움직인 가장 큰 이유일 것이다.

휘잉.

한차례 불어 닥친 바람에 이안은 흠칫 몸을 떨었다. 햇살은 따사롭지만 아직 찬바람이 부는 겨울 날씨였다.

"분위기 잡다 감기 걸린다. 연초부터 병원 신세 지고 싶지 않거든 어여 안으로 들어와."

사촌 언니의 군더더기 없는 명료한 지적에 이안은 군말 없이 안으로 따라 들어갔다. 하지만 창문 밖의 풍경엔 미련을 버리지 못하고 창가에 기대어 다시금 정원을 눈에 담았다. 재운의 생각이 꼬리에 꼬리를 물었다.

'서 팀장하고는 왜 그리 겹치는 게 많은 거지?'

생각할수록 신기한 일이다.

'혹시… 스토커 그런 건 아니겠지? 일부러 따라다니는 건? 언제부터?'

의심스런 눈초리를 한 채 컵을 입에 갖다 대던 이안이 느릿하게 고개를 저었다. 서 팀장이 대체 왜? 간간이 들어온 소문에 의하면 그럴 성품도, 이제껏 겪어 온 경험에 의하면 그럴 성격도 아니었다. 단순히 취향이 비슷한 건가?

"신기하네."

"뭐가?"

등 뒤에서 불쑥 튀어나온 목소리에 이안은 움찔거리며 고개를 돌렸다. 날카로운 이안의 눈매에도 이재는 당황하는 기색 없이 멀뚱하게 그녀를 마주 보았다. 한결같이 재미없는 이재의 반응에 이안은 작게 한숨을 내쉬다 다시 진지하게 그를 바라보았다.

'이 인간이 재미가 없긴 해도 든든하기는 하지.'

이안은 고민하던 걸 멈추고 이재에게 총무팀의 서 팀장에 대해, 그리고 이제껏 겹친 신기한 우연들에 대해 설명했다. 어느 때보다도 진지하게 듣던 이재가 돌연 심각한 얼굴로 낮게 중얼거렸다.

"큰일이네."

이안의 눈이 동그랗게 떠졌다.

"그치? 그냥 웃어넘길 일이 아니지, 이거? 혹시 일부러 따라다니는 건가? 그럼 어떡해야 되지?"

초조함이 묻은 이안의 눈동자를 가만히 들여다보며 이재가 아주 차분하게 대꾸했다.

"기분 안 나빴으려나, 그 사람? 연이안하고 같은 동선에 같은 취향이라니."

순식간에 힘이 빠진 이안의 눈이 가늘게 변했다. 걱정해 주는 줄 알았더니 생판 모르는 남 걱정이냐?

'에라이, 못된 인간아.'

이안은 여전히 큰일이라고 중얼거리는 이재에게 빈 컵을 던지다시피 안겨 주곤 자리를 떠났다. 이재는 습관적으로 컵을 입에 갖다 대다 아무 맛도 느껴지지 않자, 컵을 떼고 조용히 입맛을 다셨다. 아깐 폴링 인 러브 어쩌고 하더니 이젠 스토커 취급?

'뭐지?'

총무팀의 서 팀장이라는 남자가 무척이나 궁금해진 듯 이재는 진지한 얼굴로 이마를 긁적였다.

?

오랜만에 사내 구내식당에서 점심을 먹게 된 이안은 오므라이스와 함께 후식으로 나온 토마토 샤베트를 발견하곤 행복한 표정을 지었다. 구내식당에서 나오는 메뉴 중 이안이 가장 좋아하는 간식이었다. 하지만 신나게 스푼을 드는 이안에 반해 여기저기서 툴툴대는 소리들이 들려왔다.

"토마토 샤베트라니. 그냥 나가서 사 먹을걸."

"그러게요. 망했어요."

이안은 전혀 공감이 안 된다는 얼굴로 토마토 샤베트를 한 입 떠서 입 안에 넣었다. 달지 않은 오묘한 맛이 감칠맛을 돌게 했다.

건강을 가장 중요시 여기는 구내식당 영양관리사로 인해 사원들은 가끔 당황스럽거나 오묘한 맛의 후식을 맛보아야 했다. 토마토 샤베트는 말 그대로 토마토만 갈아 어떠한 시럽도 넣지 않은 채 영양관리사의 특별한 허브만을 섞은 뒤 얼려 만든 후식으로 정말이지 무척이나 건강해질 것 같은 맛이었다.

입맛이 특이한 이안 빼고는 그 간식을 좋아하는 사원은 극히 드물었다. 토마토 샤베트를 맛있게 먹는 이안을 뒤늦게 발견한 남주가 놀란 얼굴을 하며 다가왔다.

"연 대리님도 맛있게 드시네요. 저희 팀장님 그거 엄청 좋아하시던데. 신기하다. 사실… 이 샤베트 좋아하는 사람 몇 명 없잖아요."

남주는 혹여라도 영양관리사가 들을까 목소리를 최대한 줄여 작게 속삭였다.

"그런가?"

대수롭지 않게 넘기려던 이안은 남주가 총무팀이었다는 사실을 기억해 내곤 은근슬쩍 관심을 보였다.

"서 팀장님도 이거 좋아하셔?"

"역시. 맛있게 드신다 했더니 연 대리님도 좋아하시는구나. 네. 저희 팀장님도 그 샤베트 굉장한 광팬이에요. 한번은 밖에서 점심 드실 때 이 샤베트가 후식으로 나왔었거든요. 그 사실 아시곤 굉장히 아쉬워하셨다는 후문이 들려오고 있죠."

"그랬어?"

이안은 다소 애매한 얼굴로 입꼬리를 올렸다. 커피에 이어 간식까지 같은 취향이라. 이쯤 되니 신기함을 넘어 수상해질 정도였다. 하지만 딱히 짚이는 구석이 없었다. 스토커라고 하기엔 그동안 수상쩍은 점이나 기분이 나쁠 만한 점들이 전혀 없었다.

하지만 이대로 넘기기에도 무언가 찜찜했다.

"남주 씨."

남아 있던 샤베트를 재빨리 입 안에 털어 넣은 이안은 돌아서려는 남주를 붙잡았다.

잠시 후, 어느 카페에 나란히 앉은 남주는 이안이 건네준 라떼를 스트로로 쪽 빨며 두 눈을 멀뚱하게 끔벅였다.

"물어보실 게 뭔데요?"

이안은 비밀 접선이라도 하듯 주위를 꼼꼼히 둘러보다 남주에게 조심스레 물었다.

"서 팀장님 토마토 샤베트 말고 또 뭐 좋아하셔? 예를 들면 좋아하는 음식, 물건, 취향 이런 거?"

남주와는 다른 팀이었지만 1년 전쯤 휴게실과 구내식당에서 자주 마주치며 친해졌었다. 밖에서 따로 본 적은 없었지만 휴게실에선 커피를, 구내식당에선 식사를 같이 하며 이따금씩 서 팀장에 대한 이야기도 몇 번 듣곤 했었다. 워낙 수다스럽고 이야기를 재밌게 잘 이끄는 남주였기에 이안도 그녀를 편하게 대했다.

"좋아하시는 거요? 뭐 있더라? 깔끔한 거 좋아하시고, 풀 향? 그런 거 좋아하시는 거 같아요. 한번은 옷에서 풀 향이 강하게 나서 여쭤 본 적이 있는데 집에서 뿌리는 방향제 향이라고 하셨어요. 그 방향제만 쓰신다고. 그리고 음식은 과일 종류, 한식, 해물, 탕류, 커피는 늘 입에 달고 사시고. 커피는 쓴 거, 단 거 각각도 좋아하시고 합쳐서 드시는 것도 좋아하시구요. 아! 책도 좋아하시는데 특히 심리학책을 좋아하시는 것 같아요. 책상에 이렇게 쌓여 있거든요. 그리고 검은색 좋아하시는데 화이트 계열이나 회색도 좋아하시는 것 같았어요."

귀 기울여 듣던 이안은 진지한 태도로 고개를 끄덕거렸다. 쉬지 않고 말을 꺼내 놓던 남주는 나중에야 이상함을 감지했는지 쪽 빨던 스트로를 놓곤 의심스런 눈초리를 보냈다.

"근데 그건 왜 물어보시는데요?"

그간 들었던 남주의 이야기를 종합해 보자면 서 팀장은 팀 내에서 여자 사원들에게 제법 인기가 있는 모양이었다. 의심스러워하는 남주의 표정에 이안은 당황하는 표정을 숨기지 못하며 이리저리 눈동자를 굴렸다.

변명거리를 미리 생각 못 해 놨구나.

"어, 그게… 최근에 관심 있게 보는 사람이 서 팀장님하고 비슷한 이미지라서……."

"어머! 그래요?"

남주는 호들갑을 떨며 빼먹은 게 없는지 열심히 기억을 더듬었다. 이안은 안도의 숨을 내쉬며 긴장한 마음을 달랬다. 근데 뭐, 완전히 거짓말은 아니지. '비슷한'이 추가되긴 했지만.

'관심 있게 보는 사람.'

역시 서 팀장에게 관심이 가는 게 맞나 보다. 당황한 마음에 순간적이었지만 저리 튀어나온 걸 보면.

그나저나 풀 향기가 나는 방향제, 과일, 해물, 탕류, 쓴 것과 단 게 혼합된 것, 심리학책, 회색……. 사람들이 흔히 좋아할 수 있을 만한 것들이었으나 그녀의 가슴을 덜컥 내려앉게 만들기엔 충분했다. 단 하나라도 별로라고 생각되지 않는, 그러니까 모두 이안이 좋아하는 것들이었다.

어떻게 이 정도까지 겹칠 수가 있지? 배 다른 형제 그런 거 아닐까?

"……."

부친과 모친을 떠올리던 이안은 단번에 고개를 저었다. 그 닭살 부부가 그럴 리가 없다. 지금도 서로 어찌나 애틋한지 이재와 이안, 두 남매가 본가에 가선 두 눈을 똑바로 뜨고 쳐다볼 수가 없을 정도였다.

그럼…….

'우연?'

그게 가능해?

이 정도로 취향이 비슷한 사람이 있을 수가 있나? 만약 소개를 통해 만난 남자였다면 급속도로 호감을 느꼈을 것이다. 그만큼 공감대가 크고 그리하여 끌릴 수밖에 없었을 테니까.

남주와 헤어지고도 한참 동안 서 팀장 생각에서 헤어 나오지 못하고 있던 와중, 사무실 책상에 놓아두었던 이안의 휴대폰이 울렸다. 이재였다.

"오빠? 웬일이야?"

-별일 없지?

멀뚱하게 눈을 깜박이던 이안은 흐뭇하게 미소를 지었다. 아닌 척해도 하나밖에 없는 여동생이 걱정이 된 모양이었다.

"별일 없지. 걱정했수?"

-걱정은 무슨.

"참! 혹시 말이야. 우리… 이복형제 있는 거 아닐까?"

-…….

수화기 너머의 침묵으로 이재의 표정이 보이는 듯 느껴졌다. 담담하게 침묵을 견디던 이안의 얼굴 역시도 점차 뚱하게 변해 갔다.

"……."

-무슨 헛소리야? 고작 내린 결론이 이복형제야? 괜히 죄 없는 아버지, 어머니 의심하지 말고 정 신경 쓰이면 제대로 물어봐.

"누구한테?"

-누구긴 누구야. 자꾸 동선 겹치고 취향 겹치는 그 남자지.
"어떻게 그래?"
이안이 펄쩍 뛰자, 이재는 차분하게 반박했다.
-욕하라는 것도 아니고, 궁금하니 물어볼 수도 있는 거지.
"그래도 될까?"
-그래. 그래도 돼. 폴링 인 러브 씨.
"하지 마."
-알았어. 폴링 씨.
"야!"
이재의 낮은 웃음소리를 끝으로 전화는 끊겼다. 이안은 머리를 긁적이며 진지하게 고민했다. 하긴 못 물어볼 것도 없지. 근데 언제? 어디서?
'젠장.'
동선이 겹쳐도 만나는 곳을 미리 알 수가 없으니 답답했다.

그 주 주말, 잔업 때문에 잠시 회사에 들른 이안은 일을 마친 후 회사 근처에 있는 영화관의 상영표를 쭉 훑어보았다. 주말에 출근을 할 때면 늘 일을 마치고 근처의 영화관에 들러 영화를 보고 귀가하곤 했다. 마침 보고 싶었던 영화가 있었던 터라 이안은 가까운 시간으로 예매를 하곤 가방을 챙겼다.
영화관에 도착하고도 아직 시간이 남자, 이안은 팝콘을 산 후 대기의자에 앉아 차례를 기다렸다. 그러던 중 익숙한 뒷모습을 발견하곤 고개를 한껏 기울였다.

'저 익숙한 뒤태는?'

혹시…….

"에이, 설마……."

애써 부정하는 것도 잠시, 다시금 이어지는 익숙한 걸음걸이에 이안은 목을 길게 빼고 계속해서 남자를 응시했다. 남자는 대기하는 사람들이 서 있는 줄에 자리를 잡았고, 영화관 직원의 입장이 가능하다는 말에 상영관 쪽으로 걸음을 옮기고 있었다.

"아, 영화!"

뒤늦게 정신을 차린 이안은 티켓을 챙겨 줄이 있는 쪽으로 서둘러 이동했다. 같은 상영관이었지만 상영관이 제법 큰 터라 남자가 앉은 곳이 어디인지는 찾기가 힘들었다.

어쩔 수 없이 지정석에 앉아 영화를 관람하기 시작했지만 영화 내용이 눈에 들어올 리가 없었다. 서둘러 확인하고 싶었다. 만약 그 남자가 서 팀장이 맞다면 이건 우연을 넘어선 인연 정도가 아닐까?

방망이질 치는 가슴을 달래며 간신히 영화에 집중한 이안은 영화가 마무리 단계에 오자 주섬주섬 가방과 팝콘을 챙기기 시작했다. 영화가 끝나자마자 상영관 밖으로 나가 그 남자가 진짜 서 팀장인지 확인할 생각이었다. 굳이 그럴 필요는 없었지만 궁금했다. 이대로 지나친다면 밤에 잠이 오지 않을 것 같을 정도로.

"……."

벌써 스무 명이 넘는 사람들이 지나쳐 갔지만 재운의 모습은 보이지 않았다. 착각이었나? 이안은 아쉬운 얼굴로 사람들을 둘러보다 점차 지친 얼굴이 되어 갔다.

같은 영화 봤다고 뭘 또 인연씩이나. 몇 사람만 아는 영화도 아니고 흥행하고 있는 영화니 그럴 수도 있지. 몰려나오던 사람들의 수가 줄어들고 간간이 한두 명씩만 모습을 보이자, 이안은 포기하고 몸을 돌렸다.

"연 대리?"

등 뒤에서 들려온 익숙한 음성에 이안의 두 눈이 크게 떠졌다. 이안은 한순간의 망설임도 없이 고개를 돌렸다.

"아……."

재운이었다. 반가웠는지 그는 옅게 미소 띤 얼굴로 다정하게 물었다.

"영화 보러 왔어요?"

"네. 여기 영화관이 회사하고 가까워서요. 오늘 출근했었거든요. 퇴근하는 길에 여기 자주 와요."

"나도 여기 자주 와요. 근처가 집이라."

"아, 그러셨구나."

이안은 반가우면서도 얼떨떨한 얼굴을 했다. 정말 서 팀장이었다니. 전엔 의아하기만 하던 마음이 이젠 반가운 마음으로 변해 가고 있었다.

그와 동시에 그가 먼저 알은체를 한 게 신기해져 문득 묘한 기분에 휩싸였다. 그러고 보면 늘 자신이 먼저 재운을 발견했었다.

"영화 재밌었어요?"

재운의 물음에 이안은 잠시 우물쭈물대다 뒤늦게 대답했다.

"네. 재밌네요."

다른 곳에 한눈이 팔려 영화를 제대로 보지 못했다고 대답할 수는 없었다.

보고 싶었던 영화였으니 아무래도 한 번 더 영화관을 찾아야 될 모양이다.

대형 건물 안에 있던 영화관을 지나쳐 쇼핑몰 쪽으로 재운과 함께 걷게 된 이안은 멋쩍은 듯 가방을 만지작거렸다. 전엔 몰랐는데 의식을 하고 나니 단둘만 있는 것 자체가 무척이나 어색하게 느껴졌다. 마음이 바뀐 탓인가?

그러던 중 건물 내에 있는 팬시점을 발견한 이안이 길게 눈길을 주자 재운도 덩달아 관심을 보였다.

"구경할까요?"

"네?"

"들어가 봐요. 마침 나도 살 거 있었어요."

언제고 한번 들러야지, 생각은 했었기에 이안은 굳이 거절하지 않았다. 재운과 함께 팬시점에 들어온 이안은 눈길을 끄는 것들을 구경하다 그가 만지작거리고 있는 방석 코너로 이동했다.

"그건 뭐예요?"

"이거 반려동물 방석으로 유명한 건데, 알아요?"

"그래요?"

이안은 금시초문이라는 눈빛으로 재운이 들고 있는 방석을 구경했다. 그런 방석이 있었나? 다른 방석하고 똑같아 보이는데.

"줄리도 이 방석 위에서만 놀아요. 편한가 봐요."

이안은 신기하다는 듯 시선을 떼지 못하며 느릿하게 고개를 끄덕거렸다.

"아직 미오 이 방석 없으면 내가 선물할게요."

"아니에요. 안 그러셔도 돼요."

이안은 펄쩍 뛰며 손사래를 쳤다. 하지만 재운은 차분하게 웃으며 꼼꼼히 바느질된 방석을 골라 들었다.

"안 그래도 요즘 미오 생각 많이 났어요. 너무 귀여워서. 간식 하나 선물할까 생각하고 있었는데 어차피 미오 식성도 잘 모르니까 이게 더 나을 것 같아요. 부담 갖지 말고 받아요. 이 정도 선물할 자격은 되잖아요. 우리 줄리랑 고양이 호텔 동기니까."

그런 억지가. 이안은 애매하게 입꼬리를 올렸다. 거절하는데도 한사코 선물하겠다 하니 계속해서 사양하기가 민망했다.

재운은 포장까지 예쁘게 된 방석을 이안에게 내밀었다.

"이번엔 집사 동기네요."

재운의 능청스런 말에 이안은 조용히 웃음을 터뜨렸다.

"감사해요. 매번 받기만 해서 염치가 없네요. 그때 사기로 했던 저녁은 정말 제대로 쏴야겠어요. 아! 오늘 시간 어떠세요?"

제법 용기 내서 한 말이건만 재운의 표정이 그리 밝지가 않았다. 아마도 다른 계획이 있던 모양이었다.

"어쩌죠? 오늘은 해야 할 일이 있는데."

"바쁘시구나. 그럼 다음에 사죠, 뭐."

"미안해요. 다음에 꼭 시간 낼게요."

이안은 아쉬운 표정을 애써 숨기며 고개를 끄덕였다. 마침 생각이 났기에 던지듯이 했던 말이었는데 이상하게도 아쉬운 마음이 크게 남았다.

건물 앞에서 재운과 헤어진 이안은 곧장 집으로 돌아왔다. 집에 도착하자마자 편한 옷으로 갈아입기 위해 가방을 바닥에 내려놓자, 미오가 어슬렁어슬렁 다가와 종이가방에 관심을 보이며 기웃거렸다.

"어? 그거 미오 선물인데, 볼래? 전에 고양이 호텔에서 봤던 팀장님이 선물로 주신 거야."

이안은 재운이 선물해 준 방석을 꺼내 바닥에 내려놓았다.

주위를 어슬렁거리며 흥미를 보이던 미오가 얼마 지나지 않아 방석에 엉덩이를 붙인 채 일어날 생각을 하지 않았다.
"마음에 들어?"
그 후로 이안이 볼 때마다 미오는 그 방석에 앉아 있거나 누워 있거나 엎드려 있었다. 심지어 장난감까지 물고 와 방석 위에서 노는 미오를 보며 이안은 신기하다는 듯 웃음을 터뜨렸다.
"진짜 마의 방석일세."

?

월요일 아침 출근을 하던 이안은 어김없이 방석에 앉아 있는 미오를 발견하곤 웃음기 어린 목소리로 말을 걸었다.
"그게 그렇게 좋아?"
대답 없이 도도한 눈빛만을 보내던 미오가 풀썩 엎드린 채 방석 위에 턱을 갖다 대고 나른하게 눈을 감았다 떴다.
'좋다는 뜻이군.'
가름한 눈으로 미오에게 시선을 주던 이안은 흐뭇하게 웃으며 집을 나섰다.
오늘은 마주치려나?

그날 오후, 회사에서 즐겨 먹던 초콜릿이 다 떨어졌다는 걸 확인한 이안은 책상 아래 깊숙이 숨겨 두었던 바구니를 꺼내 그 안에 있던 색색의 봉지 중 하나를 집어 들었다. 직장 동료들 아무도 모르게 숨겨 놓은 이안의 간식 바구니였다.

입사 당시엔 간식을 책상 위 바구니에 넣어 오픈해 놓았으나 양심 없는 몇몇 사람들로 인해 적당량만 꺼내 놓은 채 나머지는 숨겨 둔 상태였다.

이번에 이안이 고른 간식은 미역젤리였다. 평소 미역국과 미역무침을 좋아하던 터라 마트에서 미역젤리를 판매하는 걸 발견하곤 다섯 봉지를 냉큼 구매했었다. 하지만 고객들에게 반응이 좋지 않았던지 얼마 후 그 코너가 아예 사라져 버렸다.

이안의 간식을 호시탐탐 노리던 동료들도 미역젤리만 쏙 빼놓고 가져가는 걸 보면 그리 대중적인 맛은 아닌 모양이었다.

'맛있기만 한데, 이상하네.'

봉지를 뜯어 젤리를 입 안에 넣은 이안은 맛있게 우물거리다 문득 스친 생각에 자리에서 벌떡 일어났다. 서 팀장과는 토마토 샤베트 동지이지 않던가? 그렇다면 이 젤리도? 이안의 시선이 비장하게 젤리가 있는 곳으로 내려갔다.

억태껏 겹친 취향으로 봤을 땐 가능성이 아예 없지 않았다. 이안은 만약을 대비하여 젤리를 대여섯 개 챙겨 두었다.

내내 보이지 않던 재운과 마주친 건 퇴근 시간을 얼마 남겨 놓지 않고서였다.

"서 팀장님!"

너무 반가워하는 게 티가 났을까 싶어 이안은 올라가려는 입꼬리를 애써 내린 채 재운에게 다가갔다.

"미오가 방석 너무 좋아해요. 내내 방석 위에만 앉아 있더라구요. 감사합니다."

"다행이네요."

"저기 이거."

이안은 손에 쥐고 있던 젤리를 재운에게 내밀었다.

"드셔 보세요. 맛있어요."

"고마워요."

이안에게 젤리를 건네받은 재운은 기대감이 어린 초롱초롱한 눈빛으로 올려다보는 그녀로 인해 어쩔 수 없이 그 자리에서 젤리 봉지를 뜯었다. 하지만 한두 번 우물거리던 그는 이안의 기대에는 미치지 못한 채 작게 신음 비슷한 소리를 냈다.

"음……."

맛있죠? 라고 묻는 것 같은 반짝거리는 눈망울이 너무도 부담스러웠다.

"맛이 참… 특이하네요."

빠르게 깜박거리던 이안의 눈이 점차 멀뚱하게 변해 가자, 재운은 급한 일이 생겼다는 듯 이안에게 다시 젤리를 넘겨주곤 다급히 자리를 떠났다. 이안은 시무룩한 얼굴로 자신의 손바닥 위에 놓인 젤리를 바라보았다.

"다 같은 건 아니네."

그래도 그렇지. 도로 주고 가는 건 뭐야? 이안은 심통이 난 듯 볼을 빵빵하게 부풀리며 재운이 사라진 곳을 흘겨보았다.

시간에 맞춰 퇴근을 하는 이안에 반해 재운은 잔업이 남은 듯 서류를 든 채 로비를 지나쳐 가다 누군가를 발견하곤 잠시 걸음을 멈추었다. 뒷모습일 뿐인데도 무척이나 환하게 느껴져 눈을 뗄 수가 없었다.

그러던 중 가방에 매달린 인형이 눈에 들어오자 차분하게 입가를 올려 미소를 머금었다. 그가 이안에게 선물했던 토끼 봉제인형이었다.

'영광이네.'

가방에 매달고 다닐 줄이야.

바지 주머니를 뒤적거린 재운은 아까 이안에게 미처 넘기지 못한 젤리 하나를 꺼내 짐짓 심각한 표정으로 바라보았다.

"이건 좀 어려운데."

그녀를 다시 눈에 담던 재운은 가만히 생각에 잠겼다.

'헤어졌어요. 한 달 전에.'

한 남자와 함께 있던 이안의 모습이 떠오르는 동시에 한 달 전 그녀가 쓸쓸하게 내뱉던 말이 기억났다.

드디어 기회가 생긴 건가? 참 오래도 걸렸다. 독수공방하던 나날들이 떠올라 문득 울컥 감정이 솟구쳤다. 하지만 재운의 표정은 여전히 차분하고 고요했다. 이윽고 재운의 뒤로 누군가가 슬그머니 다가왔다.

어깨를 툭 치는 손길에 재운은 고개를 돌려 그 누군가를 확인했다. 그의 입사 동기인 제주였다.

"눈에서 레이저 나가겠다."

한심하다는 재운의 눈빛에 제주는 더 한심하다는 표정을 지었다.

"이번엔 좀 제대로 해 봐. 뭐 하나 부족한 거 없는 놈이 왜 매번 뺏겨? 대체 뭐가 문제야?"

제주는 속이 터진다는 듯 주먹 쥔 손으로 제 가슴을 탕탕 두드렸다.

얼굴을 들이미는 제주를 커다란 손으로 밀치며 재운은 멀어지는 이안을 계속해서 눈에 담았다.

당신은 기억하지 못하는 것. 어디부터 설명을 해야 할까.

재운의 아련한 눈빛이 이어지자 턱까지 괴고 안타까운 얼굴로 구경을 하던 제주가 내레이션을 하듯 비장하게 읊조렸다.

"때는 바야흐로 1년하고도 2개월 전, 찬바람이 부는 저녁 어느 벤치······."

재운의 반듯한 이마에 힘줄이 돋아났고, 결국 제주는 커다란 손에 입이 턱 막힌 채 엘리베이터 안으로 질질 끌려갔다.

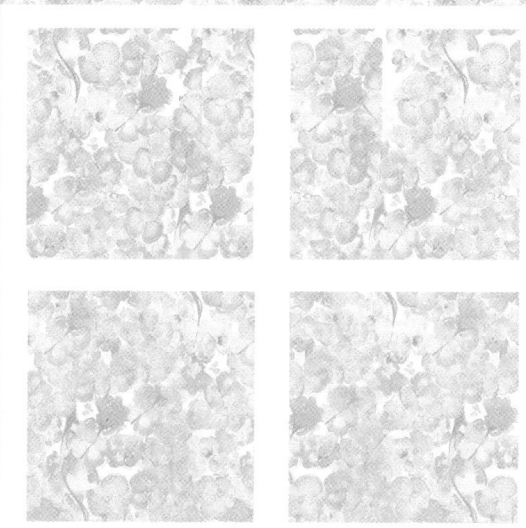

3장. 폴링 인 러브

쉿! 인연일까요?

 오랜만에 줄리를 데리고 공원으로 산책을 나온 재운은 눈이 부신 듯 한쪽 눈을 찡그리며 하늘을 올려다보았다. 아직 서늘한 날씨지만 햇살은 무척이나 좋았다. 몽글몽글, 머리카락에 닿는 햇살이 그리 느껴질 정도로 좋은 날씨였다.
 한가로운 벤치에 자리를 잡은 재운은 따사로운 햇빛을 받으며 줄리가 들어 있는 이동가방을 열었다.
 냥냥냥.
 줄리는 재운을 포함한 공원에 있는 낯선 이들에게도 반갑게 인사를 하며 이동가방에서 총총 걸어 나왔다. 풍경만큼이나 환한 햇살이 기분 좋은 건지 벤치에 앉아 있는 재운에게 한껏 애교까지 부렸다. 재운은 골골골 소리를 내며 제 다리에 머리를 비비는 줄리를 쓰다듬어 주다가 이내 목과 가슴에 산책줄을 채워 주었다.

줄리는 고양이답지 않게 산책을 무척이나 즐기는 아이였다. 공원 바닥으로 우아하게 폴짝 뛰어내린 줄리는 꼬리를 세운 채 도도하게 걷다 달리기 시합을 하듯 신나게 뛰어노는 개들을 발견하곤 번쩍 눈망울을 번뜩이며 도도돗 소리가 나도록 달리기 시작했다.

줄리가 그리고 주변 사람들이 위험하지 않도록 산책줄을 쥐고 있던 재운도 어쩔 수 없이 걸음을 빨리하거나 공원을 달려야 했다.

어느새 공원을 두 바퀴나 돈 재운과 줄리는 벤치에 나란히 앉아 공원 풍경을 나른하게 눈에 담았다.

"줄리야, 네가 정녕 고양이니?"

줄리는 뭐가 그리도 즐거운지 냥냥 대답을 하며 사람들을 구경하기에 바빴다. 신나 있는 줄리를 흐뭇한 얼굴로 바라보던 재운은 고개를 들어 이내 누군가를 찾는 듯 멀리 시선을 두었다.

한참을 둘러봐도 보이지 않자, 그의 입가에 씁쓸하게 미소가 고였다.

'뭘 또 찾고 있는 거냐, 나는.'

그는 반년 전 이곳에서 우연히 봤던 이안을 떠올렸다. 솜사탕을 맛있게 먹으며 홀로 공원을 걷는 그녀를 발견하곤 재운은 한참 동안이나 눈길을 주었다. 햇살 때문인지 입고 있는 화사한 원피스 때문인지 그때의 이안은 마치 반짝거리는 것처럼 느껴졌다. 그 모습에 이상하게도 시선을 뗄 수가 없었다. 처음 이안과 대화를 나눴던 그 순간처럼. 지금까지도 그 모습이 생생하게 떠오르는 걸 보면 무척이나 인상에 깊게 남은 모양이었다.

그 후로 두어 번쯤 더 이 공원에서 이안과 우연히 마주쳤다. 재운은 약속이 있어서 들른 거지만 그때마다 그녀가 있던 걸 보면 이 공원에 자주 오는 모양이었다.

'집이 근처인 건가?'

그 후 재운은 약속이 없어도 가끔 줄리를 데리고 집과 거리가 있는 이 공원으로까지 산책을 나오곤 했다. 차를 끌고 번거롭게 이곳으로 올 때마다 가까운 동네의 공원보다 넓고 쾌적하다는 이유를 댔지만 알고 있었다. 그녀를 보기 위한 핑계라는 걸.

따져 보면 한 달에 두어 번 정도 공원에 왔었던 것 같다. 이안을 볼 때도 있었고, 보지 못하는 날도 있었다. 평소 존재감이 없다고 생각한 적이 없건만 그녀에겐 그런 건지 아니면 그녀가 주위를 잘 살피지 않는 타입인 건지 절망스럽게도 이안은 한 번도 그를 발견하지 못했다.

재운의 발길이 점차 뜸해진 건 이안의 곁에 누군가가 함께 있을 무렵부터였다. 그 후 회사 앞에서도 한 남자와 같이 있는 모습을 자주 목격할 수 있었다. 지켜보기만 했던 탓이었다. 알고 있었다. 그저 먼발치에서 들여다보기만 하는 건 아무런 힘이 없음을. 확신이 없다고 우겼던 용기 없는 자신을 원망할 수밖에 없었다.

지난날을 쓸쓸히 회상하던 재운은 따사로운 햇살에 섞여 부드럽게 불어온 바람에 또다시 고르릉거리며 애교를 피우는 줄리를 미소 띤 얼굴로 내려다보았다. 아마도 줄리였다면 친해지고 싶은 마음이 들었을 때 바로 돌진했을 것이다. 한껏 사랑스러운 얼굴로, 난 당신이 좋다고. 재운을 처음 발견했던 그때처럼.

?

화요일, 체감상으론 마치 월요일처럼 느껴지는 늦은 오후 피곤한 심신을 달래기 위해 이안은 동료들과 함께 사내 편의점에 들렀다. 먹을 걸로 스트레스를 풀 작정인지 이안과 동료들은 눈을 번뜩이며 바구니에 간식들을 채워 넣기 시작했다.

잊지 않고 요구르트를 집어 든 이안은 편의점을 나오기가 무섭게 빨대를 꽂아 쪽 빨았다.

"아, 달다."

"그러고 보면 연 대리님, 요구르트 엄청 좋아하세요."

"내 만능이야. 술 마셔서 속 안 좋을 때나 쓰릴 때 요구르트 먹으면 싹 나아."

잠시 말을 멈춘 이안은 의아한 눈빛으로 연희를 돌아보았다.

"연희 씨, 나 이 얘기 전에도 한 적 있던가?"

"아니요. 처음 듣는데요."

"그래?"

웬 기시감이……. 착각인가? 이안은 고개를 갸웃거렸다.

간식을 든 채 콧노래를 부르며 복도를 지나치는 와중, 재운을 발견한 이안이 반갑게 인사를 건넸다.

"안녕하세요, 서 팀장님."

재운 역시 작년과는 다르게 반갑게 미소를 지으며 이안과 연희에게 목례를 했다. 이안의 손에 들린 요구르트가 눈에 띄자, 재운은 작게 웃음을 흘렸다.

"간식 사 오는 길인가 봐요."

"네. 아직 봄도 아닌데 마음이 심란하네요. 마음 좀 달랠 겸. 특별히 서 팀장님한테도 나눠 드릴게요."

이안은 봉투에 든 간식 중 하나를 꺼내어 재운에게 내밀었다. 초코 과자였다. 재운은 수줍게 웃으면서도 간식을 냉큼 받아 들었다.

"고마워요."

짧은 순간 두 사람의 얼굴에 말간 미소가 떠올랐고, 곧 서로 목적지를 향해 발길을 돌렸다.

기지개를 켠 채 하품을 하며 복도를 지나치던 제주가 두 사람이 같이 있는 모습을 우연히 목격하곤 재운이 혼자 남겨지자, 발이 보이지 않을 정도로 빠르게 달려가 그의 앞을 막아섰다.

"방금 내가 본 거 뭐야? 이게 웬 장족의 발전이야? 어머 어머, 웬일이야."

그저 어깨만 으쓱이는 재운을 뒤로하고 제주는 설레발을 쳤다.

"이제 결혼하는 거야? 내가 사회 볼까? 축가 부를까? 두 개 다 할까?"

방방 뛰는 제주를 미친놈 보듯 바라보던 재운은 뺏길세라 초코 과자를 품에 꼬옥 안아 들곤 시선을 외면했다.

사무실로 향하다 소란스러움에 고개를 돌린 이안은 재운의 앞에 있는 제주를 발견하곤 고개를 갸웃거렸다.

'총무팀 사람은 아닌데……'

격 없이 서로를 대하는 두 사람의 모습에 어쩐지 시선이 떨어지지 않았다. 친해 보이네.

'부럽다.'

옆에서 우유에 꽂힌 빨대를 쪽 빨던 연희가 궁금하다는 듯한 얼굴로 이안에게 물었다.

"서 팀장님하고는 언제 그렇게 친해지셨어요?"

"바느질하면서."

이안은 무심히 대답했다.

"네?"

예상치 못한 대답에 연희는 우유를 마시던 것도 잊고 당황스럽다는 얼굴로 이안을 바라보았다. 그런 게 있다는 듯 연희의 어깨를 톡톡 두드린 이안은 콧노래를 흥얼거리며 사무실로 향했다.

다음 날, 출근을 하며 이안과 마주친 재운은 아침 인사를 하며 차분하게 말을 건넸다.

"좋은 아침."

"네, 팀장님."

"오늘 저녁 시간 어때요? 나 시간 많은데."

담백하면서도 다정한 데이트 신청에 이안은 긍정의 표정을 지었다. 하지만 이내 고민되는 얼굴을 했다.

'너무 안 꾸미고 나온 거 아닌가?'

예쁘게 보이고 싶은 마음이 굴뚝같았으나 정식으로 하는 데이트가 아닌 지난날 재운이 저녁을 샀던 것에 대한 보답이었다. 한창 바쁠 시기라 다시 시간을 맞추기도 애매한 게 사실이라 이안은 어쩔 수 없이 선선히 고개를 끄덕였다.

"메뉴는 서 팀장님이 정해 주세요. 맛있는 곳으로 모시겠습니다."

긍정적인 답변에 재운의 얼굴에 차분하게 미소가 스몄다.

이안은 그 미소를 가만히 눈에 담았다. 그리 강렬하지도 않은 차분한 미소를 참 여운이 남게도 짓는다. 저 미소가 이따금씩 기억이 나는 걸 보면 역시 신기하다고밖에는 생각되지 않았다.

식성마저도 비슷한 두 사람이기에 메뉴를 정하는 건 어렵지 않았다. 이안은 회사와 그리 멀지 않은 거리에 있는 한식 뷔페 앞에서 재운을 기다렸다. 재운의 퇴근이 예상보다 늦어졌고, 식당을 예약해 놨기에 이안이 먼저 가 있을 수밖에 없는 상황이었다.
"미안해요. 늦었죠?"
생각보다 일찍 도착한 재운 때문에 이안은 애매하게 입꼬리를 늘렸다. 사실 그녀도 늦을세라 부랴부랴 온 탓에 건물 화장실에 들러 급히 화장을 고치고 머리를 매만진 상태였다. 피곤했는지 살짝 뜬 화장이 신경 쓰여 직원이 안내해 준 자리에 앉아서도 손거울로 계속 매무새를 확인했다. 피곤한 기색을 감추고자 좀 더 화사한 색으로 립스틱을 바꿔 바르려는 순간 재운의 모습이 보였기에 황급히 손거울과 립스틱을 가방으로 밀어 넣은 상태였다.
"괜찮아요."
이안은 어색한 티를 감추려 일부러 씩씩하게 대답했고, 미안한 기색을 내비치던 재운은 이제껏 들고 있었던 무언가를 내밀었다.

"……."

그로 인해 이안의 눈이 동그랗게 떠졌다. 생각지도 못한 선물이었다. 이안은 놀란 표정을 거두지도 못한 채 조금은 수줍은 얼굴로 선물을 받았다.

"감사합니다."

재운이 준비한 건 예쁘게 포장된 라넌큘러스 한 송이였다. 이안은 잠시 동안 하얀 빛깔의 꽃에서 시선을 떼지 못했다.

"꽃다발은 부담스러워할 것 같아서 한 송이만 준비했어요. 늦어서 미안해요. 초대해 줘서 고맙고."

이미 꽃에게 시선을 뺏겨서 그런지 맞은편에서 들려오는 재운의 목소리까지도 달콤하게 느껴지는 듯했다. 그래서 대답을 하는 것도 잊어버린 채 이안은 멍하게 중얼거렸다.

"와, 이렇게 분위기 있는 꽃은 처음 봐요."

한 송이 꽃은 마치 우아하게 춤을 추는 발레리나를 연상시켰다. 기뻐하는 걸 넘어 황홀해하는 이안의 모습에 재운은 도리어 기쁜 듯 입가를 올려 차분하게 미소를 지었다.

"다행이네요. 연 대리랑 잘 어울릴 것 같아서 라넌큘러스로 골랐는데. 봄꽃이에요. 그 꽃 활짝 피면 더 예뻐요."

새운의 실명에 이안은 의외리는 듯 눈을 동그랗게 떴다.

"꽃도 잘 아세요?"

재운은 멋쩍은 듯 눈썹을 긁적였다.

"꽃꽂이를 몇 번 억지로 해 본 적이 있어서."

이안의 입이 쩌억 벌어졌다. 꽃꽂이라니. 이 남자 대체 정체가 뭐지?

다소곳하고 청아한 미소는 꽃꽂이와 무척이나 잘 어울리는 것 같았지만 185의 큰 키와 저 커다란 손과는 도무지 매치가 되지 않았다. 손재주가 있다는 건 이미 검증된 바 있고 어쩌면 자신보다 더 여성스러울 수도 있겠다는 생각에 이안은 씁쓸히 입맛을 다셨다. 어디서 드는지 모를 패배감이 점차 밀려왔다.

"꽃꽂이는 어디서……."

"일부러 배웠던 건 아니고, 누나가 꽃집을 하고 있어요. 초창기에 직원 없을 땐 주말에 끌려가서 조수 역할 몇 번 하느라. 조금 다룰 줄만 알아요."

"아, 꽃집."

이안의 눈망울이 반짝반짝 빛났다. 동시에 멋지다, 라는 감탄사가 붉은 입술 사이로 조용히 흘러나왔다. 멋지다는 게 누나가 꽃집을 하고 있다는 건지 아니면 그가 꽃을 안다는 것인지 정확히 알 수는 없었지만 재운은 괜스레 우쭐해져 내내 미소를 감추지 못했다.

마냥 들고 있을 수만은 없었기에 이안은 꽃을 옆자리에 내려놓고 식사를 시작했다. 하지만 계속해서 꽃으로 향하는 시선을 막을 수는 없었다.

"참! 그때 봤던 영화 제대로 흥행했던데요. 새롭게 기록도 세우고. 같은 시간대에 볼 줄 알았으면 같이 보는 건데."

재운은 다소 아쉽다는 듯 말을 건넸다.

"그러게요. 사실 처음 부분은 잘 기억 안 나서 전 한 번 더 보려고요."

"그래요? 나도 한 번 더 볼 생각이었는데."

"봤던 영화 또 보세요? 한 번 본 건 다시 안 보는 사람들도 많던데."

"인상 깊고 내 기준에서 재밌는 건 또 보는 스타일이에요. 새로운 게 보이기도 하고 재밌는 건 또 봐도 재밌으니까."

헤 벌어진 이안의 입이 다물어질 생각을 않고 있었다. 그녀도 같은 생각이었다. 같은 걸 돈 아깝게 왜 또 보냐는 전 남친의 말이 불현듯 스쳐 가 기분이 나빠지려고 하다가도 서 팀장의 반듯하고 헌칠한 외모에 다시금 기분이 좋아지고 있었다.

완벽한 데이트였다. 음식도 맛있었고 무엇보다 대화가 잘 통했다.

다정하고 꽃꽂이를 해 본 고양이를 키우고 있는 남자. 꿈일까 착각될 정도로 즐거웠다. 다정한 분위기에 매료되어 시간이 가는 줄도 모를 정도였다. 단 하나, 직장 상사라는 게 마음에 걸렸지만 저런 남자라면야 감수하고도 남을 것 같았다.

"커피 마실래요?"

"네. 제가……."

"앉아 있어요. 내가 가져올게요."

이안은 탐이 나는 듯 재운의 뒷모습을 주시하며 콧김을 훅훅 내뿜었다.

'뺏기고 싶지 않아.'

집으로 돌아온 이안은 옷도 갈아입지 않은 채 미오에게 폭풍 자랑을 시작했다.

"미오! 오늘 누나 뭐 먹었게? 진짜 맛있었다. 꽃도 선물 받았어. 너무 예쁘지? 나 이렇게 예쁜 꽃 처음 봐."

한참 자랑을 늘어놓던 이안은 자리에서 벌떡 일어나 예쁜 디자인의 병들이 진열되어 있는 주방으로 향했다. 특이한 모양의 병들을 수집하는 게 그녀의 취미 중 하나였다.

이 병을 꽃을 꽂아 놓는 데 쓸 줄이야. 어쩌면 제일 실용적인 이용품인지도 몰랐다.

흐뭇한 얼굴로 병 하나를 고른 이안은 물을 채우곤 다시 거실로 돌아왔다. 조심스럽게 포장지를 벗긴 후 숨도 한 번 내쉬지 않고 신중한 동작으로 꽃을 병에 꽂았다.

"와. 진짜 예쁘다, 너."

포장된 꽃도 예뻤지만 동그스름한 입구의 긴 꽃병에 꽂혀 있는 라넌큘러스는 그야말로 우아하고 너무도 분위기가 있었다. 감탄사를 내뱉으며 한참 동안 꽃을 멍하게 바라보던 이안은 시간을 확인하려고 고개를 돌리다 미오를 발견하곤 고개를 갸웃거렸다.

어느 것 하나 관심 없던 미오가 집요하게 꽃병을 바라보고 있었다. 신기한가? 의아했지만 이안은 곧 신경을 끄고 욕실로 향했다.

그리고 다음 날 아침, 그녀의 집에서 외마디 비명이 울려 퍼졌다.

"꺄아악!"

잠에서 깬 지 얼마 되지 않은 듯 이안은 부스스한 머리를 한 채 어딘가를 향해 손가락을 뻗고 있었다. 부들거리기 시작하는 손가락이 서서히 내려갔고, 이안은 힘이 빠진 듯 앞으로 꼬꾸라져 이불에 얼굴을 푹 파묻었다. 무참히 뜯겨진 꽃잎들이 너부러진 현장은 참으로 잔혹했다.

시치미를 떼는 미오의 세모 입에서 삐쭉 튀어나온 허연 물체를 발견한 이안은 결국 폭발했다.

"로미오! 너어!"

달려드는 이안을 무표정한 얼굴로 가볍게 피한 미오는 여기저기로 폴짝폴짝 뛰며 재빠르게 잘도 도망 다니기 시작했다. 결국 미오를 잡지 못한 이안은 절망하며 거실 바닥에 힘없이 엎드렸다.

"내 꽃……."

오늘따라 축 처진 이안이 걱정이 된 듯 같은 팀의 지은이 안쓰러운 눈길을 보냈다.

"연 대리, 어디 아파? 왜 그렇게 힘이 없어?"

"괜찮아요. 아침을 못 먹어서 그런가 봐요."

이안은 힘없이 웃어 보이며 터덜터덜 걸음을 옮겼다. 정말 예쁜 꽃이었는데, 겨우 하루 간직하고 만신창이가 되어 버리다니. 활짝 피면 더 예쁜 꽃이랬는데, 그 모습을 보지도 못하다니. 더군다나 재운에게 처음으로 받은 꽃이었다. 속이 쓰려.

'꽃 이름이 뭐였더라?'

라, 뭐라고 했던 것 같은데. 이럴 줄 알았으면 제대로 기억해 놓을걸.

잠시 쉬는 틈에 인터넷으로 꽃 이름을 찾아보았지만 쓸데없는 정보들만이 나타났다. 한숨을 쉬며 의자에 깊숙이 기댄 이안은 미안한 기색도 없이 요리저리 도망 다니던 미오가 떠오르자 부들부들 떨리는 입을 꽉 다물었다.

'로미오, 이놈.'

점심시간 즈음, 재운과 마주친 그녀는 평소와는 다르게 시무룩한 감정이 섞인 얼굴로 인사를 했다.

"저, 서 팀장님."

재운은 말하라는 듯 다정하게 눈을 마주쳤다.

"어제 주셨던 꽃 이름이 뭐였죠? 사실은 저 자는 사이에 미오가 꽃잎을 다 뜯어 놨어요. 꽃이 만신창이가 되어 갖고…….."

이안은 죄송하다는 말을 덧붙이며 고개를 푹 숙였다. 시무룩한 얼굴이 귀여운지 길게 시선을 주던 재운은 알 만하다는 듯 털털하게 웃어 보였다.

"줄리도 만만치 않아요. 워낙 호기심이 많아서. 고양이 키우면 흔히들 겪는 고초잖아요. 한번은 선물 받은 귀한 난초를 아작 내놔서 나도 혼냈던 적 있어요."

고개를 든 이안은 멀뚱하게 재운을 올려다보았다. 여기저기 아무리 뜯어보아도 재운이 화내는 모습은 상상이 안 되었다.

"꽃 이름은……."

잠깐 생각하는 것 같던 재운이 무슨 일인지 갑자기 말을 빠르게 돌렸다.

"나중에 알려 줄게요. 일이 바빠서……."

다급히 쌩 지나쳐 가는 재운의 모습에 이안은 눈을 빠르게 껌벅거렸다. 저렇게 빠른 사람이었던가?

'별꼴이네.'

이안은 불퉁하게 볼을 부풀렸다. 대체 꽃 이름이 뭐지? 궁금한데 알 수가 없으니 더 환장할 노릇이었다.

그날, 늦은 저녁까지 잔업을 이어 가던 이안은 휴식을 취할 겸 커피를 들고 휴게실로 향했다. 수많은 불빛들로 반짝거리는 창밖을 바라보자니 문득 감상적인 기분이 되었다. 그래서인지 미오를 너무 혼낸 건 아닌지 걱정이 되었다. 그래 봤자 별로 반성하는 기색도 아니었지만. 꽃한테 질투가 났던 건가?

도도하고 시크한 미오는 확실히 이안의 물건엔 별 취미가 없었다. 그래서인지 무언가를 망가뜨리거나 씹어 놓은 전적 또한 없었다. 말썽을 일으키지 않았던 녀석인지라 배신감이 더 컸던 모양이다.

"자식, 질투했구만."

이안은 어이없는 웃음을 머금다 또다시 시무룩한 얼굴을 했다. 그래도 그렇지. 왜 하필 꽃이었니?

20분 정도 눈을 감고 휴식을 취한 이안은 서둘러 사무실로 돌아갔다. 아무리 도도한 미오라도 깃털 장난감이라면 사족을 못 쓰니 서둘러 집으로 돌아가 심통 난 마음을 조금이나마 풀어 줄 생각이었다.

이안은 기지개를 켜며 최소한의 조명이 켜져 있는 사무실로 돌아왔다. 그러던 중 무언가를 발견하곤 걸음을 멈춰 섰다.

"……."

사무실 책상에 그녀의 물건이 아닌 다른 무언가가 놓여 있었다. 찬찬히 시선을 주던 이안은 곧 걸음을 옮겨 자리로 향했다.

책상에 가지런히 놓여 있는 건 전날 재운이 선물해 줬던 것과 같은 꽃 한 송이였다. 분위기 있는 우아한 자태에 또다시 이안의 입이 살며시 벌어졌다.
'근데 이게 왜 여기에……'
이안은 곰곰이 생각을 되짚었다. 설마 재운이 다녀간 건가?

'꽃 이름은… 나중에 알려 줄게요.'

 의아한 눈빛으로 주위를 둘러보던 이안은 꽃 옆에 놓여 있는 작은 봉투를 뒤늦게 발견하곤 천천히 집어 들었다. 정사각형의 봉투를 여니 깔끔한 카드 하나가 모습을 드러냈다. 하지만 이안은 쉽사리 카드를 펼치지 못했다.
 카드 하나 여는 것뿐인데 왜 이렇게 떨리는 거야?
 그녀는 심호흡까지 한 후에야 카드를 조심스럽게 펼쳤다. 눈에 먼저 들어온 건 정갈한 필체로 적혀 있는 자신의 이름이었다.

이안.
꽃 이름은 라넌큘러스예요. 꽃말은,
〈당신은 매력적입니다.〉
-서재운-

 이안의 눈이 느릿하게 감겼다 떠졌다. 어느새 심장은 아주 빠른 속도로 뛰고 있었다. 살짝 벌어진 그녀의 입에서 길게 숨이 터져 나왔다. 정갈한 필체에 계속해서 눈이 가는 이유도 있었지만 꽃말이라는 내용 또한 그녀를 사로잡기에 충분했다.

4장. 우연 더하기 우연

'당신은 매력적입니다.'

정갈한 필체에서 간신히 시선을 뗀 이안은 예쁘게 포장된 꽃을 들어 가만히 눈에 담았다. 이안의 입가에 옅게 미소가 번졌다. 이런 값진 선물을 받아 본 적이 있던가? 돌이켜 보니 그는 늘 그랬다. 늘 그녀 모르게 정성스러운 선물을 준비하곤 했다.

몇 번의 경험으로 미루어 기대란 함부로 해서는 안 되는 것임을 깨달았다. 하지만 그는 그런 사람이었다. 자꾸만 더욱더 기대되는 사람.

인생을 살면서 이런 사람을 몇이나 만날 수 있을까?

은은하게 퍼지던 두근거림이 점차 달콤하고 벅찬 감정으로 채워져 갔다.

처음엔 호기심으로 시작되었지만 서재운이라는 남자가 자꾸, 그리고 더욱더 탐이 났다.

아직 봄이 아닌데도 살랑거리는 바람이 주위에 머무는 듯했다. 절로 올라가는 입가를 막을 방도가 없어 결국 이안은 환하게 미소를 지어 보였다. 가슴은 아직까지도 격하게 두근거리는 채였다.

"아, 오늘 잠은 다 잤네."

책상에 기댄 이안은 투덜대듯 하지만 기분 좋게 중얼거렸다. 매력적인 남자 같으니.

'근데 이거…….'

고백 맞지? 단순히 꽃말을 말해 주려고 이런 건 아니겠지?

이안은 꽃을 가슴에 댄 채 멍하게 허공을 바라보았다.

하지만 이대로 가다간 집에 돌아가지 못할 것 같았기에 정신을 차리며 다시 일에 집중했다. 그러던 중, 불현듯 무언가가 떠올라 이안은 주위를 둘러보았다. 꽃만 자리에 놓아두고 그냥 가 버린 건가?

지금까지 재운의 모습이 보이지 않는 걸 보면 그가 사무실에 왔을 때 엇갈렸거나 일부러 꽃만 두고 돌아갔을 가능성이 컸다.

'부끄러웠나?'

그가 간혹 보여 줬던 수줍은 표정으로 미루어 봤을 때 충분히 있을 수 있는 일이었다. 어쩐지 이런 것 또한 그의 이미지와 어울려 이안은 흐뭇하게 미소를 지었다. 그의 얼굴을 보지 못한 게 조금 아쉽긴 했지만.

이안은 서둘러 일을 끝내고 집으로 돌아갔다. 문을 여는 소리가 나자 미오는 여느 때처럼 어슬렁거리며 현관으로 마중을 왔다. 하지만 아침에 한바탕 난동이 있던 것 때문인지 눈빛은 평상시보다 훨씬 더 시큰둥했다.

"미오, 반성했어?"

대답은커녕 은근슬쩍 시선을 피해 버리는 미오가 괘씸한 듯 이안은 눈을 가늘게 떴다.

"좋아, 그렇게 나온다 이거지?"

따로 생각해 둔 방법이 있는 건지 이안은 꽃을 소중히 안은 채 성큼성큼 집 안으로 들어섰다. 어슬렁거리며 따라오던 미오가 티 나게 움찔거린 건 이안이 미오의 방석을 냉큼 뺏어 깔고 앉은 직후였다. 이안은 어떻게 할 거냐는 듯 눈을 가늘게 뜬 채 미오를 응시했다.

"한 번만 더 꽃 엉망으로 만들면 나도 네 방석 뺏어서 앉을 거야. 방석 뺏기니까 너도 기분 안 좋지? 이건 저 꽃처럼 만들면 안 돼. 알았어?"

아침나절 엉망으로 뜯겨진 꽃잎들을 한데 모아 투명하고 길쭉한 병에 넣어 두었던 이안은 이 꽃, 저 꽃 미오에게 열심히 설명을 하며 손가락으로 꽃을 짚어 보였다.

알아들었는지 모른 체하는 건지 시큰둥하게 딴 곳을 보고 있었지만 미오의 귀만은 그녀가 말을 할 때마다 쫑긋거리며 솔직하게 반응하고 있었다. 이안이 포기하지 않고 진득하게 바라보자 귀찮은 듯한 미오가 이안의 곁으로 다가와 방석 위를 앞발로 파는 시늉을 했다. 열심히 앞발을 움직이고 있었지만 이안이 깔고 앉은 방석은 당연하게도 꿈쩍도 하지 않았다.

내놓으라는 의사임을 알았으나 이안은 미오를 손으로 밀며 다시 한번 완고하게 말했다.

"이 꽃 뜯으면 안 돼."

잠시 조용하던 미오가 드디어 입을 열었다. 조금은 뚱하게.

우냥.

이안의 입가에 회심의 미소가 번졌다. 이안은 그제야 방석을 미오에게 내어 주며 자리에서 일어났다.

"약속한 거다. 또 그러면 안 돼."

드디어 방석을 되찾게 된 미오는 더 이상은 뺏길 수 없다는 듯 방석 중앙 위에 고집스럽게 자리를 잡았다.

이안은 흥얼거리며 새로이 꺼낸 꽃병에 라넌큘러스를 정성스레 꽂았다. 그 모습을 조용히 지켜보던 미오는 슬그머니 고개를 돌린 이안이 의심스런 눈빛을 보내자, 곧장 시선을 피하며 모른 체를 시도했다.

반항기가 섞인 눈빛이어도 미오는 그날 이후 이안의 꽃을 단 한 번도 건드리지 않았다.

 집에 있는 라넌큘러스는 무사했고 재운의 설명대로 꽃잎이 활짝 필수록 꽃의 자태는 더욱 우아하고 탐스러워졌다.
"……."
 요 며칠 이안은 탕비실에서 커피를 마실 때도 회사 복도를 거닐 때도 식사를 할 때나 출퇴근을 할 때도 주위를 두리번거리며 누군가를 찾는 듯했다. 그런 행동이 벌써 며칠째 이어지고 있었다.
 현재 문제는 꽃이 아닌 꽃을 선물한 당사자이기 때문이었다. 간접적으로 고백 비스무리한 말을 던져 놓고 며칠이 지난 지금까지도 아무런 액션을 취하지 않다니. 애타는 건 오히려 자신인 것 같아 이안은 지금의 상황이 썩 마음에 들지 않았다.
 혹시 착각을 너무 크게 하고 있었던 건가?
 모니터를 멍하게 응시하던 이안은 잡념을 떨치려 눈을 크게 뜨며 업무에 집중했다. 생각대로 되지는 않겠지만 마음을 비우는 게 일을 하는 데 훨씬 도움이 될 것 같았다.

*

 이도 저도 아닌 기분이 된 채 주말을 맞이한 이안은 오랜만에 공원을 찾았다. 완연한 봄 날씨는 아니었지만 꽃샘추위가 지나서인지 날씨는 제법 화창했다.

이안은 특이하게도 공원에 갈 때면 간편한 트레이닝복 대신 좋아하는 옷을 골라 입고 가곤 했다. 걷는 걸 좋아해서인지 그리하면 마음이 좀 더 화사해지는 것 같았기 때문이다.

행복과 여유를 만끽하고자 이안은 평소 좋아하는 원피스에 흰 운동화를 신고 코트를 걸친 채 집을 나섰다. 중간엔 코트를 벗고 들고 갈 만큼 햇살은 따사로웠다.

공원에 도착한 그녀는 바람에 살랑거리는 머리카락을 하나로 묶은 채 천천히 걸음을 내디뎠다. 조금은 서늘한 공기를 들이마시자, 가슴 속이 탁 트이는 느낌이었다.

오랜만에 느끼는 여유였다.

"……"

하지만 마음속 한구석엔 여전히 복잡하고 혼란스런 기분이 남아 있었다. 그의 마음은 무엇이었을까? 요 며칠 사이 먼저 마음을 털어놓고 그동안의 선물들은 무엇이었는지 따져서라도 물어볼까, 하는 마음이 들었지만 워낙에 바쁜 시기라 회사 내에서 짧게 스쳐 지나간 횟수는 많아도 오랜 시간 대화를 할 상황은 되지 않았다.

오늘 공원을 찾은 건 여유를 느끼고 싶은 이유도 있었으나 다소 혼란스러운 마음을 정리하고 싶은 생각도 있기 때문이었다. 전부터 이 장소는 이안에게 그런 곳이었다. 모든 고민과 걱정을 감싸 안아 주는 것 같은 관대하고 포근한 곳.

마치 누군가 따스한 눈빛으로 지켜보고, 또 지켜 주고 있는 것처럼.

이안은 한 걸음씩 발을 내디디며 그동안의 일들을 회상했다. 땅에 하얀 운동화가 닿았다 떨어질 때마다 그와 만났던 장소, 미소, 목소리, 모든 것이 몽글몽글 떠오르다 다시금 깊이 새겨지는 느낌이었다.

"······."

이안은 고개를 들어 하늘을 올려다보았다. 오늘따라 청아한 하늘이 눈이 부실 정도로 예뻤다.

아마도 어떨 거라는 추측은 하고 있지만 그의 마음이 어떤지는 정확히 알지 못한다. 하지만 자신의 마음만큼은 잘 알고 있었다. 그렇다는 건 의외로 지금 고민하는 문제의 답을 쉽게 찾을 수가 있다는 뜻이 되기도 했다.

"······."

차차 정리되어 가는 생각에 찬찬히 걸음을 옮기던 이안은 불현듯 우뚝 멈추어 섰다. 이상한 듯 고개를 갸웃거리던 그녀가 슬그머니 고개를 돌려 옆을 확인했다. 보이는 건 텅 빈 허공뿐이라 다시 걸음을 옮기려 했지만 무언가가 마음에 걸렸다. 이안은 다시금 고개를 돌렸다. 대신 전보다는 눈높이가 확연하게 낮아져 있었다.

"어?"

하얀 털을 휘날리며 서 있는 어떤 이의 고운 자태에 이안은 눈을 빠르게 꿈벅거렸다. 언젠가 본 적이 있는 고양이였다.

"줄리?"

냥냥.

이안은 설마 하는 생각으로 살짝 몸을 틀어 뒤를 돌아보았다. 옅게 웃고 있는 재운의 모습에 이안의 눈이 휘둥그레졌다.

"서 팀장님?"

"산책 나왔어요?"

이안은 곧장 대답을 하지 못했다. 당혹스러운 마음이 컸다. 하지만 우습게도 반가운 마음이 먼저였다.

"네. 팀장님도 산책 중이셨나 봐요. 근데 줄리는… 진짜 대단하네요."

딱 한 번 마주친 것뿐인데 먼저 알아본 것도 모자라 알은척까지 해 주는 고양이라니.

"강아지 같죠?"

"진짜 신기하네. 근데 지금 줄리 산책 중인 거예요?"

이안은 눈을 둥그렇게 뜨며 재운에게 물었다. 재운은 멋쩍게 미소를 지으며 고개를 끄덕였다. 공원에서 당당하게 산책하는 고양이라니. 사실 재운도 줄리를 입양하기 전엔 산책하는 고양이가 있다는 소문만 들었을 뿐 실제로 보진 못했었다. 오늘만 해도 하얀 털을 휘날리며 산책줄을 한 채 당당하게 걷는 줄리에게서 눈을 떼지 못하는 사람이 더러 있었다.

짐작하건대 이안의 반려묘는 산책을 즐긴다는 노르웨이숲

품종이었으나 전에 봤던 미오의 성향으로 볼 때 그리 산책을 달가워할 것 같진 않았다. 산책묘라는 별명을 가진 고양이가 산책하는 것조차 본 적이 없으니 그녀로서는 신기해할 만도 했다.

"산책하는 걸 나보다 더 좋아해요."

이안은 부러움이 가득 담긴 눈빛으로 줄리를 바라보았다. 비록 덩치는 조그맣지만 한쪽 앞발을 치켜든 채 주위를 둘러보는 줄리의 아우라는 사바나의 사자 못지않았다.

부럽고도 쓸쓸한 감정이 스민 눈동자로 바라보던 이안은 뒤늦게야 다시 재운을 돌아보았다. 영화관에서 마주쳤을 때와 같이 편안한 복장이었으나 날씨가 변해서인지 평상복을 입은 그의 모습이 새롭게 느껴졌다. 장소가 공원이니만큼 산뜻하고 부드러운 느낌이 강했다.

"팀장님하고 여기서 마주칠 줄은 몰랐어요. 전에 영화관에서 동네가 그쪽이라고 하지 않으셨어요?"

재운은 허를 찔린 듯 잠시 멈칫거렸지만 곧 차분하게 대꾸했다.

"줄리가 이 공원을 좋아해서요. 풍경도 좋고."

그녀가 속해 있는 이 풍경이 마음에 드는 것이었으나 차마 그리 말할 수는 없었다. 조금 더 친해지게 된다며 솔직히 말할 수 있으려나? 당신이 떠올라서 혹시나 싶은 마음에 이곳으로 발길이 향했다고. 말끝을 흐리며 시선을 내리던 재운은 무언가를 발견하곤 움찔거렸다. 어느 틈인지 돌아앉은 줄리가 한심하다는 눈빛으로 재운을 올려다보고 있었다. 재운은 저도 모르게 시선을 피하며 헛기침을 했다.

"여기 분위기가 좋긴 하죠."

이안은 한 점의 의심 없이 해맑게 웃으며 공원을 둘러보았다. 화사하고 투명한 미소에 재운은 오래도록 시선을 주었다.

곧 두 사람은 벤치에 앉아 소소한 대화를 이어 갔다. 재운의 반가운 사람으로 인해 도중에 산책이 끊긴 줄리는 처음엔 시큰둥한 표정이었지만 곧 사람 구경에 신이 난 건지 아니면 재운의 기분이 좋아졌다는 걸 눈치챈 건지 연방 냥냥거리며 앞발을 까닥거렸다.

"여기 자주 오시나 봐요. 요즘 좀 뜸했지만 저도 자주 오는 편인데……."

이안은 이상하다는 듯 고개를 갸웃거렸다. 대화를 나눠 본 결과 재운은 한두 번 이 공원에 온 게 아니었다. 그 역시도 주말에 산책을 나왔을 테니 한 번쯤 마주쳤을 법도 한데, 그동안 그를 보지 못했다는 게 의아했다. 재운은 대답 대신 희미하게 미소만 지어 보일 뿐이었다.

그러던 중 이안은 점잖게 앉아 있는 줄리를 바라보곤 신기하다는 듯 웃음을 터뜨렸다.

"줄리 산책하는 거 보니까 신기하기도 하고, 부럽네요."

"사람 성격이 다르듯 고양이도 각기 성향이 다르니까요. 미오는 산책하는 거 싫어하는 것 같고, 나중에 줄리 데리고 산책해 볼래요?"

"팀장님 말고도 잘 따라요?"

이안의 말이 끝나기가 무섭게 줄리는 재운 대신 이안의 다리에 매달려 고르릉대기 시작했다. 당황한 표정으로 내려다보던 이안이 줄리를 안아 무릎 위에 앉혔다. 줄리는 더러운 꼴로 숙녀의 무릎에 앉을 수 없다는 듯 열심히 털을 핥다 편안하게 자세를 잡고 눈을 감은 채 다시 고르릉거렸다.

"가능하겠네요."

줄리의 행동을 지켜보던 두 사람은 곧 웃음을 터뜨렸다. 실없는 농담에도 웃지 않고선 못 배길 정도로 날은 좋았고, 분위기는 다정했다.

줄리는 부드러운 손길에 살살 녹아 어느새 잠에 빠져들었다. 재운은 옅게 미소 짓고 있는 이안을 슬며시 훔쳐보다 덩달아 웃음을 머금었다. 여러 번 공원을 찾았지만 이런 풍경은 감히 상상하지도 못했었다.

"참! 꽃 너무 감사했어요. 서 팀장님 말대로 활짝 피니까 더 예쁘던데요."

오래전부터 하고 싶은 이야기였다. 하지만 정작 하고 싶은 말은 비껴간 채 횡설수설대고 있는 기분이었다.

"꽃말이 더 예쁘죠. 연 대리처럼."

차분한 목소리에 습관적으로 고개를 끄덕이던 이안은 천

천히 눈을 깜박이다 재운을 돌아보았다. 흔들림 없이 마주쳐 오는 눈빛은 전과 다를 바가 없었지만 어쩐지 다르게 느껴지는 것 같기도 했다. 봄을 닮은 소녀처럼 수줍어하는 것 같았던 미소와 눈빛이 어느 순간 당당하면서도 서글서글하게 닿아 왔다.

불현듯 전에 받았던 꽃말이 담긴 편지와 그 편지 속에서 그가 이안, 이라고 호칭을 불렀던 게 기억났다.

'당신은 매력적입니다.'

이안은 봄에게 마음을 뺏긴 꽃처럼 멍하게 재운을 응시하다 덜컥 질문을 던졌다.

"제가 예쁘다는 뜻인가요, 매력적이라는 뜻인가요?"

다소 직설적인 질문이었는데도 재운은 당황하는 기색 없이 옅게 미소를 머금었다. 자신 쪽으로 완전히 몸을 트는 재운을 이안은 느릿하게 눈을 깜박이며 바라보았다.

"예쁘고, 매력적이죠."

이안은 작게 침을 삼켰다. 살랑거리는 바람에 섞여 온 낮은 목소리에 심장이 덜컥 내려앉는 기분이었다. 제법 가까운 곳에서 눈에 담기는 그의 모습은 그야말로 유려하고 화사했다.

재운은 이안을 향해 손을 뻗었고, 점차 가까워지는 재운의 손길에 이안은 저도 모르게 움찔하며 질끈 눈을 감았다.

"……."

살며시 뜬 이안의 눈에 시선을 올곧게 맞추며 살짝 미소 짓고 있는 재운의 얼굴이 들어왔다. 재운의 손은 바람이 흩날려 이마 쪽으로 넘어온 이안의 머리카락에 닿아 있었다. 짙게 미소 지은 그의 얼굴이 너무도 매력적이라 이안은 살며시 입을 벌렸다. 이안의 도톰한 입술로 내려간 눈동자가 열기를 담고 살짝 흔들리다 다시금 이안의 눈에 닿았다.

"구경꾼이 있어서 지금은 더 다가가기가 여의치 않네요."

의아한 감정이 담겼던 이안의 눈동자가 아래로 내려갔다. 벤치 위, 재운과 이안의 사이에 앉아 있던 줄리가 호기심이 어린 눈망울로 재운과 이안을 번갈아 바라보고 있었다. 두 사람은 동시에 웃음을 터뜨렸다.

걸음을 옮기던 이안은 미소를 숨기지 못한 채로 고개를 숙여 무언가를 바라보았다. 커다란 재운의 손이 그녀의 손을 부드럽게 겹쳐 잡고 있는 채였다. 공원을 가로질러 그와 함께 주차장으로 가는 길은 그야말로 달콤한 공기가 가득한 봄길이었다.

재운의 차를 처음 타 본 이안은 호기심이 가득 찬 눈망울로 여기저기를 둘러보았다. 차의 내부는 그의 이미지대로 굉장히 깔끔하고 단정했다.

"안 데려다주셔도 되는데. 저희 집 여기서 진짜 가까워요."

"나랑 수다 떠느라 시간 많이 잡아먹었잖아요. 이왕 차 타고 나온 거 바래다주고 갈게요. 이대로 헤어지기 아쉽기도 하고."

"감사합니다."

이안은 운전을 하는 그의 옆모습을 살짝 훔쳐보다 나중엔 대놓고 그를 감상했다. 본래 운전을 하는 남자가 이리도 근사했던가? 이안은 황홀한 듯 그를 감상했고, 줄리는 그런 이안을 대놓고 관찰했다.

이안이 알려 주는 방향대로 운전을 한 재운은 그녀의 집 앞에서 차를 세운 후 다정하게 인사를 건넸다.

"조심히 들어가요."

"바로 앞인데요. 조심히 들어가세요."

이안은 해맑게 웃으며 손을 흔들었고, 재운도 옅게 미소를 머금은 채 손을 들었다. 이런 날이 올 거라곤 감히 상상도 하지 못했다.

이안이 건물로 들어간 다음에야 핸들을 잡은 그가 앞창으로 멀리 시선을 준 건 건물 앞에서 얼쩡거리는 한 남자를 발견하고서였다. 수상쩍은 움직임에 재운은 집요하게 눈길을 주었다. 어쩐지 낯이 익은 얼굴 같았다.

'설마······.'

다소 심각하게 숨을 내쉬던 재운은 무언가를 발견하곤 낮게 웃음을 터뜨렸다. 조수석으로 옮겨 온 줄리가 한껏 경계하는 날카로운 눈초리로 남자를 노려보고 있었다.

"든든하네."

?

 그 후, 각기 다른 날 총무팀과 홍보팀의 회식이 있었고, 먼저 회식을 하게 된 이안은 휴대폰의 알림음에 휴대폰을 꺼내 들었다. 재운의 메시지였다.
 [너무 많이 마시지 말아요. 회식 끝나면 꼭 연락하고.]
 회식을 가기 전에도 한껏 걱정스러운 말투로 너무 많이 마시지 말라고 신신당부하던 재운의 모습이 떠올라 불현듯 미소가 스몄다.
 '걱정해 주는 건가?'
 실실 웃던 이안은 조심하긴 해야지, 생각을 하며 굳게 고개를 끄덕였다. 지금이야 컨디션에 따라 주량이 달라진다는 걸 깨닫고 어느 정도 조절을 하지만 전에는 갑자기 술이 올라 술자리 도중 중간중간 기억이 사라졌던 적이 있었다. 다행인지 불행인지 남이 보기엔 너무도 멀쩡해 보여 늘 술자리에서 아무렇지 않게 대화를 이어 가지만 잠에서 깨면 기억을 하지 못하는 불상사가 생겨 버렸다. 그리하여 상대에게 미안했던 적이 한두 번이 아니었다. 이안은 굳게 다짐을 하며 그녀의 만능 음료수, 요구르트를 사러 편의점으로 향했다.
 회식 도중에도 휴대폰 메신저로 다정하게 안부를 묻는 재운 덕에 이안은 술을 마시면서도 한껏 들뜬 얼굴을 했다.
 혹시 기다리고 있지 않을까 싶었던 재운은 회식이 끝날 무렵 가게 앞으로 찾아오기까지 했다. 염려해 주는 그의 마음이 너무도 고맙게 느껴졌다.

이안을 차에 태우기 전 재운은 무언가가 생각난 듯 편의점을 건너다보며 그녀에게 물었다.

"요구르트 먹을래요?"

이안은 빙긋 웃으며 가방 안에서 주섬주섬 무언가를 꺼내 들었다. 이미 큰 용량의 요구르트가 가방 안에 들어 있었다. 뺨을 발그레 물들인 채 귀엽게 웃는 그녀가 사랑스러운 듯 재운은 흐뭇하게 눈길을 주다 조수석 문을 열어 주었다.

이안은 고맙다는 인사를 건네며 조심스럽게 차에 올라탔다. 처음 타 보는 것도 아니건만 그녀는 잔뜩 들뜬 눈망울로 여기저기 구경하기에 바빴다. 운전석에 오른 재운은 발그레하게 물든 뺨을 한 채 눈망울을 반짝거리는 이안을 발견하곤 옅게 미소를 머금었다.

'귀여워.'

조금은 알딸딸하게 취기가 오른 이안은 여전히 눈망울을 반짝이며 재운을 바라보았다.

"팀장님, 그거 아세요? 우리 엄청 비슷한 거."

"그래요?"

재운은 옅게 웃으며 고개를 끄덕였다. 얼핏 보면 대수롭지 않게 여기는 것 같았으나 그게 전부가 아닌 것 같았다. 뭐랄까, 무언가를 꿰뚫어 보고 있는 듯한 여유가 담긴 평온함이

랄까?

하지만 이안은 알딸딸하게 취기가 오른 상태였다. 그리하여 그 묘한 여운을 그저 넘기며 기분 좋은 얼굴로 계속해서 재잘거렸다.

"취향이나 성향 면에서 비슷한 점이 많아요. 음, 그때 카페에서 주문했던 커피도 그렇고, 음식 취향도 그렇고요. 좋아하는 장소도……. 아! 저 서점에서도 팀장님 본 적 있어요."

"아, 그 서점."

어디인지 금세 떠오른 듯 재운은 맞장구치며 부드럽게 웃어 보였다.

"자주 가세요?"

"그런 편이죠. 분위기도 마음에 들고 그 분위기 속에 더 마음에 드는 것도 있고."

"그게 뭔데요?"

재운은 비밀스럽게 입꼬리를 올렸다.

"전이나 지금이나 내가 제법 많이 발견하는 거?"

이안은 생각을 하는 듯 눈동자를 이리저리 굴리다 뚱하게 볼을 부풀렸다.

"어렵네요."

"어렵죠. 전이나 지금이나."

재운은 이안을 마주 보며 예쁘게 미소 지었고, 이안은 술에 취해서인지 그 미소에 홀려서인지 덩달아 헤헤, 웃음을 머금었다.

　두 사람의 기분 좋은 웃음소리가 지금의 계절과 너무도 잘 어우러졌다.

5장. 연애의 시작

바야흐로 벚꽃이 피는 계절,
봄이었다.
한껏 멋을 부린 채 누군가를 기다리던 이안은 다소 쌀쌀한 바람이 한차례 지나쳐 가자 작게 몸을 떨었다.
'멋 부린다고 너무 얇게 입었나?'
이안은 자신이 입고 있는 블라우스와 살랑거리는 스커트, 하얀 색상의 재킷을 내려다보며 코를 한 번 훌쩍였다. 카디건이라도 재킷 안에 걸칠 걸 잘못했나 보다.
몸이 으슬으슬해 괜히 데이트를 망치는 건 아닌가 싶어 이안은 침울한 얼굴을 했다. 하지만 곧 배시시 미소가 지어졌다.
'데이트다!'

"야호!"

다소 요상한 인연은 작년 연말부터 이어졌기에 봄꽃인 라넌큘러스에 이어 그와 함께 벚꽃까지 구경할 수 있었다.

며칠 전, 재운은 벚꽃 데이트를 제안했고 이안은 망설임 한 번 없이 단번에 수락했다.

"아직 도착 안 했지?"

조심스레 주위를 둘러보던 이안은 가방을 분주하게 뒤적거려 립스틱 하나를 꺼내 들었다. 화사한 빛깔의 립스틱을 바르려는 찰나, 저만치에서 다가오는 재운을 발견하곤 재빨리 립스틱과 손거울을 내렸다.

'저 남자는 립스틱만 바르려고 하면 오네.'

속으로 투덜대던 이안은 오늘 역시도 멀끔하고 청초한 재운의 모습에 미소를 감추지 못했다. 아직 이안을 발견 못 한 건지 두리번거리며 걸어오던 재운은 한차례 분 바람에 어깨를 흠칫 떨었다. 그 모습을 지켜보던 이안의 입가에 흐뭇한 미소가 번졌다. 우리 서 팀장님도 멋 부리셨네.

'귀여워.'

그도 자신처럼 아침 내내 설레며 한창 꾸몄을까 생각하니 괜스레 손끝이 간질거리는 듯한 기분이었다.

얼마 지나지 않아 이안을 발견한 재운이 살며시 입가를 올린 채 그녀에게 다가왔다.

"오래 기다렸어요?"

"아니요. 방금 왔어요."

"같이 차 타고 왔으면 좋았을걸. 오는 데 불편하지 않았어요?"

재운은 자신의 차로 이안을 데리러 간 후 공원으로 함께 오길 희망했으나 이안은 그럴 필요 없다며 공원에서 만나자고 그를 설득했다.

"여긴 저희 집이 더 가깝거든요. 헤어질 때 데려다주세요."

데이트를 하기로 한 공원이 재운의 집보다 이안의 집에서 더 가까운 이유도 있었으나 워낙 걷는 걸 좋아하기에 꽃향기가 물씬 풍기는 거리를 여유롭게 거닐고 싶기도 했다. 덥거나 혹은 추운 탓에 산책을 즐기지 못하는 날이 갈수록 늘어 가는 가운데 이런 날을 놓치고 싶지 않았다.

그리고 그를 만나러 가는 그 시간이 설렘으로 행복할 걸 알기에 달콤한 추억을 쌓아 두고도 싶었다.

왜 이리 하고 싶은 게 많아지는 걸까? 이안은 복잡하면서도 오묘한 표정으로 재운을 올려다보았다.

하지만 재운은 함께 있는 시간이 줄어 아쉬운 건지 서운한 눈빛을 보였다.

"와. 카디건이다!"

산뜻해 보이는 재운의 차림에 이안은 신이 난 얼굴로 재운을 중앙에 둔 채 한 바퀴를 빙 돌았다. 신이 난 것 같은 이안의 모습에 재운은 결국 작게 웃음을 터뜨렸다.

"어지러워요."

재운은 이안의 손을 잡아끌며 빙빙 도는 걸 멈추게 했다. 그렇게 손을 잡은 핑계로 재운은 이안의 손을 쭉 놓지 않으며 데이트를 진행했다.

회사 밖에서의 데이트라 그런지 두 사람은 내내 들뜬 기색이었다. 솜사탕이며 아이스크림, 음료수에 번데기까지 가리지 않고 보이는 대로 다 사 먹은 재운과 이안은 금세 체력이 방전된 듯 벤치에 앉아 사람들을 구경하기에 바빴다.

향긋한 꽃 내음과 예쁜 풍경에 마음까지도 화사해지는 기분이었다.

"아이스크림 먹을래요?"

아이스크림콘을 먹으며 지나치는 커플을 발견한 재운이 이안을 마주 보며 다정하게 물었다. 이안은 심각한 얼굴로 재운을 올려다보았다.

"저 자꾸 먹여서 배 터지게 만들 생각인 거죠? 10분 전에 쿠키 먹고 5분 전에 아이스크림 먹었거든요."

그러자 재운은 조금 전 지나친 커플을 가리키며 진지하게 대꾸했다.

"아까 먹은 아이스크림이랑 다른 아이스크림인데."

정확히 짚자면, 다른 아이스크림이 맞긴 했다. 아까 이안이 먹은 건 막대 아이스크림이었고, 방금 지나친 커플이 먹은 건 콘 아이스크림이었으니까.

황당한 얼굴로 눈을 느릿하게 끔벅거리던 이안이 결국 웃음을 터뜨렸다.

못 말려, 진짜.

"하나도 안 빼놓고 새로운 거까지 다 먹이고 싶으세요?"

욕심이 지나쳤다는 걸 깨달은 건지 재운도 피식 웃음을 흘렸다. 자신이 생각해도 묘했다. 정말 세상 음식을 하나도 빼놓지 않고 다 먹이고 싶은 건가? 뭐, 맛있는 음식이 있다면 모조리 갖다 바치고 싶은 마음은 가득했다.

"나중에 먹어요. 같이."

이안은 수줍게 말하며 벤치에 깊숙이 앉은 채 발을 앞뒤로 흔들었다. 자신의 커다란 발과는 확연히 비교되는 작은 사이즈의 앙증맞은 발이 귀엽게 보이는 건지 재운은 옅게 미소를 띤 채로 시선을 떼지 못했다.

한차례 강하게 분 바람에 벚꽃 잎이 마구잡이로 휘날리기 시작했다. 마치 붓으로 그려 넣은 것 같은 영롱한 풍경을 황홀한 눈빛으로 바라보던 이안이 멍하게 입을 열었다.

"벚꽃은 꽃말이 뭐예요?"

이안은 궁금증이 가득한 눈망울로 재운을 돌아보았다. 워낙 꽃을 잘 아는 재운이기에 으레 당연한 듯 물어보게 된다. 아무래도 꽃 박사라고 애칭을 붙여야 할까 보다.

조심스럽게 손을 뻗은 재운은 바람결에 휘날리는 꽃잎이 살포시 손바닥에 내려앉자, 이안을 다정히 마주 보았다. 올곧게 마주쳐 오는 차분한 눈동자에 옅은 미소가 스민다고 느낄 찰나, 낮은 음성이 부드러운 바람과 함께 귓가에 닿았다. 평상시와는 다른 속삭임에 가까운 목소리였다.

"절세미인."

말간 눈동자에 오롯이 비치던 재운의 모습이 사라지는가 싶더니 이안의 눈이 빠르게 감겼다 떠졌다. 하얀 뺨이 어느새 발그레하게 물들어 있었다.

끈질긴 재운의 시선이 쑥스럽고 부담스러워 이안은 괜스레 먼 허공에 시선을 고정시켰다. 그런 이안이 귀여운지 계속해서 눈길을 주던 재운은 손바닥 위에서 살랑거리는 꽃잎을 내려다보며 이안에게 물었다.

"책이나 노트 같은 거 있어요?"

퍼뜩 정신을 차린 이안은 가방을 뒤적거려 평소 갖고 다니던 다이어리를 꺼냈다. 중간 부분을 잡아 활짝 펼친 재운은 책장 사이에 자신이 잡은 꽃잎을 내려놓고 다시 다이어리를 접었다.

"절세미인이네요."

다시 한번 꽃말을 말한 재운은 다이어리 쪽으로 가볍게 눈짓했다. 눈동자에 장난기 그득한 미소가 번져 있었다.

"꽃말이 매번 절묘하네요."

어쩐지 그런 재운이 얄미워 이안은 뾰로통하게 대꾸했다. 눈동자를 굴려 재운을 살짝 흘겨본 이안은 다이어리를 가방에 넣곤 다시금 벚꽃을 감상했다.

"예쁘다. 꽃하고 제법 잘 어울리는 꽃말이네요."

"그러게요. 그래서 연인하고 보러 오는 모양이에요, 벚꽃은."

"아, 연인이 곧 절세미인이니까?"

이안은 깨달음을 얻은 얼굴로 진지하게 고개를 끄덕거렸다. 그런 이안을 재운은 이번에도 눈을 떼지 못하고 바라보았다.

그로부터 몇 분 후, 태세가 백팔십도 전환되었다.

생과일주스를 마시던 재운은 다소 뚱한 얼굴로 이안을 돌아보았다. 그녀는 조금 전부터 휴대폰 카메라 앨범에 재운을 몰래 담기에 여념이 없었다. 조금 전, 머리칼이 바람결에 휘날리는 재운의 인상 깊은 모습을 발견한 후 한순간도 놓칠 수 없다며 틈만 나면 재운의 사진을 찍어 대고 있었다.

물 마시는 재운.

재킷을 터는 재운.

산책하는 개를 흐뭇하게 바라보는 재운.

꽃바람에 머리카락이 휘날리는 재운.

걸으며 팔과 같은 다리가 나간 재운.

갑자기 불어 닥치는 먼지가 섞인 바람으로 눈과 코를 찡그리는 다소 못나 보이는 재운의 모습까지.

"연……."

이안을 부르려다가도 어느새 사라진 그녀로 인해 재운은 쓴

쓸하게 입맛을 다시며 고개를 돌렸다. 이안은 또 저만치에서 휴대폰을 카메라 삼아 우스꽝스러운 포즈로 열심히 셔터를 눌러 대고 있었다.

"……."

재운은 삐딱하게 선 채 작게 한숨을 내쉬었다. 저 여자를 어쩌면 좋담?

그런 재운의 모습마저도 인상적인 듯 이안은 작게 탄성을 터뜨리며 사진을 찍었다. 가만히 지켜보던 재운은 가까이 오라는 듯 손을 들어 그녀를 불렀다. 카메라 액정으로 보이는 그의 손짓에 이안은 의아한 얼굴로 고개를 빼꼼 내밀어 그를 바라보다 이내 가까이 다가갔다.

"왜요?"

"계속 찍을 거예요? 서재운 폴더라도 하나 만들 작정인가?"

"좋은 생각이네요. 서 팀장님 폴더."

감탄하는 얼굴로 박수를 치는 이안 때문에 재운은 웃음을 터뜨렸다.

"폴더 만들면 자기 전에 보고 잘 거예요?"

"예?"

"그러면 계속 찍혀 주고."

재운은 인심 쓴다는 듯 그답지 않게 한껏 거드름을 피웠다. 표정 없이 바라보던 이안이 재빠르게 몇 걸음 뒤로 물러났다.

"잠시만 그러고 있어요."

순식간에 한 장 더 굴욕 사진이 찍혀 버린 재운은 졌다는 듯 작게 한숨을 내쉬었다.

"같이 찍어요. 나도 자기 전에 좀 보게."

웃음기 섞인 다정한 음성에 뻔뻔하던 이안의 얼굴이 다시 붉게 물들었다. 벚나무 아래에서 그리고 벚꽃을 배경으로 사진을 여러 장 찍은 두 사람은 다시 손을 잡고 다정하게 길을 따라 걸었다. 아침나절 쌀쌀했던 날씨도 점차 따스하게 물들어 가고 있었다.

그로부터 며칠 후, 아직 벚꽃이 지지도 않았건만 한차례 비가 거세게 내렸다.

이안은 퇴근 시간이 됐을 때에야 우산이 없다는 사실을 자각했다. 빗줄기가 점차 거세지는 걸 보니 쉬이 끝날 비 같지 않았다. 최근 먼지가 많다고 뉴스에서 심각성을 자주 보도해 주고 있는 터라 이안은 우산을 새로 사야 하나 심각하게 고민했다.

하지만 우산을 사기도 전에 그 고민은 말끔히 해결되었다. 퇴근 시간 즈음 사무실 앞으로 찾아온 재운이 커다란 우산 하나를 건넸기 때문이었다.

"저 주시는 거예요?"

"우산 안 쓰고 갈 것 같아서. 쓰고 가요. 데려다주면 좋을 텐데 회의가 있어요."

재운은 아쉽다는 듯 안타까운 얼굴을 했다.

"팀장님은요?"

"난 차 타고 가면 돼요. 트렁크에 우산도 더 있고."

"고마워요."

"우산 꼭 쓰고 가요."

재운의 신신당부에 이안은 미소 띈 얼굴로 즐겁게 대답했다.

"알았어요."

몇 시간 후, 재운이 건네준 우산을 쓰고 무사히 집으로 귀가하자 후다닥거리는 소리와 함께 빛의 속도로 날렵하게 움직이는 미오가 눈에 스쳤다.

"……."

집을 비운 사이에 사고를 친 건지 이안의 모습이 보이자마자 미오는 딴청을 부리기 시작했다. 수상히 여긴 이안이 집 안을 둘러보았지만 딱히 달라진 건 없었다. 이안은 떨떠름한 표정으로 미오를 바라보다 우산을 편 채로 현관 한편에 세워 두었다. 미오의 관심이 우산에서 또르르 떨어지는 물방울로 금세 옮겨 갔다. 앞발을 이용해 물방울에 호기심을 보이는 미오를 뒤로하고 이안은 욕실로 향했다.

축축하게 젖었던 머리카락을 새로이 씻고 보송보송한 옷으로 갈아입은 뒤 드라이어로 머리카락을 말리자, 아늑한 기분이 찾아들었다. 기분 좋은 피로함과 포근한 느낌에 이안은 헤죽 웃어 보였다.

어느새 곁으로 다가온 미오가 이번엔 발그레하게 물든 이안의 뺨에 앞발을 갖다 대며 관심을 보였다. 고양이 발바닥의 말랑말랑한 감촉에 이안의 미소가 더욱 짙어졌다.

"아, 좋다."

그로부터 얼마 후, 퇴근을 하고 카페에서 재운을 기다리던 이안은 창밖으로 보이는 횡단보도를 발견하곤 잠시 시선을 주었다. 그녀의 눈동자에 희미하게 미소가 스몄다.

'이쪽 자리에선 저런 풍경이 보이네.'

언젠가 읽었던 책의 글귀 중 기억에 남았던 구절이 떠올라 이안은 아련하게 창밖을 응시했다. 그 책에 나왔던 배경도 횡단보도 앞이었다.

반복되는 우연, 그리고 인연을 말하던 책이었다.

주변에 벚나무가 있는지 하나둘씩 휘날리는 꽃잎이 창밖으로 비쳤다. 더없이 로맨틱한 풍경에 이안은 턱을 괸 채 멍하니 눈길을 주었다.

계속해서 떠오르는 구절이 인상 깊게 느껴졌는지 이안은 급기야 눈앞에 보이는 냅킨 하나를 꺼내 가방에 있던 펜으로 한 글자 한 글자 새겨 나갔다.

당신과 내가 처음 마주쳤던,
수없이 스쳐 갔던, 이제야 알아본,

한 글자씩 정성스럽게 적어 나가던 이안은 휴대폰이 울리자 냅킨 위에 펜을 내려놓고 전화를 받았다. 이재였다.
"웬일이야?"
 말투는 아닌 척했지만 반가운 듯 이안의 목소리는 밝았다. 이재와 한창 통화를 하던 이안은 카페 입구로 들어서는 재운을 발견하곤 자리에서 일어났다. 이안은 창가 자리로 다가오는 그에게 양해를 구하고 마저 통화를 하기 위해 잠시 카페를 나섰다.
 아쉬운 듯 이안의 뒷모습을 바라보던 재운은 자리에 앉다 무언가를 발견하곤 길게 눈길을 주었다.
 통화를 끝마치고 카페로 들어온 이안은 창밖을 응시하고 있는 재운의 모습에 서둘러 그에게 다가갔다. 자신을 보자마자 옅게 미소 짓는 재운의 모습에 이안도 덩달아 배시시 웃음을 머금었다.
 김이 모락모락 나는 커피 두 잔을 앞에 두고 화기애애하게 대화를 나누던 두 사람은 창가로 내려앉는 달빛에 아쉬움을 뒤로하고 자리에서 일어났다. 일어나는 순간 재운은 곱게 접힌 냅킨과 이안의 펜을 챙겨 주었다.

며칠 후, 다시금 연락이 온 이재로 인해 서둘러 일을 마친 이안은 회사 앞 카페로 향했다. 볼일이 생겨 잠시 들렀다던 이재는 그녀가 카페에 자리를 잡았을 즈음, 모습을 보였다.

커피를 한 모금 마시다 입구로 들어서는 이재의 모습을 발견한 이안이 떨떠름한 얼굴로 입맛을 다셨다.

'왜 하필 작업복을······.'

경찰복을 입은 이재에게로 카페 안에 있던 사람들의 시선이 쏠리자 이안은 울상을 지었다. 언젠가 한번은 경찰복을 입은 이재와 소소한 다툼이 있었는데 화가 나 그를 밀치고 도망가려는 이안을 이재가 뒤에서 와락 안으며 제압하는 통에 범인으로 몰리며 손가락질을 받은 경험이 있었다.

가끔은 든든하기도 했지만 그 일이 있은 후엔 또 범인으로 몰리지는 않을까 싶어 그의 작업복이 탐탁지 않은 때도 있었다. 특히 그녀가 상주하는 회사 근처에선.

"웬일이야?"

뾰로통한 이안의 인사에 이재는 눈을 가늘게 뜨며 맞은편 의자에 앉았다.

"동생 얼굴 보러 들렀지. 불만스러운 표정이다? 그냥 가?"

"아니야."

대충 대꾸하는 이안의 얼굴을 이재는 제법 관심 깊게 바라보았다. 평소와 같은 모습에 안도하는 표정을 지은 그는 여느 때와 같이 조잘조잘 떠들기 시작하는 동생의 이야기를 묵묵히 들어 주었다. 어떻게 지내고 어딜 가고 누굴 만나고 무얼 배웠는지 소소한 이야기가 지겹고 귀찮을 만도 한데 이재는 불평불만 없이 변함없는 얼굴로 자리를 지켰다.

 관심 없는 태도인 척해도 이야기를 듣는 와중 한쪽 눈썹을 올린다든가 입매를 늘이는 등 평소 버릇인 이재의 반응에 이안은 신이 나서 계속해서 조잘거렸다.

 재운에 대한 말이 나올 때 특히나 반응을 보이던 이재는 그에 대한 이야기가 비로소 끝이 나자 다소 진지하게 이안을 불렀다.

 "왜?"

 "괜찮은 사람인 거 확실해?"

 "같은 회사 사람인데 이상한 사람일 리가. 계속 볼 사이고."

 남아 있는 커피를 스트로로 휘젓던 이재는 뚱하게 바라보고 있는 이안에게 시선을 주었다.

 "좋아하는 음식, 커피, 취향은 그렇다 치더라도 즐겨 가는 서점, 공원, 영화관에서 우연한 만남이라……. 우연이 너무 자주 겹치는데?"

 "언제는 의심하지 말라며?"

 "조심해서 나쁠 건 없지."

 잠시 생각을 하는 듯 테이블을 톡톡 치던 이재가 곧 말을 이었다.

 "얼마 전에 나 있는 동네에서 스토커 범죄 한 건 일어났는데

이놈이 엄청 악질이라 피해자도 그렇고 우리도 아주 학을 뗐어. 마냥 의심하는 건 나쁘지만 무방비한 모습은 안 보여 주는 게 낫지."

복잡한 얼굴로 멈춰 있던 이안이 별안간 눈을 가늘게 떴다.

"걱정돼서 나 보러 온 거네. 어쩐지 웬일로 여길 왔나 싶었다."

이재는 부정은 하지 못한 채 작게 헛기침만 해 댔다.

"어쨌든 조심해."

이안은 만감이 교차하는 듯 애매하게 웃으며 고개를 끄덕였다.

한편 카페 앞을 지나치던 재운이 이안과 맞은편에 앉아 있는 경찰복의 이재를 발견하곤 시선을 주다 작게 중얼거렸다.

"오빠가 보네."

이안과 닮은 듯 다른 이재를 물끄러미 바라보던 재운은 시간을 확인하곤 곧 자리를 떠났다.

비가 온다는 소식도 없었건만 흐려지기 시작하던 하늘에서 결국은 빗방울이 떨어져 내렸다. 창밖으로 보이는 빗줄기에 이재는 작별 인사를 하며 이안에게 신신당부했다.

"잘 지내고. 우산 꼭 쓰고 집에 가라. 꼭 써!"

이재의 엄한 태도에 이안은 듣는 둥 마는 둥한 얼굴로 대충 고개를 끄덕였다.

"알았어, 알았어."

비를 좋아하는 이안이 우산을 하도 안 쓰고 다녀 비가 올 때마다 늘 잔소리를 하던 이재였다. 알겠다며 고개를 끄덕이던 이안의 머릿속에 문득 무언가가 떠올랐다.

'우산 안 쓰고 갈 것 같아서. 쓰고 가요. …우산 꼭 쓰고 가요.'

며칠 전 비가 오는 날 재운이 우산을 건네주며 했던 말이었다. 보통 우산을 줄 때 저렇게까지 신신당부를 하나?
"조심히 가."
이재에게 손을 흔들면서도 이안은 생각이 많아진 얼굴로 입매를 늘였다.
"에이. 괜한 소릴 들어서."
고개를 흔들며 생각을 떨쳤지만 어째서인지 생각은 계속해서 꼬리를 물며 이어졌다.
그러던 중 얼마 전의 일이 떠올랐다. 카페에서 창밖으로 보이는 횡단보도를 내다보며 끄적거리던 냅킨을 집으로 돌아온 뒤에야 가방을 정리하며 발견했었다. 곱게 접혀 있는 냅킨이 의아해 고개를 갸웃하며 펼쳐 보자 이안이 적었던 책의 글귀가 있었다. 다른 점이 있다면 그 아래 또렷하게 적혀 있던 정갈한 필체였다.

당신과 내가 처음 마주쳤던,

수없이 스쳐 갔던, 이제야 알아본,

로맨틱한 순간.

언젠가 본 적 있던 재운의 글씨였다.
'로맨틱한 순간.'
분명 이안이 봤던 책의 문장과 이어지는 글귀였다. 재운도 그 책을 알고 있던 건가? 알고 있다고 해도 문구까지 외울 만큼 좋아하는 책이었다고?

그 당시는 사고를 친 미오 때문에 정신이 없어 그저 신기하다고만 여겼는데 지금 와서 생각해 보니 신기해도 너무 신기한 일투성이였다.

정말 인연인 건지 아니면 이재의 말처럼 수상쩍은 점이 있는 건지 지금으로선 도무지 감이 잡히지 않았다.

"기다렸어요?"

퇴근을 하는 이안에게 줄 게 있다던 재운은 어디서 난 건지 비타민 음료를 들고 와 싱글벙글한 얼굴로 그녀의 손에 꼬옥 쥐여 주었다.

"요즘 피곤해 보이는 것 같아서요. 우산은 가져왔어요?"
"회사에 여분 우산 있었어요."

이안은 쥐고 있던 우산을 들어 손수 재운에게 확인시켜 주었다.

"다행이다."

안심하는 듯한 그의 표정에 이안은 피식 웃어 보였다. 이리 다정한 사람을 의심하는 것도 곤욕이었다. 그렇다고 그에게 대놓고 물어볼 수도 없는 일이었다.

"조심히 들어가요."

재운은 오늘도 잔업으로 인해 야근을 하는 모양이었다. 이안은 재운의 배웅을 받으며 집으로 향했다.

빗물이 고여 걸음을 옮길 때마다 찰박찰박하는 소리가 귓가에 퍼져 왔다. 날씨 때문인지 아니면 조금 전 이재에게 들었던 말 때문인지 심란한 마음이 가시지 않았다.

그러던 중 편의점 앞을 지나치던 이안이 문득 걸음을 멈추었다.

'요구르트 먹을래요?'

회식 날 자신을 데리러 왔던 그가 차에 태우기 전 했던 말이었다. 술을 마시고 요구르트를 먹는 건 어떻게 알았던 걸까? 그게 그의 숙취해소용이라 겹친다고 해도 보통 자신의 숙취해소 방법을 남한테 권하던가?

"너무 간 건가?"

이안은 여전히 혼란스러운 듯 복잡한 눈빛을 했다.

더욱더 세진 빗줄기로 인해 이안은 우산을 바로 세운 채 바삐 걸음을 재촉했다. 하지만 몇 걸음 못 가 다시 우뚝 멈춰 섰다.

이안의 시야에 들어온 건 어느 가게 앞 벤치였다. 전 남친 성원과 처음 만났던 곳이자 작년 새해 때 그에게 고백을 들었던 장소였다. 재작년 다소 속상한 일로 인해 연말 회식을 하며 술을 과하게 마셨고, 이 벤치에 앉아 찬바람을 쐬며 속을 달랬다. 그때 요구르트를 건네며 술이 깰 때까지 옆자리에서 묵묵히 지켜 주던 게 성원이었다. 그 계기로 인해 서서히 친해졌고, 결국은 그에게 고백을 받았다.

"……."

희미하게 기억하는 바로는 굉장히 많은 대화를 나눴던 것 같은데 연애 당시 성원은 잘 기억하지 못하는 듯했다. 대화를 했던 그 당시의 분위기가 너무도 즐겁고 화기애애해서 그 느낌만큼은 기억에 강하게 남아 있었다. 그 때문에 허했던 마음도 굉장히 많은 위로를 받고 힘이 됐었다.

다소 성급했던 성원의 고백을 받아들인 것도 그 이유가 컸다. 여운이 강했던 만큼 자신이 또다시 지치고 상처받았을 때 그때 주었던 그 좋은 느낌으로 다정히 다독여 줄 것 같았다. 그리하여 그녀 역시도 좋은 연인이 되어 줄 수 있으리라 생각했다. 1년 가까이 된 연애의 결과는 참혹했지만.

비가 오는 날이어서 그런지 성원과 앉아 있던 저 벤치가 굉장히 낯선 것 같다는 느낌이 일었다. 무언가 떠오를 듯하면서도 기억나지 않는 답답함에 이안은 눈을 질끈 감았다 떴다.

생각을 하면 할수록 빙글빙글 돌 뿐 문제는 풀리지 않았다.

이안은 다시금 걸음을 옮기려다 맞은편에서 오던 사람과 부딪치며 우산을 잠시 손에서 놓쳤다. 차가운 빗방울이 머리카락과 어깨로 스며들자 이안은 순간적으로 몸을 움츠렸다. 정신을 차리며 우산을 집기도 전에 빗줄기를 막아서는 우산 하나가 있었다.

"…서 팀장님."

재운이었다.

"괜찮아요?"

재운은 자신이 쓰고 있던 우산을 이안에게 씌워 주며 걱정스러운 얼굴을 했다.

이 남자가 왜 여기 있는 걸까? 이안은 멍하게 그를 올려다보았다. 문득 어떤 장면이 스쳐 가 그녀는 고개를 돌려 저만치에 있는 벤치를 눈에 담았다.

"……."

이상한 일이었다. 어째서인지 그날 대화를 나눴던 남자의 얼굴이 지금의 재운의 모습과 겹쳐지고 있었다.

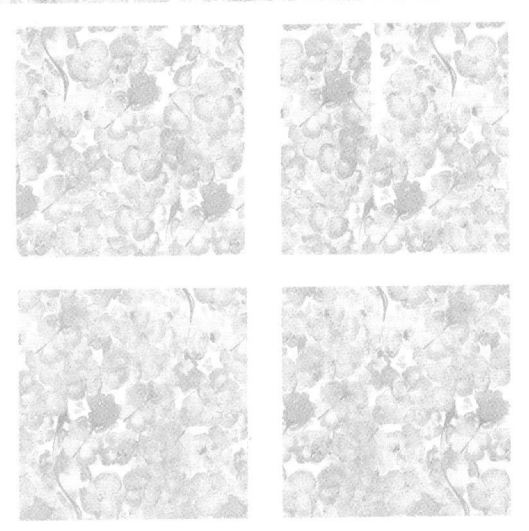

6장. 반전 매력의 소유자

쉿! 인연일까요?

"팀장님?"

이안은 한껏 놀란 얼굴로 재운을 올려다보았다. 이안 쪽으로 곧게 들고 있던 우산을 그녀의 손에 쥐여 준 재운은 허리를 굽혀 이안이 집으려던 우산을 집어 들었다.

"괜찮아요?"

다시금 걱정스럽게 묻는 재운의 모습에 이안은 뒤늦게 고개를 끄덕였다.

"네. 괜찮아요. 근데 왜 여기 계세요?"

이안은 여전히 당혹스러운 얼굴이었다. 그와 동시에 제법 날카롭게 그를 관찰했지만 재운은 당황하는 기색 없이 태연하게 대꾸했다. 창백한 얼굴의 이안이 염려가 된 듯 오히려 걱정스레 살펴보는 모습이었다.

"여기 편의점에서 살 게 있어서요. 바깥바람 좀 쐴 겸 나왔어요."

벤치와 얼마 떨어지지 않은 거리에 편의점이 있었다. 이안은 재운이 가리킨 편의점을 돌아보았다.

"연 대리 한참 전에 출발해서 못 따라잡을 줄 알았는데. 살 게 뒤늦게 떠올라서 안 그래도 후회 중이었어요. 같이 나올걸 하고."

"회사 앞에도 편의점은 있잖아요."

"아, 이쪽 편의점 자주 가거든요. 편의점마다 파는 품목이 다르기도 하고, 이쪽에 좀 정이 들어서. 또 바람도 쐴 겸. 빗물 밟는 것도 좋아하고……."

구구절절 설명하고 있는 제 자신이 이상했던지 재운은 머리를 긁적이며 어색하게 입을 다물었다.

"네."

이안은 조금은 떨떠름한 얼굴로 고개를 끄덕였다. 아직 생각이 정리되지 못한 채였다. 재운은 이안이 마냥 걱정되는 듯 아직까지도 심각한 얼굴이었다.

"아까부터 얼굴이 창백한데 괜찮아요?"

"네, 괜찮아요. 걱정 마세요."

"안 되겠어요. 집까지 바래다줄게요."

"아니에요. 일 많이 남았잖아요. 아까 부딪칠 때 좀 놀란 모양이에요. 진짜 괜찮아요. 바쁜데 안 그러셔도 돼요."

이안은 한사코 거절의 뜻을 밝혔다. 너무도 확고한 태도라 재운도 더는 권할 수가 없었다.

"진짜 괜찮겠어요?"

"그럼요."

다시금 이안을 살펴본 재운은 내키지 않은 표정으로 그녀의 우산을 편 후 이안에게 내밀었다.

"감사합니다."

이안은 정신이 없어 언제부터 쓰고 있었는지 기억도 안 나는 커다란 우산을 재운에게 넘겨주곤 제 우산을 받아 들었다.

"조심히 가요. 일만 아니면 바래다줬을 텐데. 다음 주 넘어가면 아마도 한가해질 거예요. 그땐 데이트 자주 해요. 집에 도착하면 꼭 연락해 주고."

걱정이 담뿍 묻은 표정과 목소리에 이안은 복잡한 얼굴을 하면서도 저도 모르게 피식 웃음을 흘렸다.

'그렇게도 걱정이 되나?'

살뜰하고 다정한 모습에 마음이 녹으면서도 복잡한 수수께끼 같은 생각으로 인해 여전히 머릿속은 혼란스러웠다.

"그럴게요. 팀장님도 조심히 들어가세요."

"그래요."

재운은 우산을 든 채 묵묵히 이안의 모습을 지켜보았다. 다정하고 차분한 눈빛에 걱정이 가득 묻어 있었다.

이안은 짧게 손을 흔들고 다시 집을 향해 걸음을 옮겼다. 찰박찰박, 빗물에 닿는 구두로 인해 경쾌한 소리가 울렸지만 이안의 표정은 한껏 어두워진 채였다.

서둘러 걸었던 까닭에 예상보다 일찍 동네에 진입했지만 이안은 걸음을 늦추지 않았다. 집 앞에 당도해선 마치 누군가가 지켜보는 듯한 느낌에 그녀가 낼 수 있는 최대한 빠른 걸음으로 집 안으로 들어섰다. 속도를 내어 문을 닫고 잠금장치까지 모두 잠근 후에야 이안은 안도의 숨을 내쉬었다.

"미오!"

어슬렁거리며 현관 앞까지 마중 나왔던 미오는 평상시와 다른 이안의 상태를 금세 눈치채곤 친히 신발이 놓여 있는 곳까지 걸어 나와 다리에 머리를 비비며 그르릉거렸다. 이안은 몸에서 힘이 빠져나간 듯 현관에 주저앉으며 고르릉거리는 미오를 끌어안았다. 미오의 작은 몸에서 새어 나오는 소리와 작은 진동에 서서히 마음이 진정되어 갔다.

만족스러울 때나 무언가 조르고 싶을 때 내는 고양이 특유의 고르릉거리는 소리는 서로를 달래거나 안심시킬 때도 낸다고 알고 있었다.

이안이 한창 스트레스를 받을 당시에도 미오는 같은 행동을 하며 곁에 머물러 준 적이 있었다. 실제로 고양이의 고르릉서리는 소리는 사람에게도 효과가 있어 기분을 좋게 해 주고 스트레스를 감소시켜 준다는 방송을 미오를 데려오기 전 본 적이 있었다. 그 덕분인지 그르릉거리는 소리를 들으면 지친 와중에도 저도 모르게 스르르 잠이 들거나 복잡한 날에도 마음이 한결 편안해지는 걸 느끼곤 했다. 지금도 마찬가지였다.

 보드라운 털의 감촉에 기분이 좋아진 건지 이안은 헤벌쭉해진 표정으로 미오를 더욱더 세게 껴안았다. 이안이 안정됐다는 걸 눈치챈 미오는 앞발로 이안의 얼굴을 밀어내곤 품에서 벗어나려 발버둥을 쳤다. 뚱한 표정으로 탈출에 성공한 미오는 지정석인 방석 위로 올라가 열심히 혀로 털을 핥았다.

"치사한 것."

이안은 씁쓸히 입맛을 다시며 자리에서 도로 일어났다.

"심란하네."

느릿느릿 가방과 외투를 정리하던 이안은 테이블에 내려놓은 휴대폰에 물끄러미 눈길을 주었다.

'오빠한테 연락을 해 봐?'

 아니야. 이안은 고개를 절레절레 저었다. 그러다 괜히 일만 크게 만들 가능성이 있었다.

"그럼 어쩌지? 대놓고 물어? 스토커냐고?"

 누가 이제 막 시작하는 연인한테 대놓고 스토커냐고 물을 수 있을까? 이안은 울상을 지으며 머리를 쥐어뜯었다. 미오는 그런 이안을 한심하다는 듯 바라보며 열심히 털을 핥았다.

 그 순간, 이안의 휴대폰이 짧게 울렸다. 이안은 힘이 빠진 듯 엉금엉금 기어가 휴대폰을 집어 들었다. 미오의 시선도 이안을 따라 느릿하게 움직였다.

"……."

휴대폰 액정을 들여다보는 이안의 눈이 아주 천천히 감겼다 떠졌다. 지쳐 보이는 커다란 눈망울엔 이내 음료수 병을 든 채 해사하게 웃고 있는 휴대폰 속의 재운이 담겼다.

[내가 자주 마시는 청포도 음료예요. 집에 도착했어요? -서 팀장님-]

멍하게 눈길을 주던 이안이 피식 웃음을 터뜨렸다. 이렇게 선하고 다정한 눈빛을 하고 있는 남자가 스토커 짓을 할 리가. 이안은 머릿속 대신 마음이 복잡하게 변해 가는 걸 느끼며 침대에 힘없이 걸터앉았다. 그를 믿고 있는 걸까, 아니면 믿고 싶은 걸까? 혹시 마음이 가니까, 내가 선택한 남자이니 좋은 남자일 거라고 믿고 싶은 건 아닐까?

왜 벤치에 앉아 있던 사람과 재운의 얼굴이 겹쳐졌던 거지? 기억의 오류인가? 계속해서 피어오르는 생각에 머릿속이 복잡해지고 마음이 무거워졌다.

"로미오, 넌 어떻게 생각해?"

이안은 홱 고개를 돌려 미오에게 눈짓했다. 그저 뚱하게 바라보던 미오는 철퍼덕 주저앉아 눈을 감았다.

"잠이나 자라고?"

미동도 없는 미오를 바라보던 이안은 덩달아 침대 위로 풀썩 쓰러졌다.

"그래. 오늘은 일단 자자."

이안은 재운에게 잘 들어왔다고 답문을 보낸 뒤 일찍 잠자리에 들었다. 비가 와서인지 유독 몸이 무겁고 피로했다.

?

며칠 후, 자주 가는 카페에 오랜만에 들른 이안은 커피에 생크림을 얹어 주는 사장을 바라보다 불현듯 떠오르는 생각에 눈망울을 반짝였다.

"사장님."

"네, 연 대리님."

이안은 애매하게 입꼬리를 올렸다. 언젠가 한 번 대화를 나누다 카페 주인에게 직종과 직급을 말한 적이 있었는데 그 후로 그는 이안을 계속 연 대리님, 이라고 부르고 있었다. 이안은 민망한 듯 입매를 늘이다 카페 주인에게 조심스럽게 물었다.

"저랑 저번에 같이 있던 남자분 기억하세요?"

"누구… 아, 그 훈남!"

기억이 나는 듯 호쾌하게 외치는 사장으로 인해 이안은 어색하게 미소를 지었다. 훈남이라니. 역시 다른 사람이 봐도 반듯하고 멀끔한 인상인 거구나.

다행인 건지 아닌 건지 카페 사장은 재운에 대해선 그저 손님일 뿐 이안만큼 많이 알고 있지는 않은 듯했다.

"네, 그 훈남. 그 사람도 여기 단골이죠?"

"네. 자주 오세요."

"언제부터 오기 시작했는지 알 수 있을까요?"

"글쎄요. 언제부터 왔더라? 근데 그건 왜요?"

기억을 더듬는 듯 한참을 생각하던 카페 주인이 수상쩍다는 표정을 하며 이안에게 되물었다.

"아, 그게… 누가 먼저 이 카페에 왔는지 궁금해져서요."

"아하! 내기 비슷한 거 하셨구나? 그거라면 확실히 알죠."

이안은 긴장되는 표정으로 카페 주인의 말을 기다렸다. 어떤 대답을 원하는 건지 미처 생각할 겨를도 없이 카페 주인이 입을 뗐다.

"그 훈남분이 먼저 오기 시작했어요. 책을 한 권 잊고 두고 가셨는데 그거 보고 직원이 아이디어 내서 그때부터 저쪽 책장에 책 꽂아 두기 시작했거든요. 연 대리님 저 책장 보고 마음에 든다고 단골 되어야겠다고 하셨잖아요."

"아. 그랬죠, 제가."

이안은 과거를 회상하며 고개를 끄덕였다. 하지만 무언가 찝찝한 게 남은 듯 미간을 좁히며 재차 확인했다.

"확실한 거죠?"

마치 수사를 하는 것 같은 이안의 날카로운 물음에 카페 주인도 덩달아 비밀스럽게 속삭였다.

"확실합니다."

이안은 그제야 멋쩍은 얼굴을 하며 커피를 홀짝였다. 자신이 생각해도 지금 자신의 언동이 수상쩍었다.

다소 안심하는 마음과 혼란스러운 기분을 동시에 안은 채 동네 어귀로 들어서던 이안은 새로 생긴 꽃집을 발견하곤 홀린 듯 걸음을 옮겼다. 꽃집 안은 이미 구경하러 온 손님들로 인해 북적거렸다.

"안녕하세요. 천천히 둘러보세요."

이안은 예쁘게 정리되어 있는 꽃집 안을 둘러보며 연방 감탄사를 뱉어 냈다. 누군가의 축하 꽃다발을 사러 잠깐 들른 적은 있었지만 이리 오랜 시간 꽃집 안을 둘러본 적은 처음이었다. 다양한 꽃과 화분이 각자의 매력과 향기를 뿜내고 있었다.

꽃에 심취한 듯 한참 동안을 구경하던 이안은 손님들이 대다수 빠져나갔을 때에야 한편에 놓여 있던 테이블을 발견했다.

"어? 혹시 카페도 같이 운영하시는 거예요?"

"거창하게 카페까지는 아니구요. 여름엔 아이스 아메리카노랑 아이스티, 봄, 가을, 겨울엔 아메리카노랑 핫초코, 허브티 정도 같이 판매하려고 생각 중이에요."

"와아, 플라워카페 있는 동네 부러워했었는데, 동네에 생긴다고 하니까 설레네요."

"감사합니다. 동네 주민이신가 봐요. 자주 오세요."

"그럴게요. 오늘도 커피 판매하세요?"

"음… 원래는 다음 주부터 개시할 생각이었는데, 특별히 첫 손님으로 모실게요. 커피 머신이 오늘 아침에 들어왔거든요. 앉아 계세요."

"감사합니다."

이안은 얌전히 테이블 앞에 앉아 커피를 기다렸다. 그러던 와중 테이블 위에 놓인 꽃병을 발견하곤 길게 눈길을 주었다. 꽃병엔 라넌큘러스가 꽂혀 있었다. 봄꽃답게 꽃집 중앙에 자리 잡은 채 화사한 분위기를 뿜어내고 있었다.

"라넌큘러스네."

나란히 놓여 있는 꽃병 중 하나엔 이안이 익히 알고 있던 흰색의 라넌큘러스가 꽂혀 있었고, 그 양옆으로 노란색과 분홍색의 라넌큘러스가 한 송이씩 꽂혀 있었다.

"다른 색도 있었구나."

이안은 턱을 괸 채 멍한 눈빛으로 각각의 매력을 발산하고 있는 라넌큘러스를 감상했다. 그녀의 눈엔 여전히 흰색의 라넌큘러스가 가장 분위기 있어 보였지만 다른 색의 라넌큘러스도 굉장한 매력들을 지니고 있었다.

"예쁘네."

어쩐지 반가운 마음에 살며시 미소가 지어졌지만 그와 함께 복잡한 생각이 머릿속에 똬리를 틀고 있었다. 그런 무거운 생각이 없었다면 일찌감치 사진을 찍어 설렘을 안고 호들갑스럽게 재운에게 휴대폰 메시지를 보냈겠지만 지금은 그럴 여유가 없었다. 어쩐지 억울했다. 한창 설레고 있어야 할 연애 초기에 왜 이런 무거운 생각을 하고 있어야 하는 걸까? 그의 잘못이 아닌데도 별안간 재운이 원망스러워지고 있었다.

우울한 표정을 눈치챈 꽃집 주인이 커피를 내어 주며 걱정스럽게 물었다.

"고민 있으세요?"

이안은 멋쩍은 웃음을 내비치며 차분한 분위기의 커피 잔을 손으로 감쌌다. 이곳에 재운과 같이 와 볼 수 있으려나?

문득 서러워져 코끝을 문지르는데 입구에서 직원들이 웅성거리는 소리가 들려왔다. 조금 전 커다란 트럭이 꽃집 앞에 세워져 있더니 새로운 화분들이 들어온 모양이었다. 이안은 저도 모르게 쫑긋 세워진 귀로 직원들의 대화를 엿들었다.

"할 일이 태산이네."

"오늘 안에 끝날 수 있을까요?"

"안 되겠다. 이대로라면 우리 오늘 집에 못 가. 역으로 해 보자. 우선 저것부터 하자."

꽃집 앞에 일렬로 세워져 있던 식물을 새로운 화분에 옮겨 심고 자그마한 돌로 데코를 한 뒤 꽃집 안으로 들여놓던 걸 사장과 종업원은 순서를 바꿔 식물들을 우선 꽃집 안으로 들여놓은 후 차례로 화분을 옮겨 심고 있었다.

"……."

그저 멍하니 바라보던 이안은 무언가가 떠오른 듯 작게 감탄사를 뱉어 냈다.

'역으로?'

그로부터 일주일간 이안은 부지런히 이곳저곳 돌아다녔다. 영화관, 공원, 쇼핑몰, 마트, 족욕 카페, 네일숍까지.

손톱 케어를 받으며 안 보는 척, 하지만 날카로운 눈초리로 여기저기 살펴보던 이안은 눈동자를 굴리다 멋쩍은 마음에 입맛을 다셨다.

'여기까진 오버인가?'

만에 하나 그가 쫓아다니는 거라면……. 일부러 행동반경을 넓혀 확인을 해 볼 생각이었다.

그리하여 익숙한 장소, 새로운 장소를 번갈아 돌아다녀 봤지만 딱히 수확이 있진 않았다. 나름 계획을 세워 샅샅이 살폈으나 재운의 모습은커녕 코빼기 하나도 찾아볼 수가 없었다.

이안은 고개를 갸웃거렸다. 방법이 잘못됐나? 이게 나름 좋은 방법일 거라고 생각하고 실행한 건데.

"아니지. 애초에 마주치지 않는 게 좋은 거 아닌가?"

왜 이런 수고를 하고 있는 건지 헷갈려 하다 재운의 모습이 보이지 않자 이안은 아쉬운 얼굴을 했다. 요 일주일 동안 웬만한 곳은 다 가 본지라 이안은 서점을 마지막 장소로 정해 두 곧 서둘러 움직였다.

서점에 도착해선 책을 구경할 겸 벌써 몇 시간째 죽치고 있는데도 재운과 비슷한 그림자 하나도 찾아볼 수가 없었다. 슬슬 지루해질 무렵, 책을 정리하고 일어나려는 이안의 눈에 이제 막 서점 안으로 들어오는 익숙한 얼굴 하나가 들어왔다.

"어?"

재운이었다.

그는 곧장 책이 진열되는 있는 장소로 걸어갔고, 이후 책을 차분히 훑어보았다. 차분한 눈매로 책을 한 권 한 권 살펴보는 모습을 이안은 조용히 눈에 담았다. 언제고 한 번 느낀 적이 있지만 참 신기한 사람이다. 시선을 주기 전까진 눈에 띄지 않는 사람인 듯 느껴지지만 눈에 한번 담기 시작하면 도무지 시선을 뗄 수가 없었다. 어쩌면 처음부터 눈에 띄는 사람인지도 몰랐다. 그걸 자신은 여태껏 모르고 있었던 건가? 저런 사람이 따라다닌다면 모르는 게 더 이상한 일일 것 같았다.

재운은 원하는 걸 찾았는지 옅게 미소를 지어 보이곤 진열되어 있던 책을 집어 들었다. 책장을 느릿하게 넘기는 기다란 손가락에 닿아 있던 그녀의 짙은 눈동자가 점차 위로 향했다.

만족스러운지 재운의 미소가 더욱 짙어져 있었다. 재운은 별다른 고민 없이 곧장 계산대로 다가갔다.

조금은 넋을 놓은 상태로 지켜보고 있던 이안은 가방 안에서 휴대폰이 울리자 서둘러 꺼내 액정부터 확인했다.

[서 팀장님]

재운에게서 걸려 온 전화였다.
이안은 액정에 뜬 이름과 저만치에서 휴대폰을 귀에 대고 있는 재운을 번갈아 바라보았다. 재운은 조금은 들뜬 표정으로 책 끝에 시선을 주며 이안이 전화를 받길 기다리는 눈치였다.
도무지 거부할 수 없어 이안은 소곤거리는 목소리로 전화를 받았다.
"여보세요."
-나예요. 지금 어디예요?
이안은 바닥으로 향했던 눈동자를 슬쩍 굴려 재운을 바라보았다. 알면서 모르는 척하는 눈치는 아니었다. 현재는 오히려 이안이 훔쳐보고 있는 상태였다.
이안은 겸연쩍은지 머리를 긁적거리다 작게 대답했다.
"바, 밖이요."
-밖에 있어요? 나 지금 서점인데, 어디쯤이에요?
"아! 저도 서점 근처에 있어요."
-그래요?
화색을 띠고 말하는 재운을 보자 어쩐지 가슴이 콕콕 찔리는 기분이었다. 이안은 차라리 몸을 돌렸다.

"네."

-그럼 서점 맞은편에 있는 카페에서 볼래요? 마침… 만나서 얘기해요.

말을 흐리는 재운을 눈치채지 못하고 이안은 알겠다고 대답했다.

몇 분 후, 카페에 앉아 있는 이안을 발견하고 재운은 반가운 표정을 지으며 다가왔다. 이안은 어색한 웃음으로 화답했다.

"뭐 하고 있었어요?"

"아… 바람 쐴 겸 좀 걷고 있었어요."

재운은 선선히 고개를 끄덕였고, 이안은 찔리는지 자꾸 시선을 피하기에 바빴다.

"책 샀어요? 아, 아까 서점에 있다고 그러셔서."

이안은 괜스레 횡설수설하며 굳이 하지 않아도 될 말까지 덧붙였다. 재운은 차분히 웃으며 옆자리에 내려 두었던 포장된 책을 이안 앞으로 내밀었다.

"책이에요. 주고 싶어서 샀어요."

"저를요?"

이안은 놀란 표정으로 되물었다. 재운은 조금 전 서점에서 봤던 미소를 머금은 채 고개를 끄덕였다. 이안은 알 수 없는 표정을 짓다 다시 책을 내려다보았다. 예쁘게 포장되어 있는 책 위엔 짙은 코랄핑크색의 장미가 놓여 있었다. 일반 장미꽃보다는 작다고 생각했는데 자세히 보니 줄기 하나에 꽃이 서너 개가 달려 있었다.

"어? 줄기 하나에 꽃이 많네요?"

이안이 고개를 갸웃거리며 묻자, 재운이 친절히 대꾸했다.

"자나장미예요. 장미꽃보다는 좀 작죠?"

"아, 그래서 크기가 작은 거구나. 예쁘다."

이안의 생기 있는 눈동자가 화사한 자나장미에서 그 아래 있는 책으로 옮겨 갔다. 불현듯 조금 전 서점에서 책을 고르던 재운의 미소가 떠올랐다. 자신의 생각을 하면서 그런 표정을 짓고 있었던 걸까? 어쩐지 울컥거리는 감정에 이안은 입을 꽉 다물었다.

"라디오에서 추천했던 책인데 연 대리 생각이 나서요. 요즘 피곤해 보이기도 하고, 전보다 활기도 없는 것 같아서. 도움이 됐으면 좋겠어요."

서점에서 봤던 재운의 표정이 지금 그가 내뱉는 사려 깊은 말과 겹쳐져 마음을 뭉클거리게 만들었다.

"고마워요."

이젠 아무래도 상관없을 것 같았다. 이리도 다정하고 배려 깊은 남자를 의심하는 것도 힘겨웠다. 불안한 마음이 의심인지 기우인지 확인하러 나왔다가 그의 배려에 딴 길로 샌 듯한 기분이었지만 그의 다정함에 의심하는 마음이 먼저 지쳐 버렸다.

그만큼 이 순간 그에게 선물 받은 책과 꽃은 다정하고 감미로웠다.

그날 저녁, 집으로 돌아온 이안은 뜬금없는 예전 남자 친구의 연락에 불쾌한 마음을 내비쳤다.

'갑자기 왜 연락을······.'

여전히 풀리지 않는 의문스러운 한 가지로 인해 전화를 받을까 잠시 흔들렸지만 이안은 고개를 저었다. 이제 와 왜······. 기억의 오류일 뿐이었다. 복잡한 생각으로 인해 착각을 일으켰던 게 분명했다. 그날 대화를 나눴던 사람이 성원이 아니라면 말이 안 되는 것이었다.

"무슨 인어공주도 아니고······."

이안은 성원의 전화번호를 수신거부 목록에 등록했다.

그로부터 며칠 후, 잔업을 뒤로 미루고 조금이라도 바래다주겠다는 재운과 함께 이안은 저녁 길을 오붓하게 걸었다.

"저 바래다주는 길에 그 음료수 사면 되겠네요. 청포도 맛! 나도 청포도 좋아하는데. 들를래요?"

비가 왔던 날 재운이 했던 말을 기억하고 내뱉은 말이었다.

"다음에요."

어쩐지 재운의 미소가 씁쓸해 보였지만 이안은 편의점을 가리키던 손가락을 거두면서도 빤히 그쪽으로 눈길을 주느라 그의 표정을 미처 눈치채지 못했다. 이안은 동네에 생긴 꽃집에 나중이라도 재운을 몰래 데리고 가고 싶어 동네에 진입하기 전 재운을 돌려보냈다. 손을 흔들던 순간까지도 아쉬운 눈빛을 발사하던 재운이 떠올라 이안은 피식 웃음을 터뜨렸다.

그렇게 집으로 돌아오는 길, 갑작스레 뒤에서 덥석 끌어당기는 손길에 이안은 짧게 비명을 질렀다.

"엄마야!"

"나야."

성원이었다. 어두운 색의 옷을 입어서 그런지 성원은 이상하게도 전과는 다르게 유달리 음침해 보였다. 놀란 가슴을 가까스로 달랜 이안은 어쩐지 께름칙한 기분이 들어 한 발자국 뒤로 물러나며 서둘러 물었다.

"여기서 뭐 해?"

"너 기다렸지. 왜 전화를 안 받아? 걱정되게."

이안은 기가 막힌 듯 짧게 숨을 내뱉었다.

"걱정? 네가 내 걱정을 왜 해?"

"왜 하긴."

이안은 슬그머니 뒤로 물러나며 단호하게 대꾸했다. 그리고 혹시 모를 사태를 대비해 가방에서 재빨리 휴대폰을 꺼내 꽉 쥐었다.

"네가 뭔가 착각하는 모양인데, 우리 헤어진 지 4개월이나 지났거든. 먼저 이별을 고한 건 너고."

"그건 내가……."

표정으로 미루어 보아 어떤 대답이 이어질지 대강 짐작이 되었기에 이안은 서둘러 도중에 말을 끊었다.

"아니야, 됐어. 그만 돌아가. 난 더 이상 할 말 없어."

어느 때보다도 단호한 이안의 얼굴에 성원은 다급히 그녀를 불렀다.

"이안아."

"미안한데 돌아가지 않으면 신고할 거야. 나 빽 있는 거 알잖아."

이재를 염두에 두고 한 말이었다. 하지만 성원은 의아함이 담긴 눈빛이었다.

'빽?'

그런 걸 신경 쓸 겨를도 없었기에 이안은 그가 방심하고 있는 사이 재빨리 뒤돌아서 집으로 향했다.

"야! 연이안!"

자신을 부르는 저 목소리가 저렇게나 탁했던가? 어쩐지 지금 곁에 있는 누군가의 목소리와는 너무도 다르게 느껴져 이안은 몸을 잔뜩 움츠렸다. 소름이 끼치는 기분이었다.

한편 이안을 뒤따라가려던 성원은 뒤에서 끌어당기는 강한 손길에 강제로 멈춰 설 수밖에 없었다. 그사이, 이안은 후다닥 집으로 들어간 상태였다.

험악하게 인상을 쓰며 고개를 돌린 성원은 눈에 곧장 들어오는 헌칠한 남자의 모습에 눈을 갸름하게 떴다. 뭐야, 이건 또?

"뭡니까?"

남자는 굉장히 차분한 목소리로 대꾸했다.

"돌아가라잖아요."

하지만 그 차분한 목소리가 이상하게도 경고하듯 귀에 와 닿아 성원은 순식간에 인상을 썼다.

"당신 뭐야?"

재운은 작게 한숨을 쉬며 성원을 올곧게 마주 보았다. 도망가지 못하게 하려는 건지 재운은 그의 팔을 아직까지도 단단히 붙들고 있는 채였다.

"헤어진 걸로 알고 있는데, 이안 씨한테 무슨 볼일입니까?"

차분하고도 당당한 재운의 모습에 성원은 빠득 이를 갈았다. 보아하니 이안과 친분이 있는 사람 같았다. 아니면 현재 그녀의 곁에 있는 사람이거나. 성원은 그를 도발하려는 듯 일부러 고개를 치켜들며 콧방귀를 뀌었다.

"누가 그래? 전 남자라고. 당신이 지금 뭔가 착각하는 모양인데, 우리 아직 안 끝났어."

화를 돋우려는 속셈이 뻔한데도 재운은 차분해 보이는 모습 그대로였다. 오히려 뻔뻔하게 나오는 성원을 관찰하듯 침착하게 느껴지고 있었다.

속으로 이를 빠득 긴 성원은 좀 더 새운을 노발했다.

"당신이 잠시 뭔가 해 보려고 한 모양인데 헛수고 그만하는 게 좋을 거야. 내 거 되돌려 받으러 왔으니까 그만 빠지시지."

성원은 붙잡힌 팔을 빼내려고 힘을 주며 한쪽 입꼬리를 비틀어 웃었다. 하지만 팔이 마음대로 빠지지 않는지 금세 인상을 썼다. 생긴 건 선비같이 반듯하고 고운 주제에 악력은 왜 이렇게나 센 건지 팔을 빼려 할수록 옥죄는 힘에 의해 압박이 느껴지고 있었다.

그런 와중 성원의 다른 손에 들려 있는 요구르트를 발견한 재운이 작게 헛웃음을 내뱉었다. 재운은 고개를 숙여 쥐고 있었던 청포도 맛의 음료수를 잠시 바라보았다.

'나도 청포도 좋아하는데.'

두 번째 듣는 말이었다.

당신은 기억하지 못하는 것. 그의 입가에 씁쓸한 미소가 조금씩 스몄다.

재운은 한 발자국 성큼 다가가 차분하게 성원과 눈을 마주쳤다. 더없이 차분한 표정이었지만 그래선지 오히려 더 위압감이 느껴졌다. 성원은 저도 모르게 작게 침을 삼켰다.

"1년 전, 아니 정확히 1년 4개월 전 당신이 훔쳐갔던 것. 나야말로 되돌려 받을게."

무슨 소린가 싶어 성원은 한껏 인상을 썼다. 하지만 곧 무언가 떠오르는 게 있는지 불안해 보이는 눈동자가 서서히 흔들리고 있었다.

쐐기를 박듯 재운이 단호하게 한마디를 덧붙였다.
"이것까지 포함해서."

재운은 성원의 손에 들려 있던 요구르트를 탁 소리가 나게 뺏어 들었다. 무슨 상황인지 또 어떤 것에 대한 이야기인지 감이 오는 듯 성원의 입꼬리가 떨리기 시작했고, 그걸 감추기 위해 그는 입을 꽉 다물었다. 번뜩 빛이 스친 재운의 차분한 눈동자에 점차 힘이 들어가고 있었다. 처음엔 반듯하고 차분하다고만 생각되었던 남자가 어마어마한 분위기로 지금의 공기를 압도하고 있었다.

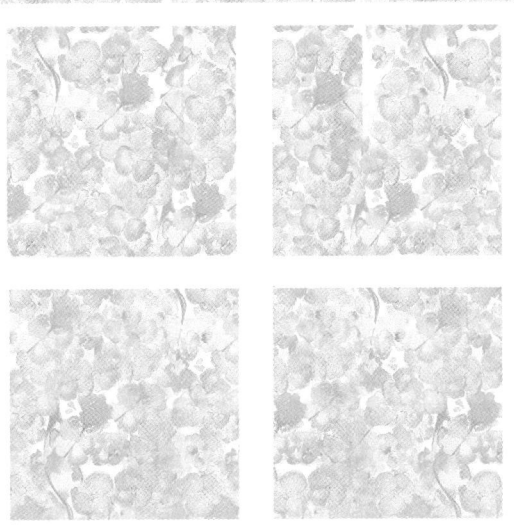

7장. 진짜와 가짜를 구분하는 법

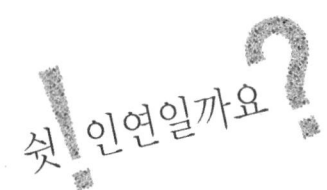

성원은 그날을 회상하듯 한참을 말없이 서 있었다.

'괜찮아요?'

아직까지도 잊히지 않는 장면이었다. 처음 만났던 그 순간은. 말갛게 올려다보는 눈동자에 잠시 말을 잃었었다.

'괜찮아요.'

자신을 향해 웃어 주는 미소엔 가슴이 두근거렸다. 불가항력이었다. 어쩔 수 없는 일. 그렇다고 생각해 왔다.

분해서인지 아니면 두려워서인지 성원은 떨리기 시작하는 손을 숨기기 위해 필사적으로 잡혀 있는 팔을 빼내려 했다. 그런 성원을 눈치챈 건지 재운은 고집스럽게 잡고 있던 팔을 놓아주었다.

성원은 붉게 충혈된 눈으로 재운을 노려보았고, 두 남자는 탐색을 하듯 한동안 서로를 뚫어질 듯 바라보았다. 생각할 시간을 주는 건지, 아니면 변명할 기회를 주려는 건지 재운은 말없이 성원을 기다려 주었다.

흔들림 없는 올곧은 눈빛이 마음에 들지 않는지 의외로 먼저 입을 뗀 건 성원이었다. 성원의 눈동자에 질투심 비슷한 감정이 재빠르게 떠올랐다 사라졌다. 참 반듯하다. 그래서 더 마음에 들지 않는 남자였다. 성원은 재운을 노려보며 말을 툭 내뱉었다.

"아, 진짜가 나타나셨군그래."

어쩐지 조롱이 섞인 비웃음 같았지만 재운의 표정엔 변함이 없었다. 눈동자에 냉기가 서려 있음에도 내내 머물러 있던 그 특유의 차분한 빛이 더 감돌자, 성원은 작게 인상을 썼다. 그게 더 마음에 들지 않았다.

'뭐가 저리 여유 있는 건데?'

자신은 안중에도 없는 것 같아 화가 치밀어 올랐다. 그래서인지 말이 많아졌다. 이런 상황에서 불필요한 말은 도리어 약점이 된다는 걸 아는데도 뜻대로 되지 않았다.

"진짜, 가짜가 뭐가 중요해? 곁에 있던 건 난데. 안 그래?"

도발하는 발언에 기분이 나쁠 법도 한데 재운은 눈 하나 깜박하지 않았다. 옅게 미소 짓는 모습이 오히려 씁쓸해 보였다. 하지만 얼마 있지 않아 안도하는 듯한 목소리가 흘러나왔다.

"다행이네. 진짜 괜찮은 놈이면 어쩌나 걱정했는데. 혹시라도 상처받을까 봐."

씁쓸한 목소리로 중얼거리던 재운이 피식 웃음을 흘리며 말을 이었다. 조금 전보다 더욱 확고한 어조였다.

"이제야 제대로 데려올 수 있겠네. 추억으로 남겨 놓기도 아깝다, 넌."

차분한 독설에 성원은 있는 힘껏 인상을 썼다.

"뭐? 이게 진짜······."

당장 주먹이라도 날릴 기세로 다가갔던 성원은 곧 재운에게 팔이 잡힌 채 짧게 소리를 질렀다. 조금 전보다도 강한 힘이었다.

"아! 아악!"

"내가 당신 하나 못 이겨서 이제껏 두고 본 줄 알아?"

재운은 손쉽게 잡은 팔을 그의 등 뒤로 꺾으며 태평하게 읊조렸다. 성원은 도저히 안 되겠는지 너무도 일찍 항복을 외쳤다.

"아악! 알았어, 알겠다고. 이거 놔! 놓으라고! 아! 놔줘, 좀! 젠장, 아프다고!"

믿음이 가지 않는지 재운은 미심쩍은 눈초리를 보냈지만 이안의 집 앞에서 계속해서 실랑이를 벌일 수는 없기에 경고를 하듯 잡은 팔에 힘을 한 번 더 준 뒤, 밀치듯 팔을 놓아주었다.

"에이 씨, 진짜 더러워서. 퉤!"

성원은 마지막까지 추태를 부리며 재운의 눈앞에서 사라졌다. 한심하다는 듯한 눈초리로 바라보던 재운은 작게 혀를 찼다.

"개차반 같은 자식."

이안의 집 쪽에 눈길을 주던 재운은 복합적인 감정에 깊게 숨을 뱉어 냈다.

"큰일 날 뻔했네, 진짜."

생각만으로도 아찔했다. 저런 자식이 계속해서 이안의 곁에 있었다면. 인정해야 했다. 1년여 전의 자신의 판단은 너무도 큰 착오였다.

재운은 길게 숨을 뱉어 내며 그날을 회상했다.

재작년 회사 송년회, 그때만 해도 두 사람의 관계는 단순한 회사 동료였다. 회식 노숙 이안은 그저 시나치며 묵례만 했던 총무팀의 팀장, 재운을 자신의 팀장에게 소개받고 깍듯이 인사한 후 소소한 대화를 이어 갔다. 총무팀 역시도 홍보팀과 같은 날, 같은 장소에서 회식을 했기에 자리를 합친 상태였다. 그러다 이안은 점차 올라오는 취기로 인해 마음속 이야기를 옆자리에 있던 그에게 염치없게도 털어놓았다.

송년회의 분위기에 휩싸여 다들 들뜬 채 취해 있었고, 이안도 예외는 아니었다.

"제가요. 그러려고 한 게 아니거든요. 저도 열심히 하고 있거든요. 잘하고 싶은데 왜 이게 잘 안 될까요? 발전도 더딘 것 같고. 침체기일까요? 제가 너무 마음에 안 들어요."

이안은 볼을 빵빵하게 부풀며 펼치고 있던 손에 턱을 괴었다. 처음엔 그저 회사 일에 대해 수다를 떨던 게 나중에는 하소연 비슷한 게 되어 버렸다. 이안은 설움이 북받친 목소리로 계속해서 한탄을 이어 갔다. 재운은 당황했고 자리를 피해 볼까 고민도 했지만 훌쩍이는 이안이 귀엽게 느껴져 조금 더 그녀의 이야기를 들어 주기로 마음먹었다.

그러던 중 아이스크림과 우유 등 간식거리를 사러 갔던 일행이 돌아왔다. 얼큰하게 술에 취해 있던 동료들은 흥분하며 간식을 하나씩 받아 들었다. 그로 인해 술자리에서 인기가 많은 아이스크림은 동이 난 지 오래였고, 서둘러 동참하지 못했던 재운과 이안은 겨우 남아 있던 간식 중에서 고를 수밖에 없었다. 이안은 안주를 집어 먹으며 여전히 주절거리기에 바빴다. 재운은 남아 있던 간식 중에서 그녀의 몫까지 골라 다시금 자리에 앉았다.

"이거밖에 안 남았네요."

재운은 조금은 미안한 얼굴로 이안에게 요구르트를 내밀었다. 하지만 예상했던 것과 다르게 이안은 화색을 띠며 요구르트를 덥석 받아 들었다.

"어? 저 요구르트 되게 좋아해요! 술 마신 다음 날이나 속 안 좋을 때 요구르트 마시면 싹 낫거든요. 이건 만능통치약!"

요구르트를 껴안으며 해사하게 웃는 모습을 보자니 어쩐지 귀엽기도 웃음이 나오기도 했다. 재운은 자신의 몫인 요구르트까지 이안에게 건넸다. 이안은 싱글벙글한 얼굴로 요구르트 하나를 맛있게도 마시더니 하나는 다시 품에 꼬옥 껴안았다.

재운은 작게 웃음을 흘리며 끝나지 않는 이안의 이야기를 다시금 들어 주었다. 이안은 자신이 좋아하는 것들을 쭉 늘어놓다 간혹 재운에게도 질문을 던졌다.

"좋아하는 색이 뭐예요?"

그녀는 좋아하는 색이나 음식 등 시시콜콜한 질문들을 던졌고, 재운은 의외로 곧잘 대답해 주었다. 대화를 하다 보며 느낀 건 의외로 좋아하는 것이나 공감 가는 부분들이 많다는 점이었다. 그래서인지 재운 역시도 갈수록 대화에 빠져들었고 전보다 더 흥미 있게 이야기를 들어 주고 있었다. 말하는 시간보다 듣는 시간이 훨씬 긴데도 이상하게 전혀 지루하지가 않았다.

"영화 좋아하세요? 전 휴일에 출근하면 회사 근처 R쇼핑센터에서 늘 영화 보거든요. 회사랑 가까워서 좋아요."

"아, 거기. 나도 자주 가요. 영화 보러."

"진짜요? 거기 의자 진짜 편하지 않아요? 전 회사 다니면서 새로 알게 된 장소가 꽤 많거든요. 전부는 아니지만 대부분 좋았어요. 역 주변에 올제 서점이라고 있는데 분위기가 진짜 좋아요. 책 좋아하시면 한번 가 보세요."

"그래요? 가 봐야겠네요."

"거기 말고도 우체국 옆에 주스 가게랑 그 맞은편에 다코야키 가게도 진짜 좋아요. 너무 맛있어요."

"네."

재운은 그저 옅게 웃었다. 이안이 말한 수많은 장소 중 처음 들어 보는 곳도 있었고, 이미 재운이 알고 있던 장소도 있었다. 공감대가 많아서 때문인지 아니면 흥미를 끌었기 때문인지 이안이 말한 장소 중 호기심이 가는 곳이 상당했다. 덕분에 재운은 지루한 술자리에서 제법 즐겁게 시간을 보낼 수 있었다.

이안은 자신의 관심사에 대한 수다가 끝난 건지 다음엔 버킷리스트에 대해 설명했다. 회사 복도를 지나치며 묵례나 눈인사를 한 게 다였고 고작 한두 시간 동안 대화를 한 게 전부인데도 그녀에 대해 꽤나 잘 아는 것처럼 느껴졌다. 그리고 그게 제법 흥미를 끌었다.

"이번 연말에 혼자 보내게 되면 봉사 활동 가려구요. 혼자 보내는 것보다 의미 있는 일을 하는 게 좋을 것 같아요. 사실 평소에 좋아하는 연예인이 연말 봉사 활동하는 걸 방송으로 본 적이 있는데 엄청 멋져 보였거든요. 그런 데서 은근히 자극을 많이 받는 것 같아요. 좀 더 나은 사람이 되고 싶달까."

반짝거리는 눈망울을 들여다보며 재운은 조금 더 이안에게 집중했다. 왜 몰랐을까? 회사에 이런 사람이 있다는 걸. 처음엔 당황스럽고 피하고 싶은 마음도 들었으나 지금은 조금 더 오래 곁에 머물고 싶은 마음이 들었다. 이상한 기분이었다.

이안은 자신에 대해 그리고 자신의 형제에 대해서도 길게 이야기를 이어 갔다. 뺨에 발그레하게 홍조까지 띠고서. 들뜬 얼굴로 신나게 재잘대는 걸 보자니 덩달아 즐거워지는 기분이었다.

재운의 눈동자가 이안에게 닿는 시간이 점차 길어졌고, 그녀의 행동 하나하나에도 신경이 쓰이는지 손짓, 표정, 눈빛까지도 세세하게 눈에 담고 있었다.

이안은 실내가 더운지 물을 연거푸 마시며 손으로 부채질을 했다.

"잠깐 바람 좀 쐴래요? 가게 앞에 벤치 있던데 잠시 나갔다 와요."

이안은 선뜻 응했고 두 사람은 가게 밖으로 자리를 옮겼다. 찬바람에 조금은 정신이 드는 듯했지만 이내 졸음이 오는지 이안은 느릿하게 떠지는 눈을 비비면서도 끊임없이 말을 내뱉었다.

"이맘때쯤이면 기분이 묘해져요. 딱히 좋아하는 계절도 아닌데, 마음이 들뜨는 것 같기도 하고."

찬바람에 여린 어깨가 떨리는 게 안쓰러운지 재운은 자신이 걸치고 있던 재킷을 벗어 그녀의 어깨에 덮어 주었다.

"어?"

"괜찮아요."

"팀장님!"

그러는 도중 부하 직원이 재운을 불렀고, 그는 이안에게 양해를 구한 뒤 잠시 자리를 비웠다. 이안은 재운의 뒷모습을 물끄러미 바라보다 여태껏 만지작거리고 있던 요구르트를 옆자리에 내려 두었다.

한편, 가게 앞에서 재운을 기다리고 있던 부하 직원들은 그가 다가오자 꾸벅 고개를 숙였다.

"저 먼저 가 보겠습니다. 새해 복 많이 받으세요, 팀장님."

"새해 복 많이 받으세요. 내년에도 파이팅!"

"그래요. 들어가요. 내년에 봅시다."

부하 직원들과 인사를 나눈 재운은 이안이 연거푸 물을 마시던 게 기억나 벤치로 가기 전 편의점에 들렀다. 생수를 구입한 그는 그녀에게 서둘러 향하다 무언가를 발견하곤 잠시 멈칫거렸다.

누군가가 벤치에 홀로 앉아 있던 이안에게 말을 걸고 있었다. 괜스레 울컥하는 마음과 조급한 기분에 빠르게 다가가긴 했으나 두 사람의 대화가 들릴 법한 자리에서 다시 한번 멈춰 섰다.

"감사합니다. 오늘 너무 운이 좋은 것 같아요. 친절하고 다정한 분을 만나서……."

처음엔 지금의 상황이 잘 이해가 가지 않아 재운은 얼떨떨한 얼굴로 한동안 그 자리에 서 있었다. 그러다 문득 밀려오는 허탈감에 헛웃음을 내뱉었다. 이제껏 뭘 한 건가 싶다가도 자신 역시도 덕분에 즐거운 시간을 보냈으니 억울할 건 없다 생각되었다.

"요구르트도 감사합니다. 옷도 고마워요. 따뜻해요. 좋은 냄새도 나고."

미련 없이 뒤돌아서려던 그가 분명하게 들려오는 이안의 목소리에 우뚝 멈춰 섰다. 예상컨대 이안은 지금 앞에 있는 저 남자와 자신을 혼동하고 있는 것 같았다. 지금이라도 달려가 바로잡을까 고민을 했지만 이내 고개를 저었다. 그리 대단한 사이도 아니었고, 그저 직장 동료일 뿐이었다. 알아 가고 싶은 마음이야 컸지만 그건 자신의 생각일 뿐이다. 연애 상대가 아닌 이상 자신이 간섭할 문제가 아니었다.

신경 끄자고 생각했지만 당황스런 마음과 씁쓸한 마음이 교차하는 건 어찌할 도리가 없었다. 여태껏 자신이 누구인지도 모르고 그 수많은 말들을 떠들어 댔던 건가? 어쩐지 배신감까지 일었지만 취한 사람에게 기억해 내라고 다짜고짜 따질 수도 없는 일이었다. 하지만 마음과는 달리 쓴웃음이 입가에서 떠나질 않았다.

다만 걱정되는 마음에 재운은 두 사람을 잠시 지켜보았고, 아까와는 반대로 이안은 남자의 이야기를 경청하다 이내 자리에서 일어났다.

그녀는 택시를 태며 자신이 걸치고 있던 재킷을 남자에게 건네주었고, 남자는 매너 좋게도 택시의 번호판을 자신의 휴대폰 카메라로 찍었다. 그런 후 처치 곤란이었는지 들고 있던 재킷을 도로 벤치에 갖다 두었다.

씁쓸한 표정으로 지켜보던 재운은 벤치로 다가가 자신의 재킷을 집어 들었다. 아직 남아 있는 온기에 자동적으로 한숨이 흘러나왔다. 하지만 이내 잘한 일이다 생각하며 다시 회식 장소로 돌아갔다. 그 행동을 이리 후회할 줄은 그땐 전혀 예상하지 못한 터였다.

홀로 돌아온 재운을 발견한 제주가 곧 그에게 다가가 이안의 행방을 물었다.

"내내 같이 있던 그분은? 홍보팀 사람 아니야? 어디 가고 혼자 들어와?"

제주는 잔뜩 상기된 얼굴로 여기저기 둘러보며 재운에게 물었다. 늘 덤덤하던 재운이 그리 즐거워하는 모습을 보는 건 흔한 일이 아니었다. 하지만 재운은 또다시 무심한 표정이 되어 관심이 없는 듯 자신의 지정석에 오도카니 앉아만 있었다.

"헛걸 봤었나?"

제주는 심드렁한 얼굴로 재운을 지켜보다 머리를 긁적였다.

그 이후, 재운은 회사에서 이안을 볼 때마다 저도 모르게 반가운 기색이 되어 입가를 올렸다. 이내 정신을 차리고 올라가려는 입가와 손을 수습했지만 밀려오는 허탈감에 쓴웃음을 짓곤 했다.

"못할 짓이네, 이거."

그때까지만 해도 아쉬운 마음은 들었지만 그리 후회는 하지 않았던 것 같다. 하지만 그 이후 우연히 마주치는 일이 잦았고, 한번 의식하기 시작해서인지 매번 신경이 쓰였다.

공동으로 아는 장소에서는 물론이거니와 그녀가 알려 준 장소, 심지어 공원처럼 처음 가 보는 장소에서도 그녀를 발견했다. 문제는 그는 그녀를 발견하는 데 반해 그녀는 그를 알아채지 못한다는 점이었다. 그녀의 행동, 표정, 사소한 것들까지 시선이 갔다. 반복되는 우연에 신기한 감정이 커졌고 점점 더 호감이 늘어 가는 가운데 한 남자와 같이 있는 모습이 자주 목격되었다. 복잡 미묘한 감정이 점차 어리는 걸 느끼며 어리석게도 제 마음을 그제야 눈치챘던 것 같다. 하지만 이미 늦은 후였다.

만약 그때 자리를 비우지 않았더라면 지금 저 자리가 자신의 것이 될 수도 있지 않았을까, 라는 미련한 생각이 걷잡을 수 없이 커졌다. 알 수 없는 감정에 멍하게 있기도 여러 번이었다.

자꾸만 커지는 마음으로 인해 재운은 그녀와 우연히 마주칠 때마다 발길을 돌리기 일쑤였다. 그걸 아는지 모르는지 이안은 회사에서 마주칠 때마다 해맑게 인사를 해 왔다. 물론 대화를 했던 당사자라는 걸 새까맣게 잊은 채 그저 상사로만 대할 뿐이었다. 예상컨대 자신과의 일을 하나도 기억 못 하는 것 같았다. 어쩐지 울컥하는 마음이 밀려오는 동시에 얄미운 마음도 생겼으나 아직까지도 다가가고 싶은 마음이 컸다. 억지로라도 마음을 억누르기 위해 꽤나 딱딱하게 대했던 기억이 있었다.

이안이 작년 연말부터야 눈치채기 시작한 우연을 재운은 일찌감치 알아채고 있었다.

주스와 요구르트를 든 채 잠시 고민하던 재운은 곧 이안의 집 쪽으로 걸음을 옮겼다.

초인종을 누르자 우당탕탕 하는 소리가 들려오더니 문 바로 코앞까지 다가온 건지 웅성거리는 소리가 희미하게나마 들려왔다.

"미오야, 어떡하지?"

아마 성원인 줄 착각한 모양이었다. 뚱한 얼굴로 서 있던 재운은 오해를 한 거라 어느 정도 눈치를 챘었기에 그녀가 놀라지 않도록 차분한 목소리로 자신임을 밝혔다.

"나예요."

"어? 서 팀장님?"

"네."

이안은 조심스레 문을 열면서도 경계태세를 늦추지 않았다. 파리채까지 들고 요리조리 둘러보는 모습에 재운은 작게 웃음을 터뜨렸다.

"어쩐 일이에요?"

"이거."

이안의 눈이 휘둥그레 변했다. 주섬주섬 파리채를 바닥에 내려놓은 그녀는 재운이 내미는 음료수를 받아 들곤 요리조리 살피더니 이내 싱긋 웃어 보였다.

"나 주려고 여기까지 온 거예요?"

"자꾸 생각이 나서요."

"고마워요."

두 사람이 현관 앞에서 대화를 나누는 사이, 미오가 어슬렁거리며 다가와 탐색을 하듯 재운을 훑어보기 시작했다. 이안은 다리 사이에 꼬옥 붙어 있는 미오를 발견한 후 짧게 웃음을 흘리다 재운에게 권했다.

"잠깐 안으로 들어오실래요?"

"그래도 될까요?"

"든든한 보디가드가 지키고 있어서요."

이안은 미오를 내려다보며 어깨를 으쓱였다. 재운은 인정한다는 듯 고개를 끄덕이며 집 안으로 들어왔다. 경계를 하듯 재운의 주위에서 얼쩡거리던 미오는 언젠가 봤던 사람이라는 걸 기억해 냈는지 아니면 흥미가 떨어진 건지 방석 위로 이동해 조용히 놀기 시작했다. 재운은 줄리에게 하듯 미오에게 다정히 말을 건넸다.

"미오, 거기에서 잘 노는구나. 뿌듯하네."

느릿하게 고개를 돌려 시선을 주던 미오가 콧방귀를 뀌는가 싶더니 곧 고르릉거리기 시작했다. 재운은 옅게 미소를 머금으며 이안의 집 안을 조심스럽게 구경했다.

잠시 후, 이안이 내온 주스를 마시며 짧게 대화를 이어 가던 재운은 시간을 확인하곤 자리에서 일어섰다. 너무 늦은 시간까지 머무르는 게 실례라고 생각한 모양이었다. 이안은 그 모르게 흐뭇하게 미소를 지었다. 누구하고는 전혀 다른 모습에 마음이 놓이면서도 믿고 싶은 마음이 더 커지고 있었다.

"문단속 잘하고 자요."

재운은 혹시라도 모를 상황에 대비해 이안에게 단단히 일렀다.

"미오, 안녕. 다음엔 줄리도 같이 보자."

미오에게 인사도 잊지 않으며.

그날 이안은 재운 덕분에 불쾌하고 긴장됐던 기분을 잊고 편안히 잠을 청할 수 있었다. 물론 파리채와 배드민턴 라켓은 침대 맡에 고이 올려놓은 채였다.

그로부터 며칠 후, 이안은 택배 하나를 받았다. 주소지를 확인하니 본가에서 온 것이었다. 얼마 전 모친이 부친과 단둘이 속초로 먹자 여행을 다녀왔다고 자랑을 하더니 기념품이라도 사 보낸 모양이었다.

이안은 내심 기대하는 표정으로 상자를 열었다.

"······."

진동 캡에 포장된 건조된 문어가 크지도 그리 작지도 않은 상자를 가득 채우고 있었다. 이안은 두 눈을 멀뚱하게 끔벅이다 입맛을 다셨다. 다소 예상하지 못한 선물이었으나 통통한 문어가 제법 먹음직스러워 보였다.

포장된 비닐을 뜯어 한두 개를 입에 넣어 우물대던 이안은 곧 맥주를 찾으러 냉장고로 향했다. 솔직히 말해 아주 맛있었다. 미오가 답지 않게 냐앙거리며 애교를 피웠지만 이안은 딱 잘라 거절하며 소파 위에 홀로 양반다리를 한 채 앉아 문어를 안주 삼아 맥주를 마셨다.

겨우 한 캔 마신 게 전부라 취하지는 않았지만 오랜만에 알코올을 섭취해서인지 조금은 알딸딸한 기분이 되었다. 이안은 혹시라도 미오가 몰래 먹지 못하도록 문어를 꽁꽁 숨겨 둔 뒤 침대로 향했다.

침대에 걸터앉자 폭신한 느낌 때문인지 순식간에 멍한 상태가 되었다. 이안은 고민할 겨를도 없이 그대로 뒤로 발라당 누웠다. 무언가 생각이 날 듯 말 듯한 답답한 기분에 잠시 인상을 썼지만 도무지 기억이 나지 않아 그대로 눈을 감아 버렸다. 얼마 후 자꾸만 아른거리는 장면에 이안은 눈을 번쩍 떴다.

"……."

어째서 자꾸 벤치에 앉아 대화를 하던 남자가 재운으로 떠오르는 걸까? 이안은 벌떡 일어나 노트북 앞으로 다가갔다. 그러곤 재빨리 키보드를 두드렸다.

[전 남친의 형편없는 모습에 과거를 인정하기 싫은 심리]

열심히 인터넷을 검색해 보았지만 그에 걸맞은 정확한 자료가 나올 리가 없었다. 이안은 시큰둥한 얼굴로 볼을 긁적이다 다시금 침대로 돌아갔다.

참 이상한 기분이었다.

그로부터 며칠 후, 비가 추적추적 내리기 시작했다. 괜스레 심란한 마음에 이안은 잔업을 하다 말고 창 앞으로 걸어가 빗줄기가 흐르는 창밖을 가만히 내다보았다. 그 시각, 재운은 한창 회식 중이었다.

창가에 기댄 채 맞은편의 건물을 내려다보던 이안은 재운에게 걸려 온 전화를 반가운 마음으로 받았다. 통화를 하던 재운은 그녀의 기분을 대충 눈치채고는 2차를 제안했다.

-비도 오는데 막걸리하고 전 어때요?

"회식하는 중 아니에요?"

-생각보다 일찍 파할 것 같아요. 비도 오고 술이 좀 부족하기도 하고. 배 속이 허전하기도 하고.

"음, 좋은 생각이네요."

이안은 잔업을 마치고 재운과 약속한 가게로 향했다. 먼저 자리를 잡고 메뉴판을 보며 안주를 정하고 있는데 마침 입구로 들어서는 재운이 보였다. 이안은 다소 심통 난 표정으로 그를 바라보았다. 회식을 하고 왔음에도 이안보다 더 반듯하고 멀쩡해 보였다. 차분한 그의 모습에 이안은 멀뚱하게 시선을 주었다.

'저 남자 진짜 뭐지?'

두 사람은 곧 마주 앉아 막걸리가 담긴 잔을 한두 개씩 비워 갔다. 문득 무방비한 모습을 보일 필요는 없다는 이재의 말이 떠올랐지만 이안은 다정한 재운의 눈동자를 마주 보며 의심을 조금씩 지워 갔다. 하지만 조심해서 나쁠 건 없으니 자신의 오빠에 대해 이야기하는 건 잊지 않았다.

그건 그녀의 술버릇 중 하나이기도 했다. 평소엔 이재에 관한 이야기는 극도로 피하곤 하는 그녀지만 술이 들어간 상태에서 기분이 좋아지면 은근슬쩍 이재를 자랑하곤 했다. 했던 이야기를 반복하지는 않지만 그 한 번만으로도 남매간의 우애가 돈독하다는 걸 어렴풋이 알 수 있었다.

한창 이재에 대해 설명하던 이안이 잠시 멈칫거렸다. 별안간 기시감이 느껴져 이안은 재운을 빤히 바라보았다. 언젠가도 한 번 동료에게 요구르트에 대한 이야기를 하던 중 비슷한 기분을 느꼈다는 걸 기억해 냈다. 이안은 고개를 갸웃거리며 재운을 올곧게 마주 보았다. 재운도 피하지 않고 다정하게 눈길을 주었다. 취기가 올라서인지 치켜뜬 그녀의 눈매가 매력적이었다.

"왜 전에도 이런 대화를 나눈 것 같죠?"

여태껏 그랬듯 이안을 가만히 들여다보던 재운은 이내 희미하게 미소를 머금었다. 술자리를 함께한다면 무언가 기억나는 것이 있지 않을까 싶어 제안한 거지만 이리도 빨리 반응할 줄은 예상치 못했다. 재운은 살짝 미소를 머금은 채로 이안에게 되물었다. 여전히 올곧게 눈을 마주친 채로.

"글쎄요. 전에 이런 대화를 나눈 적이 있었나?"

이안은 의아한 눈동자로 재운을 바라보았다. 다정한 목소리와 말투는 여전했지만 어쩐지 그의 미소가 비밀스럽게 느껴졌다. 수많은 감정을 담고 있는 듯한 눈동자에 홀린 듯 이안은 눈을 떼지 못했다. 그의 낯선 모습에 당황하거나 두려움을 느낄 만도 한데 이상하게도 그런 생각은 전혀 들지 않았다.

"한번 확인해 볼래요?"

여전히 의문이 담긴 눈동자가 그를 따라 움직였다. 재운은 벗고 있었던 자신의 재킷을 집어 이안 곁으로 다가갔다.

이안은 이내 자신의 어깨를 포옥 감싸는 재킷을 느꼈다. 어쩐지 낯설지 않은 기분에 그녀는 재운을 말없이 올려다보았다.

"이맘때쯤이면 기분이 묘해져요. 딱히 좋아하는 계절도 아닌데, 마음이 들뜨는 것 같기도 하고. 허전한 것 같기도 하고. 좀 더 근사한 사람이 되고 싶었는데 조금이라도 다가가긴 한 걸까요?"

이안의 입이 서서히 벌어졌다. 그녀가 버릇처럼 내뱉는 말이었다. 재운이 기억하는 바론 이안은 저 말 뒤에 이거 작년에도 했던 말 같은데, 를 덧붙였었다.

"팀장님이 그걸 어떻게 알아요?"

서서히 흔들리기 시작한 눈동자가 한시라도 놓칠까 재운을 집요하게 좇았다.

"어떻게 알 것 같아요?"

재운은 차분하게 그녀에게 되물었다. 올곧게 시선을 마주치던 그가 이윽고 입을 열었다.

"잘 기억해 봐요. 나랑 이런 대화한 적, 정말 없어요?"

늘 차분하던 눈동자가 기억해 내라고 말하듯 그녀를 강하게 옭아맸다. 동요하듯 서서히 일렁이기 시작하는 이안의 눈동자에 그가 온전히 비치기 시작했다.

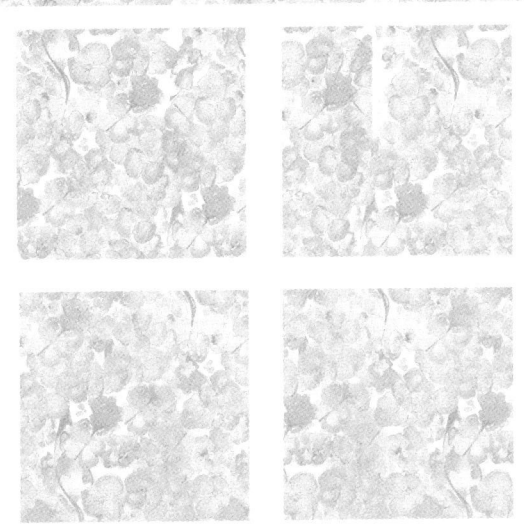

8장. 로미오 & 줄리엣

"어?"

이안의 입이 서서히 벌어졌다. 갈피를 못 잡고 이리저리 흔들리는 눈동자에 재운이 꽉 들어찼다. 그가 말하는 게 무엇인지 명확하게 알아차렸으면서도 혼란스러운 건 여전했다. 생각을 하는 듯 이안의 눈동자가 느릿하게 움직였다.

'대체 뭐지?'

그 사람이 재운이라면… 그럼 여태껏 성원이 자신을 속였다는 건가? 이제껏 누구와 만나 왔던 거지? 1년이 넘는 시간 동안 대체 뭘 한 걸까? 이런 건 생각해 본 적도 없고, 그럴 수 있을 거라고는 의심할 생각조차 하지 못했다. 그날 자신을 향해 웃어 줬던 성원의 미소가 떠오르자 소름이 끼치기까지 했다.

그럼에도 앞에 있는 재운이 의식됐다. 패닉 상태로 만들 정도로 혼란을 준 남자, 하지만 진짜인 사람.

저도 모르게 마른침이 꿀꺽 넘어갔다. 올곧게 닿은 시선이 부담스러워지며 식은땀이 삐질삐질 나기 시작하자 이안은 앞에 놓인 막걸리 잔을 덥석 집어 들었다.

"어?"

하지만 마시기도 전에 뺏어 드는 재운의 날렵한 행동에 이안은 이러지도 저러지도 못하는 표정으로 입맛을 다셨다.

"오늘 기억까지 리셋되면 안 되니까."

단호하게 말한 재운은 막걸리 잔을 든 채 지금의 상황과는 어울리지 않게 청아하게 웃어 보였다. 이안은 차마 시선을 마주치지 못했다.

재운은 짧게 숨을 내쉰 후, 다시금 이안의 맞은편에 자리를 잡았다.

"나 기억나요?"

반응을 보니 기억이 나는 거 같긴 한데 충격을 받은 듯한 모습을 보자니 어쩐지 마음이 편치 않았다.

이안은 생각이 나는 그대로를 털어놓았다.

"기억이 전부 나는 건 아닌데……."

"그럼요?"

"최근에 벤치에 앉아 있던 사람이 자주 팀장님으로 떠오르곤 했어요. 착각인가 싶었는데. 그게 진짜였을 줄이야."

그게 아니라면 방금 전 재운이 자신에 대해 술술 언급한 건 어떻게든 이해할 수가 없는 것이었다. 그가 초능력자가 아닌 이상. 이안은 여전히 당황한 얼굴로 재운에게 물었다.

"그 남자가 날 속인 건가요?"

"뭐, 내가 정확한 사정까지야 모르는 거지만 내 입장에서 생각해 본다면 그런 식의 결말도 나올 수 있죠. 어찌 됐든 나로선 뺏긴 상황이 되는 거니까."

"……."

"애초에 그날 대화한 게 두 사람이라는 거, 그러니까 사람이 중간에 바뀌었다는 거 몰랐던 거죠? 그 남자가 처음부터 쭉 대화한 사람이라고 착각한 건가?"

"…염치없지만 맞아요."

이안은 창피한지 고개를 푹 숙였다. 쥐구멍에라도 숨고 싶은 심정이었다.

"그럼 지금 어느 정도 기억이 나는 거예요?"

무슨 취조를 받는 듯한 모양새가 됐지만 불만을 표할 수도 없는 입장인지라 이안은 할 수 있는 한 열심히 대꾸했다.

"그때 제가 했던 말? 그리고 들었던 대답 정도?"

"어떤 말? 나한테 얘기를 어마어마하게 했는데?"

휙 고개를 든 이안이 울상을 지었다. 대체 무슨 말을 얼마나 한 거야? 할 수만 있다면 당장이라도 입을 꿰매 버리고 싶었다. 옅게 미소 짓고 있는 재운의 모습이 오늘따라 짓궂게 느껴졌다.

"혹시 내가 좋아하는 거에 대해 말했나요?"

"어느 정도는."

"좋아하는 장소라든가."

"했죠."

"좋아하는 음식이라든가."

"했어요."

"좋아하는 책이라든가."

"안 했을 리가."

"오, 오빠라든가."

이안의 눈동자가 불안하게 흔들렸다.

"우연히 카페에 같이 있는 거 봤는데, 경찰복이 잘 어울리시더라구요."

"맙소사."

이안은 테이블에 얼굴을 박고 머리를 감싸 쥐었다. 대체 무슨 짓을 한 거야, 연이안!

한참 동안 그 상태로 멈춰 있던 이안이 별안간 고개를 들며 깨달음의 탄성을 질렀다.

"아!"

그동안 의문을 자아냈던, 여기저기 어지럽게 흩어져 있었던 퍼즐들이 이제야 맞춰지고 있었다. 한 곳이 아닌 여러 곳에서 재운과 계속해서 마주쳤던 일, 말해 주지 않았는데도 좋아하는 것들을 그가 자연스럽게 말하고 건넸던 것, 다 알고 있는 듯했던 묘한 미소.

그에 반해 처음 만난 날 대화한 기억이 나는데도 그에 대해 언급할 때마다 아리송한 미소를 지었던 성원.

"허."

저도 모르게 헛웃음이 새어 나왔다.

또한 재운에게는 미안한 마음이 솟구치는 동시에 안도가 되었다. 역시 의심할 만한 사람이 아니었다.

돌이켜 보니 그에게 참 못할 짓을 했다. 자신이 못난 짓을 했다고 인정하며 이안은 정중하게 사과했다.

"미안해요."

"이제라도 기억해 줘서 다행이에요."

재운 역시도 안도의 숨을 내쉬었다. 기억해 내지 못하면 어쩌나 걱정을 한 게 사실이었다. 하지만 그러면서도 이안이 안타까웠다. 많이도 혼란스러울 것이다. 자신도 억울한 마음이 컸지만 의도치 않게 원하지 않았던 가짜와 연애를 했고 1년의 시간을 보냈다. 그 추억까지야 어떨지 감히 판단할 수는 없겠지만 부정하고 싶을 정도로의 후회는 하지 않길 바랐다.

술을 뺏어 간 재운 때문에 이안은 아련한 눈동자로 막걸리병을 바라보았다. 혼란스러움과 복합적인 감정이 섞여 도저히 제정신으로 있을 수가 없었다. 하지만 이 모든 사태가 술로 인해 생긴 문제이니 여기서 술을 마시겠다 할 수도 없는 노릇이었다.

그럼에도 술만 탓할 수도 없는 게 애초에 술이 아니었다면 이안과 재운의 접점도 생기지 않았을 터였다.

재운은 피식 웃음을 흘리며 이안을 챙겼다.

"오늘은 이만 일어납시다. 데려다줄게요."

주룩주룩 쏟아지던 비가 어느새 그쳐 있었다. 건물 끝과 나무에 아슬아슬하게 매달려 있던 빗방울이 토옥 소리를 내며 바닥으로 떨어져 내렸다. 비가 내린 후여서인지 풍경의 생생한 빛깔과 빗방울들이 떨어지는 청아한 소리가 묘한 시간대에 사로잡혀 있는 듯한 느낌을 받게 했다.

거리를 걸으며 이안은 잠시 망설였다. 실례가 되는 건 아닌지 걱정이 됐으나 한 번쯤은 털어놓고 싶었던 말이었다.

"다행이에요. 사실 좀 걱정했었는데, 우연이 너무 겹쳐서……."

"스토커라고 생각했어요?"

이안은 우뚝 걸음을 멈추며 당황한 얼굴로 재운을 바라보았다. 직설적인 그의 말에 도리어 그녀가 안절부절못했다.

"잠깐 생각은 들었는데 계속 의심한 건 아니에요."

이안이 횡설수설대며 변명하자, 재운은 일부러 눈을 갸름하게 떴다.

"사실입니다."

딱딱하게 굳으며 진지하게 대꾸하는 이안의 모습에 재운은 결국 웃음을 터뜨렸다. 솔직하고 귀여운 반응에 더는 장난을

칠 수가 없었다. 재운은 그동안의 일들을 회상하는 얼굴로 나직하게 말했다.

"우연이 좀 많이 겹치긴 했죠."

"이제야 좀 이해가 가네요. 제가 그때 추천해 준 곳들 들렀다가 저랑 계속 마주친 거죠?"

"그런 적도 있고 아닐 수도 있고."

"아닐 수도?"

"사실 난 스토커 말고 다른 걸 생각했거든요."

어느 순간 두 사람은 나란히 걷기 시작했고, 이안은 천천히 걸음을 내디디며 궁금한 듯한 눈빛을 보냈다.

"뭔데요?"

재운은 답지 않게 뜸을 들였다.

어느새 횡단보도 앞에 다다랐고, 신호등이 붉은색으로 변하자 두 사람은 걸음을 멈췄다.

"……."

걸음의 반동으로 살며시 흔들리던 손에 묵직한 온기가 더해져 이안은 시선을 아래로 옮겼다. 제 손에 겹쳐져 있는 건 너무 커다래서 곰 손 같다고 느꼈던 재운의 손이었다.

"인연."

낮게 흘러나온 목소리에 이안은 느릿하게 고개를 들었다. 어느새 가슴이 콩닥대기 시작했다.

재운은 이안과 눈을 마주치며 씨익 웃어 보였다. 손안으로 전해져 오는 온기가 점점 퍼져 온몸을 감싸는 듯 느껴졌다. 두근대는 가슴 때문에 이안은 조용히 호흡을 정리했다. 마음 한편을 짓누르고 있었던 불안이 사라지니 문득 온 세상이 사랑스럽게 느껴지기 시작했다.

"우리 인연인 거예요?"

"아마도."

신호가 바뀌자 재운은 옅게 미소를 띤 채 걸음을 옮겼고 이안 역시도 수줍은 듯 미소를 머금으며 그를 뒤따랐다. 가슴이 자꾸만 콩닥거렸다.

집에 돌아온 이안은 한동안 잠을 이루지 못했다. 오늘 그와 나눈 대화가, 그리고 이제야 알게 된 사실이 머릿속에서 계속 맴돌았다.

자신도 어처구니가 없는 상황인데 그는 오죽했을까? 그럼에도 다시금 자신에게 다가와 주었다.

자신이 그에게 얼마나 큰 실수를 저질렀는지 이제야 확연하게 와 닿았다. 거기에 더해 성원에 대한 생각까지 그녀를 괴롭혔다. 그는 대체 왜 그런 짓을 한 걸까? 재운과 함께 있을 땐 그것만으로도 벅차서 미처 성원을 생각할 틈이 없었다. 하지만 아무리 이해해 보려 노력해도 그가 한 짓은 그녀가 받아들일 수 있는 범위 내의 것이 아니었다.

어찌 됐든 1년을 만난 사람이었고, 한때는 행복하다고 느끼기까지 했다. 이제는 더 이상 쓸모가 없는 추억이 되어 버렸지만.

 몇 번이고 뒤척거리며 괴로워하다 결국은 지레 지쳐 잠이 들었지만 복잡한 생각은 며칠간이나 그녀를 따라다녔다. 재운에게 미안한 마음도 여전했다.

 그렇게 며칠을 보내다 두 사람은 약속을 정했다. 오랜만에 갖는 데이트였다. 다행히 재운의 바빴던 업무도 나아진 상태였다.

 예상보다 데이트 장소에 일찍 도착한 이안은 재운을 발견하곤 해사하게 미소 지으며 손을 흔들어 보였다. 재운 역시도 환하게 미소 지으며 이안에게로 다가왔다.

 이안은 손을 꼼질거렸다. 첫 데이트도 아니건만 괜스레 설레고 쑥스러운 기분이었다. 새로운 사실을 알게 돼서인지 모든 것이 새로워 보였다. 그의 반듯하고 깔끔한 차림새까지.

 그들의 두 번째 데이트 장소는 공원이었다. 우연히 마주쳤던 공원이 아닌 데이트 장소로 널리 알려진 곳이었다. 화려한 분수대는 물론 정원도 갖춰져 있어 여기저기서 사진 찍는 모습을 쉽사리 볼 수 있었다.

 재운은 얼마 전 마트에서 구입한 돗자리까지 챙겨 이안과 공원 안을 느긋하게 거닐었다.

 "생각해 보니 우리 첫 데이트도 공원이었네요."

 "그러게요."

두 사람은 잊고 있었던 듯 같은 반응을 보였다. 벚꽃을 배경으로 사진을 찍으며 나름 달콤한 데이트를 즐겼던 게 한 달 전인데도 마치 아주 오래전의 일처럼 느껴졌다. 그땐 나름 풋풋했던 느낌이었다면 지금은 제법 연인답게 비춰지고 있었다.

"와."

5월답게 선명한 빛깔의 장미들이 각자 색깔의 매력을 풍기며 정원을 화려하게 채우고 있었다. 꽃에서 나는 좋은 향기와 달콤함에 취해 공원을 찬찬히 거닐던 두 사람은 곧 매점에서 간식거리를 챙겨 목이 좋은 장소에 돗자리를 펼쳤다.

의자나 벤치가 아닌 나름 색다른 곳에 나란히 있으니 한결 더 가까워진 듯한 느낌이 들었다. 별게 다 설렌다고 생각을 하며 이안은 매점에서 사 온 모카라떼를 한 모금 마셨다.

돗자리에 한가롭게 앉아 있자니 반려견과 함께 산책을 하는 사람들이 눈에 띄었다. 워낙 동물을 좋아하는 두 사람인지라 도도하게 혹은 씩씩하게 걷는 개들에게서 눈을 떼지 못했다.

"반려묘가 있긴 하지만 개도 한번 키워 보고 싶어요."

재운의 말에 이안이 눈을 동그랗게 뜨며 반갑게 외쳤다.

"저도요!"

"개도 좋아해요?"

"그럼요. 고양이도 매력덩어리지만 개도 그 특유의 매력이 있잖아요. 다 좋지만 특히 대형견이 너무 예뻐요."

이안은 마침 지나가는 리트리버에서 눈을 떼지 못하며 침을 홀릴 태세로 황홀한 듯 말했다.

"나도요."

곧장 이어지는 재운의 말에 이안은 눈을 반짝이며 돌아보았다. 재운은 조금 전 이안이 지었던 것과 비슷한 표정으로 저만치 멀어져 간 리트리버를 바라보고 있었다. 이안은 작게 웃음을 터뜨리다 다시금 떠오르는 생각에 진지하게 물었다.

"어떤 품종 좋아하세요?"

이안을 돌아본 재운이 별 고민 없이 선뜻 대꾸하려는 찰나였다.

"잠깐만요!"

별안간 잠깐을 외치는 이안 때문에 재운은 입을 도로 다물었다.

"하나 둘 셋, 하면 동시에 외쳐요."

이안이 무슨 생각을 하는지 대충 짐작이 되기에 재운은 옅게 웃으며 고개를 끄덕였다.

"하나."

"……."

"두울."

"……."

이안은 셋을 외치기 전 마른침을 꿀꺽 삼켰다. 괜스레 긴장이 되었다.

"셋!"

"사모예드."

"사모예드! 어?"

이안은 놀란 듯 입을 커다랗게 벌렸고, 재운은 그거 보라는 듯 여유 있게 웃었다. 이안은 의심스런 눈초리를 했다.

"내가 그때 이것도 말했어요?"

"아니요."

재운은 단호히 고개를 저었다. 신뢰가 가는 눈빛과 표정에 이안은 이내 의심을 거뒀다. 의심을 해서도 안 될 사람이고, 그런 오해를 받을 만한 사람이 아니라는 걸 이젠 확실히 깨달았다.

"너무 신기한데."

이안은 혼잣말을 하듯 작게 중얼거렸다.

"난 신기함을 넘어 이제 통달한 경지라."

그녀를 따라 중얼거린 재운은 커피를 마시며 작게 웃음을 터뜨렸다. 이안은 어느새 미안한 표정이 되어 있었다. 옆모습이 닳도록 그를 바라보는 이안의 눈빛이 너무도 아련했다.

시선을 눈치챈 재운이 고개를 돌리자, 이안은 멋쩍게 웃어 보였다. 그 후로 매번 미안해하는 이안 때문에 재운은 그러면 더 속상하다며 그녀의 마음이 편토록 다독였었다. 다만 새롭게 떠오르는 그날의 상황이 있으면 알려 달라고 부탁했다. 아무래도 그 혼자만 기억하고 있는 게 아쉬운 모양이었다. 매료될 수밖에 없는 달콤함이 뚝뚝 떨어지는 다정한 눈빛에 이안은 서둘러 말을 꺼냈다.

"저도 기회 되면 사모예드 키워 보고 싶어요. 물론 미오도 같이."

"털 날림이 장난 아니겠는데."

"맞다. 털……."

이안은 절망한 얼굴로 고개를 푹 숙였다. 때마다 모래만 채워 주면 화장실 문제를 걱정할 필요가 없고 냄새도 적은 고양이인지라 반려동물로 굉장히 적합하다고 생각을 했으나 늘 털이 문제였다. 고양이는 털이 그만큼 많이 빠지는 동물이었다. 하지만 개 중 사모예드도 만만치 않게 털이 빠진다는 소리를 심심치 않게 들어 왔었다.

"그걸 감수하고도 키워 보고 싶을 정도로 매력이 많으니까."

재운은 절망하는 이안을 다정하게 다독였다.

"맞아요. 각각 장단점은 있죠."

"사모예드 성향이라면 고양이한테 공격적으로 대할 것 같지도 않고."

"제가 봤던 사모예드는 오히려 고양이를 무서워했어요. 고양이보다 덩치가 몇 배는 크면서."

두 사람은 상상을 하는 듯 동시에 피식 웃음을 터뜨렸다.

"화분은요? 특별히 키우고 싶은 식물 없으세요?"

또다시 시작된 이안의 질문에 재운은 나름 신중하게 대답을 골랐다.

"특별히 따지지는 않는데 거실이나 작업실에 작은 화분 하나, 큰 화분 하나씩은 놓고 싶어요."

이안은 다소 부담스러울 정도로 초롱초롱한 눈빛을 하며 재운에게 다가갔다. 재운은 순간적으로 움찔했으나 곧 귀여운 듯 미소를 머금으며 굳건히 자리를 지켰다.

"집에서 가장 많이 하는 일은?"

어쩐지 어느 순간부터 릴레이처럼 질문이 이어졌으나 재운은 개의치 않고 계속해서 답을 했다.

"자는 시간 빼곤 침대에서 책 읽거나 거실에서 커피 마시며 영화나 TV 프로 보는 거?"

"좋아하는 장르는?"

"책은 안 가리고 영화나 TV는 코미디나 로맨스. 액션이나 판타지는 영화관에서 봐서 집에선 주로 뉴스 아니면 가볍게 볼 수 있는 걸 시청하는 것 같아요."

"위치는?"

"소파 위?"

눈동자에서 별이 쏟아질 정도로 이안은 재운에게 집중했다. 아마도 현재 그 말고는 아무도 눈에 들어오지 않는 듯했다.

"그럼 집 인테리어는 어떻게 꾸미고 싶으세요?"

"인테리어?"

"네."

"공간에 따라 달라지겠지만 전체적으론 모던하게? 화이트 계열에 블랙 계열이 섞인 인테리어라든지, 또 그레이 계열도 굉장히 세련돼 보이더라구요. 오히려 깔끔한 게 질리지 않을 때도……."

넋을 놓고 재운을 바라보던 이안은 그의 말이 끝나기도 전에 손을 덥석 잡았다. 재운은 이번엔 침착함을 유지하지 못하고 티가 나게 움찔거렸다.

"운명이에요!"

"…네?"

너무도 저돌적인 태세에 재운은 당황한 듯 다소 빠르게 눈을 깜박였다. 이만큼이나 당황하는 재운은 처음 봤기에 이안은 좀 더 짓궂게 그에게 달라붙었다.

"결혼해 주세요!"

반짝이다 못해 간절하게까지 보이는 이안의 눈빛에 재운은 웃음이 터져 버렸다. 어찌나 유쾌하고 청아하게 웃는지 주변에 있던 사람들의 시선이 두 사람에게로 쏠렸다.

"지금 청혼하는 거예요?"

"안 되나요?"

이안은 잔뜩 흥분한 듯 콧김을 내뿜으며 불손한 눈빛으로 되물었다. 뺏기고 싶지 않아!

"그 말 꼭 기억하고 있어요."

재운은 기분이 좋은 듯 화사하게 미소를 지었다. 시원스런 미소가 지금의 분위기와 너무도 잘 어울렸다. 점차 스며드는 청량하고 달콤한 공기와 분위기 때문인지 봄과 여름의 어느 중간쯤에 와 있는 듯한 느낌이었다.

"이번엔 안 잊어버릴 거예요."

이안은 다짐하듯 단호하게 대답했다.

"미오랑 줄리도 같이 왔으면 좋았을 텐데."

반려견이나 반려묘가 산책하기에 잘 관리되어 있는 공원이라서 그런지 반려동물과 같이 산책을 하는 경우가 자주 눈에 띄었다.

"줄리는 가능할 것 같은데요."

미오는 불가능할 걸 알기에 이안은 아쉬움이 큰 얼굴로 재운에게 말했다.

"줄리는 당분간 외출 금지예요. 자꾸 이웃집 멍멍이들한테 시비를 걸고 다녀서."

"시비요?"

친화력이 그렇게 좋으면서 시비를 걸고 다닌다니. 어쩐지 상상이 되는 것 같아 이안은 못 말리겠다는 듯 큭큭대며 웃었다.

"줄리 데리고 한번 놀러 가도 될까요?"

"저희 집으로요?"

"미오가 솜방망이 펀치에도 관대하다면요."

"맞고만 있지는 않을 텐데. 뜯어말려야 하는 사태가 일어나진 않을까요?"

"그러려나?"

이안은 걱정스러운 듯 미간을 꿈틀거렸다. 상상으론 벌써 재운과 한집에서 사는 진도까지 나간 뒤였기에 두 고양이가 어울리지 못하면 어쩌나 걱정이 되었다.

"다음 주에 시간 되시면 줄리랑 놀러 오세요."

"그래도 돼요?"

정중하게 되물었지만 재운의 얼굴은 이미 들떠 있는 기색이 가득했다. 잔뜩 신나 보이는 사람을 실망시킬 수는 없었기에 이안은 더 들뜬 얼굴로 고개를 끄덕였다.

그로부터 일주일 후, 부담스러울 정도로 깨끗한 것도 모자라 베일 것처럼 잘 정리 정돈되어 있는 집 안의 풍경에 미오는 어리둥절한 얼굴을 했다. 집이 맞는데 집 같지가 않았다.

어제 꼬박 대청소를 했던 이안은 지금도 분주한 상태였다. 미오는 불안한 듯 집 안을 계속해서 어슬렁거리며 돌아다녔다.

얼마 후, 초인종이 울렸고 이안은 옷매무새를 점검하곤 서둘러 현관 앞으로 향했다.

"왔어요? 줄리, 안녕."

"실례하겠습니다."

재운은 들고 있던 고양이 이동가방과 쇼핑백 하나를 거실에 조심히 내려 두었다. 야외에서 데이트할 땐 좀 더 밝고 가벼운 느낌의 차림이었다면 지금 재운은 재킷을 걸쳐 좀 더 정중하고 반듯한 느낌이었다.

"뭐 만들고 있었어요?"

"솜씨는 없는데, 대접은 해야 할 것 같아서요. 파스타랑 유부초밥 만들어 봤어요."

"안 그래도 되는데, 뭘 이렇게 힘들게 만들었어요."

"간단한 요리였어요. 앉으세요."

이안이 가리킨 소파에 앉기 전 재운은 가져왔던 쇼핑백을 그녀에게 내밀었다.

"자, 받아요."

"이게 뭐예요?"

"캔들하고 디퓨저예요. 혹시 몰라서 캔들워머도 샀어요. 혹시라도 미오 수염이 그을리면 안 되니까. 전에 올 땐 경황이 없어서 빈손이었잖아요."

"뭘 이런 걸 다. 감사합니다."

참 세심하고 준비성이 철저한 남자다. 이안은 탐나는 눈빛으로 재운을 바라보았다.

냐앙.

낯간지러운 상황이 연출되고 있다는 걸 느낀 건지 줄리가 이동가방에서 심드렁하게 말을 섞었다. 잔뜩 경계하며 낯선 냄새가 나는 이동가방 주위를 뱅뱅 돌던 미오가 줄리의 울음소리를 듣곤 잠시 움찔거렸다. 미오의 경계심 어린 눈빛에 두 사람은 긴장했다.

"열어 줘도 될까요?"

"글쎄요. 먼저 대책을 세워 놔야 되나?"

재운과 이안은 가방 앞에 쪼그리고 앉아 심각하게 대화를 나눴다. 줄리를 이동가방 안에만 방치해 놓는다면 이리 데려온 의미가 없었기에 이안과 열심히 토론하던 재운은 이동가방을 조심스레 열었다.

너무 기다리게 한 탓인지 줄리는 심드렁한 표정으로 가방을 벗어났다. 낯선 환경에 경계를 할 만도 한데 줄리는 거침이 없었다.

그러는 와중 잔뜩 날이 서 있는 미오를 발견한 줄리가 잠시 멈춰 섰다. 재운과 이안은 긴장한 모습으로 상황을 잠시 지켜보았다.

한 치도 물러섬이 없는 눈빛에 뭔가 큰일이라도 벌어질 줄 알았건만 빤히 눈길을 주던 줄리는 이내 관심이 없어졌는지 시큰둥하게 시선을 피하며 탐색하듯 집 안을 돌아다니기 시작했다. 막상 미오는 그런 줄리가 신기한 건지 멀뚱하게 눈을 깜박거리며 시선으로만 줄리를 좇고 있었다.

그 후 두 고양이는 성격이 정반대이기에 잘 어울리지 못할 거라는 걱정이 무색할 만큼 너무도 잘 어울렸다. 주로 줄리가 앞장을 서고 미오가 졸졸 따라다니는 상황이 연출되었고, 줄리도 미오가 따라다니는 게 싫지 않은 듯 꼬리를 한껏 치켜든 채였다.

모든 게 순조로웠다. 이안이 준비한 요리는 맛있었고, 재운이 선물한 캔들에서 나는 상큼한 향기는 한껏 달콤한 분위기를 만들었다. 제일 걱정했던 고양이들도 잘 어울리고 있었고 유쾌한 기분도 이어졌다. 문제는 잘 어울리는 만큼 호기심 많은 고양이들이 사고도 함께 친다는 점이었다.

줄리는 책장에 나란히 진열되어 있는 립스틱들에 호기심을 보이다 급기야 앞발로 톡톡 건드리기 시작했고, 평소엔 관심도 없던 미오까지 동참했다. 처음엔 살짝이었지만 그 이후엔 사정을 봐주지 않았다.

안타깝게도 이안과 재운은 식사를 하며 화기애애하게 대화를 나누느라 말썽을 부리는 고양이들을 미처 눈치채지 못했다. 하지만 곧 이어지는 우탕탕 소리와 분주한 발소리를 듣고 나선 누가 먼저랄 것도 없이 황급히 달려갔다.

"뭐야? 무슨 일이야?"

이미 이안의 립스틱들이 여기저기에서 뒹굴고 있었다. 이안은 망연자실하게 중얼거렸다.

"맙소사."

"줄리야."

"미오."

두 사람은 각자 자신의 고양이들을 불렀지만 당연하게도 줄리와 미오는 눈길 한 번 주지 않았다. 다시 사고를 치러 나서는 고양이들을 이안과 재운이 강한 억양으로 불렀다.

"로미오!"

"줄리엣!"

고양이를 부르던 두 사람은 당황한 표정으로 서로를 바라보았다.

"응?"

"방금 뭐라고……."

"줄리엣이면, 그럼 줄리가 줄리엣의 약자였어요?"

"미오는 로미오?"

재운과 이안은 당황스런 얼굴로 서로 눈빛을 나누었다. 그 사이 두 고양이는 흥미가 떨어진 듯 뻔뻔하게 꼬리를 치켜들곤 유유히 다른 곳으로 이동했다.

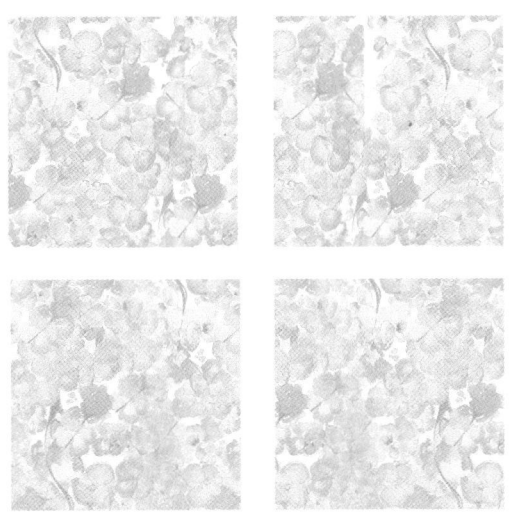

9장. 바른 남자

쉿! 인연일까요?

이안은 커다랗게 떠진 눈을 느릿하게 감았다 떴다. 방금 들어 놓고도 믿어지지가 않았다. 줄리가 줄리엣이라니.

'그럼 줄리는 우리 미오랑 인연인 셈인가?'

이번만큼은 재운도 당황한 듯 차분한 눈동자를 유지하지 못했다. 정말이지 신기한 우연이다. 고양이들 이름까지도 커플이라니.

재운은 재밌다는 듯 옅게 미소를 지었다. 그러다 문득 무언가가 떠오른 듯 이안에게 물었다.

"혹시 미오 분양받은 곳이 회사 근처 고양이 분양숍이에요?"

"네."

"미오, 그러니까 로미오는 수컷이고."
"그렇죠."
"아……."

재운은 알 것 같다는 듯 선선히 고개를 끄덕였다. 이안은 의문이 담긴 눈동자로 그를 바라보다 뒤늦게 탄성을 질렀다.

"로미오와 줄리엣!"

이제야 기억이 났다. 고양이에게 미오라는 이름을 붙여 준 이유.

〈로미오와 줄리엣〉

고양이 분양숍의 이름이었다.

두 사람은 마주 보며 웃음을 터뜨렸고, 이윽고 유쾌한 웃음소리가 집 안을 가득 채웠다. 고양이 두 마리는 저들끼리 장난을 치다 웃음을 한가득 터뜨리고 있는 재운과 이안에게 시선을 주었다. 그저 마주 보고 있는 것뿐인데도 두 사람 주위로 달콤한 공기가 퍼지는 듯했다.

"줄리는 여자아이겠네요."
"네."

대납을 하는 재운의 얼굴엔 여전히 미소가 가득했다. 숍 이름을 고양이의 이름으로 단순히 붙일 생각을 한 것도, 또 그 사람들이 연인이 된 것도 어찌 보면 대단한 우연이었다.

"아."

재운은 굴러다니는 이안의 립스틱들을 발견하곤 곧장 자리에 앉아 립스틱을 주워 들었다.

"괜찮아요. 그냥 두세요."

"아무래도 줄리가 주동자인 거 같은데 모른 체할 순 없죠."

재운의 고집에 이안은 할 수 없이 그와 함께 쪼그려 앉아 립스틱들을 챙겼다. 다행히 뚜껑이 굳게 닫혀 있어 립스틱이 부러지거나 망가지는 건 피할 수 있었다. 이안은 속으로 안도의 숨을 내쉬었다.

"내가 당신한테 한 번 더 다가가지 않았으면 이런 것도 모를 뻔했네요."

재운은 재밌다는 듯 웃으면서도 이안에게 애틋하게 시선을 주었다. 당황한 듯 이안의 눈동자가 살며시 흔들렸다. 재운에게 처음 들은 '당신'이라는 호칭은 굉장히 묘한 기분이 들게 만들었다. 어쩐지 한결 가까워진 느낌이 들어 이안은 조용히 얼굴을 붉혔다. 눈치 없이 자꾸만 가슴이 콩닥거리고 있었다.

이안이 별 반응 없이 손만 꼼지락거리고 있자 재운은 조심스럽고 차분하게 말을 이었다.

"아직 이런 호칭 어색한가? 계속 회사에서 쓰는 호칭으로 부르긴 애매한데."

재운은 고민을 하는 듯 뜸을 들였다. 그 순간 이안이 번쩍 고개를 들며 서둘러 대꾸했다.

"아니요! 전 좋아요. 좋습니다. 부르시지요."

잔뜩 흥분한 채 콧김을 내뿜는 이안의 모습에 재운은 피식 웃음을 터뜨렸다. 별것 아닌 이런 것에도, 이런 그녀의 반응 하나하나에도 너무나 행복해졌다.

"고마워요."

"별말씀을요."

이안은 주워 든 립스틱과 재운에게 건네받은 립스틱을 가지런히 정리하곤 식탁이 있는 곳으로 향하며 발그레해진 뺨을 손등으로 꾹 눌렀다. 이안을 뒤따라가던 재운은 눈을 감은 채 고롱거리고 있는 미오를 잠시 돌아보았다.

'노르웨이숲.'

줄리에겐 미안한 이야기지만 본래 재운이 분양하려던 품종은 터키쉬앙고라가 아닌 미오 같은 노르웨이숲이었다. 미오처럼 하얀 털과 연한 회색 털이 섞인 노르웨이숲 품종의 고양이가 분양 직전 눈에 들어왔으나 안타깝게도 재운이 원한 건 암컷이었다.

수컷이어도 분양을 하느냐 재운이 며칠을 두고 고민을 하는 사이 그 고양이는 다른 이에게 분양이 되고 말았다. 그렇게 후회하는 재운 앞에 나타나 턱하니 앞다리를 걸친 건 줄리였다. 마치 날 데려가라, 라고 말하는 듯한 자신만만한 눈빛에 재운은 이내 매료되었다.

그렇게 줄리는 재운의 품에 안겨 그대로 그의 반려묘가 되었다. 신기한 만남이라는 생각이 들어 숍 이름에서 줄리의 이름을 따온 것이었다.

잠시 옛 기억이 나자, 재운은 피식 웃음을 흘렸다.

"고양이들이 생각보다 잘 놀아서 다행이에요."

"그러게요. 싸우면 어쩌나 싶었는데. 너무 잘 놀아서 탈이네요. 말썽도 같이 부리고."

이안은 피식 웃음을 지었다. 괜한 걱정을 했던 모양이다.

미오와 줄리는 어느새 가까이 붙어 평온하게 잠이 든 채였다. 그렇게 평화로운 시간이 서서히 흘러가고 있었다.

?

그 후로 이안이 느낀 건 그와는 비슷한 부분도 많지만 서로 다른 점도 꽤 있다는 것이었다. 하지만 그럼으로 해서 새로운 걸 접하거나 알게 되는 경우도 있었다.

이안은 나른한 기분이나 쌓이는 피로를 제때 푸는 걸 선호했기 때문에 온천을 간다거나 족욕 카페를 자주 가는 편이었다.

"온천을 한 번도 안 가 봤어요?"

말도 안 된다는 이안의 반응에 재운은 먹고 있던 파스타를 우물거리며 고개를 끄덕였다. 신기하다는 듯 이안은 눈을 동그랗게 떴다. 그러다 아쉽다는 얼굴을 했다. 그 즐거움을 함께 나누지 못한다는 게 못내 아쉬웠다.

"그런 건 별로 안 좋아하세요? 물, 온천, 스파 이런 거."

재운은 고개를 저으며 차분하게 이야기를 시작했다.

"어렸을 적에 수영장에서 놀다가 물에 빠진 적이 있어서 물을 좀 무서워해요. 바다에 가도 멀찍이서 구경만 하고. 그러다 보니 언제부턴가 물이 있는 곳에서 힐링을 한다든가 여유를 즐기는 건 생각을 못 해 봤어요."

이안은 안타까운 얼굴로 그의 말에 귀를 기울였다. 물이라면 환장해 작은 웅덩이 앞도 그냥 지나치지 못하는 이안이었다.

'이런 점은 좀 다르네.'

사람이 어떻게 다 같을 수가 있을까? 어째선지 이제야 좀 안심이 되기도 했다.

"나중에 한번 같이 가 봐요."

재운이 먼저 제안하자, 의외였는지 이안은 눈을 동그랗게 떴다.

"불편한 거 아니에요?"

"깊은 물에 들어가는 것도 아니고 온천이나 족욕 카페 정도는 괜찮을 것 같아요. 또 의외로 잘 맞을 수도 있고. 무엇보다도 좋아하는 사람하고 하는 거니까 더 즐거울 것 같기도 한데."

걱정이 가득했던 이안의 눈동자에 미소가 스몄다. 멋진 남자 같으니라고. 그녀의 해사한 미소가 흐뭇해 보이기도, 또 즐거워 보이기도 했다.

"그럼 족욕 카페부터 가요. 젤 얕은 물부터."

이안의 귀여운 배려에 재운은 살포시 웃음을 머금었다.

꿀이 뚝뚝 떨어지는 눈빛으로 서로를 바라보고 있는데 저만치에서 소란스러운 소리가 들려왔다. 두 사람이 고개를 돌리기가 무섭게 총무팀의 직원 몇 명이 두 사람 주위로 재빠르게 다가왔다.

"어머! 두 분 같이 계시네요. 식사 같이 하셨어요? 혹시 두 사람……."

아직 사내연애를 하고 있다고 밝히지 않았기에 두 사람은 주로 먹던 구내식당 대신 외부의 작은 식당에서 대부분 점심을 함께 먹고 있었다. 운이 없게도 그 작은 파스타 가게가 여자 사원들에게 제법 인기 있는 숨어 있던 맛집인 모양이었다.

재운의 부하 직원들은 기대감에 찬 초롱초롱한 눈망울로 두 사람을 번갈아 바라보았고, 애매하게 입꼬리를 올리던 이안은 뒤쪽에 서 있는 남주를 발견하곤 난감한 얼굴을 했다.

'근데 그건 왜 물어보시는데요?'

'어, 그게… 최근에 관심 있게 보는 사람이 서 팀장님하고 비슷한 이미지라서…….'

'어머! 그래요?'

남주에게 거짓말을 했던 게 이제야 기억이 났다. 그땐 확실치 않은 감정이었으니 거리낌 없이 그런 말을 했다지만 남주의 입장에서 보면 속인 거나 마찬가지일 테니 화를 내도 할 말이 없었다. 미안한 마음이 들어 시선을 마주쳤지만 어쩐지 남주는 금세 눈을 피하는 것 같아 보였다.

난처해하는 듯한 이안 대신 재운이 재빨리 이야길 꺼냈다.

"미리 이야기 못 해서 미안해요. 당분간은 비밀로 해 줄래요?"

정중한 재운의 부탁에 그의 부하 직원들은 로맨틱하다며 난리법석을 떨었다.

"웬일이야! 너무 잘 어울리세요!"

"부러워라."

"비밀로 해 드릴게요. 너무 보기 좋아요."

흔쾌히 그러겠노라고 약속한 그녀들은 이내 자리를 떠났다.

"괜찮아요?"

재운은 어두운 표정의 이안을 발견하곤 걱정스럽게 물었다.

"그게… 실수했던 게 기억이 나서요. 내 잘못이에요."

마음에 걸리는지 이안은 남은 식사를 마저 하며 내내 표정이 안 좋았다.

다소 심란한 상태로 식사를 마친 이안은 재운과 함께 회사로 돌아오는 길에 건물 앞에 있는 남주를 발견하곤 잠시 걸음을 멈췄다.

"팀장님, 먼저 들어가실래요? 저 잠깐 볼일이 있어서요."

"그래요."

재운에게 양해를 구한 이안은 서둘러 남주에게로 다가갔다.

남주는 울고 있는 건지 생각을 하고 있는 건지 홀로 고개를 푹 숙인 상태였다. 그런 뒷모습을 보며 다가가는 이안의 마음이 몹시도 무거웠다. 단순한 호감인 줄 알았건만 재운을 향한 마음이 그리도 컸던 건가? 미안한 마음에 절로 한숨이 흘러나왔다.

"남주 씨."

자신을 부르는 소리에 남주가 홱 고개를 돌렸다. 빙글 돌아서는 남주의 손엔 휴대폰이 들려 있었다. 울었다고 하기엔 얼굴이 너무도 밝았다.

무슨 상황인지 파악이 되기도 전에 남주가 쪼르르 달려와 이안의 두 손을 덥석 잡곤 방방 뛰기 시작했다.

"대리님, 대리님!"

"응? 어? 왜?"

"축하드려요. 팀장님하고 너무 잘 어울리세요! 두 분 너무 보기 좋아요. 진정한 선남선녀."

신난 듯 팔짝팔짝 뛰는 남주의 모습에 이안은 어안이 벙벙한 얼굴을 했다.

"남주 씨 기분 상했던 거 아니었어?"

"제가요? 왜요?"

방방 뛰던 걸 멈춘 남주는 의아한 얼굴을 했다.

"내가 서 팀장님하고 연애해서. 그때 남주 씨가 물어봤을 때 내가 서 팀장님 아니고 다른 남자라고 했었잖아."

"어머, 그때부터 팀장님하고 연애하고 있었던 거예요?"

남주는 정말 궁금한지 눈을 동그랗게 뜨고 얼굴을 가까이 들이밀었다.

"아니. 그때부터 그런 사이는 아니었고."

이안은 부담스러운 듯 상체를 뒤로 슬쩍 뺐다.

"기분 상하긴요. 목석같은 팀장님을 어떻게 사로잡으신 건지 대단하다고 생각될 따름이에요. 저희들 사이에서 인기야 좋으시지만 함부로 다가갈 엄두는 안 나는 사람이잖아요, 사실. 다들 마음속으로만 흠모하거나 존경하는 대상이었고. 미친 척하고 들이댄다고 해도 저희 팀장님 눈 하나 깜빡 안 할 사람인 거 애당초 알고 있었구요."

"그랬구나."

남주는 고민을 하는 표정으로 입술을 안으로 말아 넣다 결심을 한 듯 이안에게 조심스럽게 말했다.

"사실은 요즘 제가 팀장님 비슷한 성격의 남자한테 마음이 있거든요. 근데 대리님 보며 오늘 힘을 얻었습니다. 언젠가부터 저희 팀장님 진보다 자주 웃으시고 온화해진 거 저희도 느끼고 있었어요. 연애하고 계신 거 아닌가 생각만 하고 있었는데 진짜 여자 때문에 저렇게 변하신 거라니, 그 남자도 사랑에 빠지면 저렇게 변할 수도 있겠구나 싶어서 너무 힘이 돼요. 물론 제가 대리님만큼 예쁘다거나 멋진 여자는 아니지만요."

"무슨 소리야. 남주 씨 충분히 예쁘고 멋진데."

"감사합니다. 역시 대리님밖에 없어요. 예쁘게 연애하세요, 대리님. 진심으로 축하드려요."

"고마워."

호쾌한 축하 인사와 덩달아 기분이 좋아지게 만드는 남주의 미소에 이안은 고맙다는 인사를 하고는 아까와는 달리 가벼운 걸음걸이로 회사로 돌아왔다.

걱정이 됐는지 복도에서 기다리고 있는 재운의 모습에 이안은 살며시 미소를 머금었다. 이안이 다가오자 재운은 준비하고 있던 커피를 건넸다. 사려 깊은 그의 표정에 절로 마음이 따스해졌다.

"괜찮아요?"

"네. 괜한 걱정이었어요. 부하 직원들한테 잘해 주세요, 꼭."

"응?"

재운은 영문을 모르겠다는 얼굴로 되물었다. 이안은 그저 생긋 웃을 뿐이었다. 하지만 이안이 웃으니 그 역시도 싱긋 입가를 올리며 어느새 따라 웃고 있었다.

그 모습을 우연히 발견한 남주가 멀찍이서 부러움과 흐뭇함이 섞인 눈빛으로 두 사람을 지켜보았다. 반대편에서 똑같은 자세와 같은 표정으로 재운과 이안을 훔쳐보던 제주가 그런 남주를 발견하곤 흠칫대며 빤히 눈길을 주었다. 남주 역시도 제주를 발견하곤 당황한 듯 눈을 둥그렇게 떴다. 한참을 마주 보던 두 사람은 곧 아무 일도 없었다는 듯 몸을 곧게 편 뒤 다소 뻣뻣한 동작으로 제 갈 길을 찾아갔다. 하지만 그 이후로도 두 사람은 재운과 이안의 다정한 모습을 우연히 지켜보다 눈이 마주치길 여러 번이었다.

?

그 주 주말, 재운은 다소 긴장된 표정으로 이안과 함께 어느 카페에 방문했다. 건물의 제법 높은 층에 위치해 있는 카페이기에 커다란 창밖으로 보이는 풍경이 유독 근사했다.

이안이 자주 간다던 족욕 카페는 테마가 힐링인 만큼 족욕과 안마의자 등 휴식을 취하면서 커피나 음료를 마실 수 있는 공간으로 이루어져 있었다.

두 사람은 직원의 안내에 따라 창가 쪽에 나란히 자리를 잡았다. 이윽고 동그란 디자인의 나무통에 물이 담기고 그 위로 와인이 부어졌다.

"어? 와인이네요."

새운은 흥미를 보였다.

"네. 와인 족욕이 스트레스 해소나 혈액순환 촉진에 좋대요. 저도 처음엔 생소했는데 해 보니 엄청 좋더라구요. 피로도 풀리고 피부도 좋아지는 것 같고."

금세 들떠서 말하는 이안을 보자니 덩달아 기분이 좋아져 재운은 환하게 미소를 머금으며 그녀의 이야기에 귀를 기울였다. 저 목소리는 질리지가 않는다.

"집에서 마시지만 말고 족욕도 해 봐야겠어요. 이런 효능이 있었다니 생각도 못 했네."

이안을 따라 와인이 담긴 나무통에 두 발을 집어넣은 재운은 느낌이 묘한 듯 발을 꼼지락거렸다. 낯선 기분도 잠시, 발을 감싸는 온기에 발뿐만이 아니라 온몸의 피로가 풀리는 듯 느껴졌다. 제법 좋은 기분이었다.

같은 기분인 건지 이안도 다소 평온한 얼굴로 발을 꼼지락거리다 그에게 물었다.

"와인 좋아하세요?"

재운은 고민도 않고 고개를 끄덕였다.

"즐겨 먹는 편이에요. 와인 같은 경우는 적정량만 마시면 건강에도 좋다고 해서."

이안은 호기심 짙은 눈망울을 하며 고개를 느릿하게 끄덕였다. 어쩌다 한 번 와인을 마시긴 했지만 특별한 날이나 필요에 한해서였다. 하지만 그의 이야기를 듣다 보니 어쩐지 관심이 갔다.

족욕을 하며 대화를 하던 중 재운이 생각보다 와인에 대해 더 많이 알고 좋아한다는 사실을 깨달았다. 창고까지는 아니지만 와인을 따로 보관해 두는 냉장고가 있다는 말에 이안은 크게 흥미를 보였다.

"와. 와인 냉장고라니, 궁금하네요. 전시된 것만 몇 번 본 적 있는데."

발을 감싸고 있는 따스한 물 때문인지 아련히 내려다보이는 야경 때문인지 아늑하고 나른한 기분이 들어 이안은 멍하게 중얼거렸다. 잠시 생각을 하는 듯 창 너머를 내려다보던 재운이 조심스럽게 이안에게 말을 건넸다.

"저녁도 먹을 겸 오늘 우리 집에 들를래요? 이번엔 내가 식사 대접할게요. 와인도 구경하고."

이안은 섣불리 대답을 못 하고 잠시 뜸을 들였다. 이런저런 생각이 많이 드는 모양이었다. 한참을 고심 끝에 이안은 재운에게 조심스레 되물었다.

"그래도 돼요?"

"그럼요. 가는 김에 줄리도 보고. 분명 반가워할 거예요."

두 사람은 마주 보며 빙긋 웃었다. 어쩐지 고양이들 이야기만 나오면 긴장이 풀어지는 느낌이었다.

족욕 카페를 만족스럽게 경험한 후, 두 사람은 재운의 동네 근처에 있는 마트에 들렀다. 연인의 집에 처음 방문하는데 빈손으로 갈 수는 없다며 이안이 고집스럽게 재운을 설득한 결과였다.

어떤 게 필요할까 마트를 돌아보며 한참을 고민하던 이안은 그가 좋아하는 와인을 선물하는 게 가장 좋을 거라고 결론지으며 재운과 함께 와인 코너로 향했다.

잠시 둘러보던 재운은 눈여겨봤던 와인을 하나 골라 들었고, 이안은 들뜬 표정으로 계산대로 향했다.

그런 이안의 뒷모습을 지켜보며 재운은 조용히 미소를 머금었다. 행복했다. 멀리서만 지켜봤던 행복이 어느 순간 자신의 삶 속으로 들어와 있었다. 그땐 상상이나 할 수 있었을까?

저만치나 앞서 걸어가던 이안이 빙글 몸을 돌린 채 어서 오라며 재운을 향해 손짓했다. 재운의 입가에 스며 있던 미소가 더욱 짙어졌다.

기꺼이 가겠다, 당신이 부른다면.

"아. 여기구나."

이안은 재운의 집에 들어서며 나지막하게 실례합니다, 라고 중얼거렸다. 그 작은 속삭임을 들은 건지 줄리가 저만치에서 빠른 속도로 달려 나와 이안을 맞이했다. 늘 현관 앞에 마중 나와 있긴 해도 시큰둥한 표정의 미오와는 전혀 다른 모습에 이안은 웃음을 터뜨렸다.

냥냥.

왔냐고 인사하는 듯한 줄리의 모습에 이안은 고마워요, 라고 답례를 하곤 마저 안으로 들어섰다. 평소에 상상을 했던 그대로는 아니었지만 재운의 집은 굉장히 깔끔하고 세련되어 보였다.

또한 책장이나 장식장은 벽에 세워 두고 쓴다고 생각했던 이안인지라 파티션으로 배치해서 쓰는 것 또한 굉장히 새롭게 다가왔다. 한창 집을 구경하고 있는데 재운이 주스를 내오며 소파를 가리켰다.

"잠깐 앉아 있어요. 저녁은 아까 말한 대로 내가 대접할게요. 대신 메뉴도 내가 정할게요. 자신 있는 걸로 뽐내야 하니까."

능청스런 재운의 표정에 이안은 유쾌하게 웃으며 고개를 끄덕였다.

소파에 앉아 주스를 마시고 다시 서성거리며 집을 구경하던 이안은 가까이 다가와 애교를 부리는 줄리와 놀아 주며 시간을 보냈고, 그사이 재운은 식사를 완성했다.

중간중간 도와주겠다며 다가서는 이안을 밀어냈던 재운은 제법 그럴싸하게 식탁을 차렸다.

완성됐다는 그의 말에 주방으로 다가가던 이안은 크게 벌어지는 입을 다물지 못했다.

"와아, 이걸 혼자 다 만든 거예요?"

"어때요?"

어떻긴, 잘생긴 남자가 요리까지 잘한다니. 황홀한 기분이었다. 이안은 대답 대신 엄지손가락을 척 들어 보였다. 재운은 피식 웃음을 터뜨리며 이안이 앉을 수 있도록 친절히 의자를 빼 주었다.

그가 차린 건 어묵비빔국수와 봄나물 명란파스타였다. 두 사람 다 면 요리를 좋아했고 마침 냉장고에 재료들이 있었기에 재운은 별 고민 없이 요리를 만들었다. 그녀에게 말한 대로 제일 자신 있는 요리이기도 했고.

파스타 면을 포크로 돌돌 말아 입 안에 쏙 넣은 이안은 행복한 표정을 지으며 재운을 감동 어린 눈망울로 바라보았다. 달콤함이 뚝뚝 떨어지는 눈빛에 재운은 흐뭇한 미소를 지었다. 그가 좋아하는 음식이기도 했지만 평소 이 재료, 저 재료 다양하게 넣어 보며 열심히 연구하고 연습을 해 두었던 자신을 칭찬해 주고 싶은 마음이었다.

이안과 함께 허기진 배를 어느 정도 채운 재운은 평소 아끼던 와인을 꺼내 왔다. 와인 잔에 와인을 따르고 건네려는데 이안의 눈동자가 어느새 반짝반짝하게 빛이 나고 있었다.

소소한 것에도 즐거워하고 감탄하며 크게 반응을 해 주는 그녀의 모습이 참 사랑스러웠다. 자꾸만 귀엽게 느껴져 이따금씩 품 안에 꽉 끌어안고 싶은 충동이 들었으나 괜히 놀라게 할까 걱정스런 마음에 진한 스킨십은커녕 살짝 닿지도 못하고 있었다.

'너무 소심한 건가?'

기회를 엿보는 저 자신이 우습다가도 섣불리 행동하긴 싫은 마음에 신중해지곤 했다.

재운과 잔을 부딪치고 와인을 한 모금 맛본 이안은 진지한 얼굴로 고개를 끄덕였다.

"음, 쓰네요."

이안은 고개를 갸웃거렸다. 분명 좋은 와인 같은데 왜 쓴맛만 느껴지는 걸까? 작은 것 하나라도 공유하고 싶은 마음 때문인지 아쉬움이 컸다.

"나도 그랬어요. 처음엔."

"그래요?"

이안은 샐쭉한 얼굴로 다시 한번 와인을 넘겼다.

"음, 아까보단 덜 쓴 것 같아요."

이안의 능청에 재운은 못 말리겠다는 듯 낮게 웃음을 터뜨렸다.

하지만 다른 술보다는 확실히 목 넘김이 부드러운 것 같았다. 독특한 향도 좋은 것 같다고 생각하며 이안은 계속해서 와인을 마셨다.

그녀가 와서인지 아니면 지금의 분위기가 마음에 드는 건지 기분이 좋은 듯 냥냥거리며 노래를 부르던 줄리는 가끔 두 사람에게 다가와 수다스럽게 말을 걸다 어느새 자신의 자리로 돌아가 편한 자세로 잠이 들어 있었다.

두 사람은 방해받고 싶지 않은 듯 주방에만 조명을 켜 둔 채로 와인을 마시며 도란도란 대화를 나누었다.

"……."

느릿하게 눈을 떠 천장을 올려다보던 이안은 규칙적으로 눈을 깜박거리다 묘한 기분에 벌떡 몸을 일으켰다. 깜박 잠이 들었던 모양이다. 몇 시간이나 잔 거지?

머리를 긁적인 이안은 잠이 들기 전의 상황을 떠올렸다.

와인을 마시며 차차 몽롱해지는 가운데 나중엔 맛있다고 와인을 홀짝홀짝 마셔 댔고, 결국은 대화를 나누던 도중 테이블에 엎드려 잠이 든 것 같았다. 마침 조명도 밝지 않고 잠이 들기에 안성맞춤이었다.

이안은 한숨을 푹 내쉬며 주위를 둘러보았다. 현재 누워 있는 곳은 재운의 침대 위였다. 편히 잘 수 있도록 그가 침대로 그녀를 옮긴 모양이었다.

'술만 마시면 실수구나.'

울상을 짓던 이안은 폭신폭신한 침대를 꾹꾹 눌러 보다 주위를 두리번거렸다. 침대 위엔 이안뿐이었고 불은 꺼진 채로 침대 주변의 조명등 하나만 켜진 상태였다.

한참을 둘러보던 끝에 재운을 발견한 이안은 다시금 침대 중앙으로 돌아와 머리카락이며 옷매무새를 다듬었다. 재운은 침대 옆의 바닥에 얇은 담요 하나만을 깐 채 잠들어 있었다. 조용히 숨을 내쉰 이안은 얼굴만 쏙 내밀어 곤히 자고 있는 그를 감상했다. 자는 동안에도 멀끔하고 차분한 모습이 눈길을 끌었다. 커다란 눈망울은 그의 모습을 조금이라도 놓칠까 끈질기게 닿아 있는 중이었다.

한참을 조용히 감상하던 이안은 작게 웃음을 흘리며 웃음이 스민 목소리로 중얼거렸다. 어쩐지 그다웠다.

"이 남자는 이런 상황에서도 바르구나."

아쉬움을 뒤로한 채 이안은 다시 침대에 바로 누웠다. 그의 침대에선 좋은 향기가 났다. 이안은 이불에 코를 묻은 채 잠시 킁킁거리다 또다시 작게 웃음을 흘렸다. 어쩐지 지금 이 상황이 굉장히 신기하게 느껴졌다.

천장을 올려다보며 이대로 조용히 집에 가야 할지 그를 깨워야 할지 고민하는 찰나, 별안간 낮은 목소리가 귓가를 스쳤다.

"누가 그래요? 이런 상황에서도 내가 바르다고."

낮게 잠긴 목소리가 몽롱하게 귓가에 감겨 왔다. 감미로운 목소리에 취해 느릿하게 눈을 감았다 뜨던 이안이 퍼뜩 정신을 차리며 눈을 커다랗게 떴다. 자고 있던 게 아니었나?

그녀가 상황 파악을 할 새도 없이 자리에서 부스스 일어나 앉은 재운이 이안을 돌아보았다.

"속은 괜찮아요?"

"…네."

"다행이네."

너무도 놀란 터라 이안은 일어나지도 못하고 계속 그 자리에 누운 상태로 대꾸하고 있었다. 뒤늦게 상황 파악을 끝낸 이안이 어색한 자세로 몸을 일으키려는데 재운이 제지했다.

"누워 있어요."

침대로 다가오는 재운의 모습에 이안의 눈이 동그랗게 변했다. 재운은 침대 맡에 앉아 애틋한 눈빛으로 이안의 뺨을 살며시 쓰다듬었다. 간지럽고도 묘한 기분에 손을 꼼지락거리던 이안은 미안한 얼굴을 하며 조용히 말을 건넸다.

"이번엔 취해서 잠들어 버렸네요. 미안해요."

"괜찮아요. 덕분에 자는 모습도 실컷 보고."

스륵 올라가는 재운의 매력적인 입가와 미소에 이안의 뺨이 새빨갛게 물들었다. 재운은 계속해서 이안에게 눈길을 주었다. 애틋하면서도 전과는 다른 느낌이 드는 눈빛에 이안은 긴장한 듯 꼴깍 침을 삼켰다.

"취하셨어요?"

"전혀."

하지만 그녀를 내려다보는 재운의 눈빛은 평소와는 달리 무척이나 그윽하게 느껴지고 있었다. 망설임 없는 대답이 단호히 흘러나오자 이안의 가슴은 더욱 격하게 뛰기 시작했다.

덧붙이는 설명 없이 계속해서 그윽하게 눈길을 주던 재운은 서서히 고개를 숙여 거리를 좁혔다. 점차 커다랗게 떠지던 이안의 눈이 질끈 감겼고, 이윽고 두 사람의 입술이 포개졌다. 보드라운 입술의 촉감과 뜨거운 숨결에 이안은 잠시 숨을 멈췄다.

이내 고요한 공간에 입술이 부딪치는 소리만이 조심스럽게 울려 퍼졌다.

잠에서 깬 듯 잠시 고개를 들었던 줄리가 주위를 둘러보다 다시 얌전히 잠을 청했다.

긴장한 듯 두 손을 맞잡은 채 꼼지락거리던 이안은 점차 파고드는 재운의 입술을 받아들이며 손을 올려 그의 목덜미를 감싸 안았다. 야릇한 감정에 절로 터져 나오려는 신음 소리를 애써 누르며 이안은 목덜미를 안고 있는 손에 더욱 힘을 주었다. 이렇게 야하게 키스를 하는 남자인지 전엔 미처 알지 못했다.

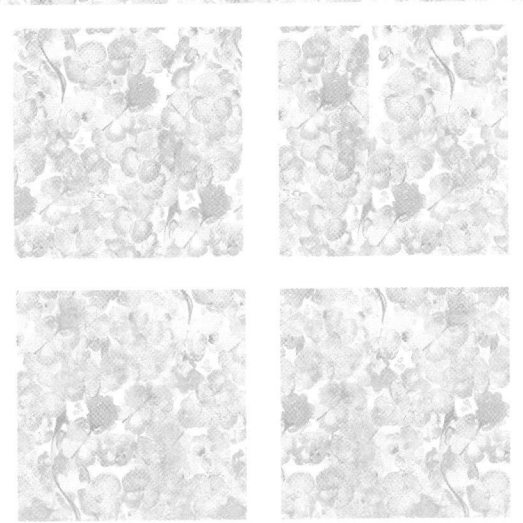

10장. 로맨티스트의 탄생

 이안은 멍하게 천장을 바라보다 벌겋게 달아오른 얼굴로 침을 꿀꺽 삼켰다. 몇 시간 전의 일들이 생생하게 떠올랐다.

 긴 시간 후에야 입을 뗀 재운은 그녀를 바라보며 나른하게 입 끝을 올렸다. 그 미소가 떠오르자 이안의 얼굴이 더욱 벌겋게 달아올랐다.

 '섹시해!'

 이안은 발그레해진 양 뺨을 두 손으로 가렸다. 반듯한데 섹시한 남자라. 가능한 건가?

 헤벌쭉하게 입가를 올린 그녀는 침대에 누운 채로 발을 동동 구르며 올레를 외쳐 댔다.

 재운은 집에 바래다주던 차 안에서도 헤어지기 전 길게 입을 맞췄다. 대놓고 헤어지기 싫어하는 안타까운 눈빛과 유혹하는 듯 매혹적인 짙은 눈동자가 머릿속에서 사라지지 않았다.

"아웅."

이안은 침대 위를 데굴데굴 구르며 알 수 없는 요상한 소리를 냈다. 잠에서 깬 미오가 발딱 고개를 들어 이안에게 빤히 눈길을 주다 이내 관심을 거두고 다시 잠을 청했다. 포근하게 느껴지는 공기와 향기에 이안의 입가가 살며시 올라갔다. 아직까지도 두근대는 심장이 문득 사랑스럽게 여겨졌다. 오늘은 쉽사리 잠을 청하지 못할 것 같았다.

일주일 후, 이안은 심기 불편한 얼굴로 한숨을 푹 내쉬었다.
처음엔 그를 스토커로 의심했지만 이내 오해였다는 걸 깨달았다. 하지만 공개연애 중인 지금 회사 내에서 재운은 '연 대리 스토커'라는 별명으로 불리고 있었다. 각자의 사무실에서 일을 할 때는 문제가 없었으나 복도나 탕비실, 로비 등 이안의 머리카락 하나만 보여도 재운의 시선이 절로 그곳으로 향했다. 한번 닿으면 그녀가 보이지 않을 때까지 재운의 시선이 끈질기게 머문다고 하여 저런 우스꽝스런 별명이 생겨 버린 것이었다. 회사 내에 그와 연애를 한다고 공개할 당시 사내연애이니 불편한 점을 감수하겠다 다짐을 했었지만 이런 불편함일 거라곤 생각지도 못했었다.

그뿐만이 아니었다.

"꺅!"

이안은 등 뒤에서 덥석 안는 손길에 그대로 끌려가며 작게 소리를 질렀다. 허리를 감싸는 익숙한 손길과 등 뒤로 닿는 탄탄한 가슴, 그리고 그 특유의 좋은 향기에 금세 재운이라는 걸 알아챘지만 이안은 심기 불편한 얼굴로 볼멘소리를 냈다.

"자꾸 놀래킬 거예요? 이러다 제명에 못 살겠어!"

"미안해요. 당신만 보면 안고 싶어서."

풀 죽은 재운의 모습에 퉁퉁거리던 이안의 얼굴이 금세 벌겋게 달아올랐다. 솔직한 남자 같으니.

"그래도 장소는 구분해야죠."

하지만 그녀도 싫지 않은 듯 아직까지 자신의 배에 닿아 있는 그의 커다란 손을 만지작거렸다. 괜스레 손끝이 간질거리는 기분에 이안의 입가가 배시시 올라갔다.

회사에서 이런 기분을 느껴 볼 거라곤 상상도 하지 못했었다. 모든 게 즐거웠다. 회사로 향하는 발걸음이 둥둥 뜨는 듯 가벼웠고, 그와 우연히 눈이라도 마주치는 순간이면 사르르 녹는 듯한 기분이었다. 마치 연애를 처음 해 보는 사람처럼 하나하나 새롭고 기분이 들떴다.

일적인 면에선 워낙 철저하고 빈틈이 없는 두 사람인지라 애정이 넘치는 모습에 다행히도 딴죽을 거는 사람들은 없었다. 하지만 의외인 재운의 모습에 다들 하나같이 놀라는 반응이었다.

하지만 재운은 여전히 이안에게서 눈을 떼지 못했고, 민망해하던 이안도 이젠 어느 정도 익숙해진 듯 그에게 장난스러운 눈길을 보내기도 했다.

두 사람의 눈동자에 스민 행복한 미소가 점차 짙어지고 있었다.

?

시간이 흘러 어느새 찬바람이 온전히 가시고 포근하고 다소 더운 날들이 반복되고 있었다. 바쁜 회사 일과 데이트로 인해 신경을 쓰지 못했던 미오를 목욕시켜 주기로 마음먹은 이안은 오랜만에 걸려 온 모친의 전화에 눈치 빠르게 도망가는 미오를 결국 놓치고 말았다. 이안은 허리에 손을 짚은 채 아쉽다는 얼굴로 모친의 전화를 받았다.

"응, 엄마."

-너 내일 생일이잖니.

모친의 걱정스러운 말투에 이안은 침대 협탁 앞으로 다가가 달력을 확인했다. 내일이 그녀의 생일이었다.

"벌써 또 1년이 지났네."

-미역국 끓이기 귀찮으면 사 먹기라도 해. 옆에 있었으면 챙겨 줬을 텐데.

"걱정하지 마. 잘 챙겨 먹을게."

 전화를 끊은 이안은 침대에 걸터앉아 잠시 생각에 잠겼다. 재운에게 생일이라는 걸 알려야 할까? 연인 사이가 된 지 얼마 안 된 상태이기도 했지만 재운에겐 늘 받기만 했던 터라 직접 말을 꺼내기가 민망했다.

 본래 생일을 거하게 챙기는 타입도 아니었기에 어떻게 말을 꺼내야 할지 고민이 됐다. 타이밍 또한 겨우 하루를 남겨 놓고 생일을 말한다는 것도 그리 좋지 못한 것 같았다.

 '그러고 보니 서 팀장님 생일은 언제지?'

 한창 생각을 하던 와중 방심한 채 털을 핥고 있는 미오를 발견한 이안은 자리에서 슬그머니 일어나 잽싸게 미오를 안아 들었다. 마치 죽으러 가기라도 하는 것처럼 애옹대는 미오의 울음소리가 한없이 처량하게 울려 퍼졌다. 간간이 버둥거리기는 했지만 빠져나가지 못하는 신세라는 걸 알아차린 건지 미오는 알맞은 온수를 내뿜는 샤워기와 보드랍게 거품을 내는 이안의 손길에 얌전히 몸을 맡겼다.

 미오의 목욕을 마친 이안은 커다란 타월로 젖은 털을 감쌌다. 온몸의 힘이 반은 빠져나간 것 같았지만 아직 끝이 아니었다. 미오는 긴장한 듯 털을 바싹 세웠고, 이안은 비장한 얼굴로 드라이어를 집어 들었다. 필사적으로 도망가는 미오를 이안은 간신히 잡아 안아 들었다.

 드라이어를 켜니 미오는 엄살부터 부리며 또다시 애옹대기 시작했다. 처량한 울음소리에 마음이 약해졌지만 감기에 걸려 아픈 것보단 이편이 낫다. 이안은 능숙하게 미오를 달래며 빠른 속도로 털을 말렸다. 편안하게 앉은 자세로 손만 이리저리 움직이다 보니 미처 결론을 짓지 못한 아까의 고민이 떠올랐다.

미오의 부드러운 털로 오히려 마음을 편안하게 가라앉히며 곰곰이 생각을 하던 이안이 짧게 숨을 내뱉었다.

어렵게 생각할 거 뭐 있나, 그에게 선물 받고 싶은 걸 얘기하면 될 일이다.

한껏 울어 젖히며 반항하던 미오는 포기한 듯 특유의 뚱한 표정으로 따스한 바람에 가만히 몸을 맡기었다. 나중엔 뒹굴뒹굴거리며 뜨듯한 바람을 쐬는 게 오히려 즐기는 듯한 느낌이었다. 이안은 못 말리겠다는 웃음을 지으며 털을 이리저리 쓰다듬었다.

다음 날, 이안은 잔업을 이어 가며 이따금씩 곤란한 표정을 지었다. 하필 생일이 평일인 데다 야근까지 해야 할 상황이었다. 몇 시간만이라도 그와 함께 보내고 싶었지만 사정이 도무지 여의치가 않았다.

고민이 많은 눈빛으로 탕비실로 향한 이안은 새운과 우연히 마주치곤 그에게 조심스럽게 말을 꺼냈다.

"팀장님."

"네."

어쩐지 심란해 보이는 이안의 표정에 재운은 말해 보라며 분위기를 편히 만들었다.

"오늘 저 잔업 끝날 때까지 옆에 있어 주시면 안 될까요? 심심하면 책을 읽으셔도 되고 컴퓨터로 영화 보셔도 되구요. 어차피 저희 팀원들은 일찍 퇴근할 것 같은데."

제법 많은 생각 끝에 한 말이건만 재운은 쉽사리 대답을 하지 못했다. 그는 고민을 하는 듯 잠시 시선을 아래로 내렸다. 평소 저런 부탁을 하거나 어리광을 부리지 않는 사람이니 무언가 이유가 있을 것 같았지만 안타깝게도 그는 오늘 선약이 되어 있는 상황이었다. 재운은 조심스럽게 이안에게 물었다.

"무슨 일 있어요?"

"그런 건 아니에요."

재운의 표정이 진중해지자, 괜스레 걱정을 시키는 것 같아 이안은 일부러 입 끝을 올리며 가볍게 대꾸했다.

"진짜예요. 그냥 해 본 말이었어요."

"같이 있고 싶은 마음이야 내가 더 큰데, 사실 오늘 이모 칠순이세요. 어렸을 때 부모님이 잠깐 해외 나가 계실 동안 이모가 우리 남매 맡아 주셨거든요. 다른 건 몰라도 누나도 그렇고 나도 같은 마음이고 칠순은 챙겨 드리자고 약속을 해서……. 가족이 많지가 않아서 주말로 안 당기고 당일에 바로 진행하기로 했어요. 내가 미리 말했어야 하는데, 미안해요."

이야기를 꺼내며 재운은 미안한 얼굴을 했다. 사려 깊은 그의 눈빛에 이안은 생일이라고 얘기해 볼까 싶던 생각을 바꾸고 살포시 입을 다물었다. 지금 이야기해 봤자 재운은 더 미안해할 게 뻔했고, 어제 이야길 했어도 변할 수가 없는 상황이었다. 오히려 언급을 안 한 게 다행이었다.

나중에 그가 생일을 묻는다면 자신도 잊어버린 채 지나갔다고 둘러대면 그만이다. 어차피 어제 모친이 아니었다면 정말 잊고 지나갔을 테니까.

이안은 애써 밝게 웃으며 씩씩하게 대꾸했다.

"괜찮아요. 일이 많아서 그냥 응석 부리고 싶어서 그런 거예요. 다음에 같이 있어 주면 되죠. 너무 미안해하시면 응석 부린 내가 더 미안해지니까 이모님 축하해 드리러 즐겁게 다녀오세요."

"고마워요."

이안의 배려에 마음이 한결 가벼워지긴 했으나 그녀가 여전히 걸리는 듯 재운은 생각이 많은 얼굴을 했다.

그날 저녁, 느지막하게 저녁 식사를 하고 사무실로 돌아온 이안은 책상에 가지런하게 놓여 있는 무언가를 발견하곤 피식 웃음을 흘렸다.

"오랜만이네."

라넌큘러스 한 송이가 예쁘게 포장된 채 그녀의 책상 위에 놓여 있었다. 문득 그때가 기억났다. 책상에 꽃과 카드가 놓여 있던 날. 돌이켜 보니 그땐 재운과 막 가까워지기 시작할 무렵이었고, 연인 사이도 아니었다.

그때가 떠오르자 감회가 새로웠다. 얼마나 크게 가슴이 두근대던지 그날은 쉽게 잠들지도 못했었다.

책상에 기대어 꽃을 집어 든 이안은 느긋하게 향기를 맡았다. 따스한 공기 속에 달콤한 향이 섞여 드는 듯했다. 살며시 입가를 올리는 와중 책상 위에 아슬아슬하게 걸쳐져 있는 카드를 발견한 그녀는 의아한 표정으로 카드를 집어 들었다. 할 말이 있었나?

같이 있어 주지 못해 미안해요. 벌써 보고 싶네.
-매력적인 대리님에게-

"대리님?"

이안은 작게 웃음을 터뜨렸다. 라넌큘러스의 꽃말이 '당신은 매력적입니다.'라는 걸 잊을 리가 없었다.

함께 있지 못해 아쉽긴 했지만 그의 마음 씀씀이가 너무도 고맙게 느껴져 그녀는 그것만으로도 만족했다. 이안은 기지개를 켠 뒤 일에 몰두했다. 어쩐지 힘이 나는 기분이었다.

한창 일을 하던 와중 피로가 밀려오자 이안은 탕비실을 찾았다. 커피가 너무도 당겼다. 잠을 떨쳐 내고자 기지개를 켠 이안은 커피 머신을 작동시킨 후 목 뒤를 가볍게 주물렀다. 피곤한 상태에 졸음까지 밀려오자 서둘러 집에 가고픈 마음이 간절했다.

커피가 담긴 머그잔을 들고 이안은 느릿느릿 사무실로 향했다. 입구로 들어서려는 순간, 사무실 창 너머로 비치는 불빛들이 별안간 시선을 사로잡았다. 이안은 머그잔을 든 채 창 앞으로 저벅저벅 다가갔다.

창에 기대어 창밖의 풍경들을 눈에 담자니 문득 묘한 기분이 찾아들었다. 쓸쓸한 것도 같고 평화로운 것도 같은 센티멘탈한 감정에 그녀는 조용히 창밖을 내다보며 커피를 한 모금 머금었다. 쓴 건지 달콤한 건지 커피의 맛까지도 분간이 되지 않았다.

그러던 중 별안간 울리는 휴대폰 소리에 생각들이 서서히 흩어졌다. 자신의 자리를 돌아본 이안은 서둘러 걸음을 옮겨 휴대폰을 확인했다. 모친이었다.

'이런 기분인 건 어떻게 알고.'

"역시 엄마밖에 없네."

이안은 옅게 미소를 머금으며 전화를 받았다.

"응, 엄마."

-생일은 잘 보냈어? 아직 회사에 있는 건 아니지?

뜨끔한 그녀는 슬쩍 휴대폰에 눈길을 주다 얼른 대꾸했다.

"아니야. 거하게 축하받았어."

-누구한테?

의심과 궁금함이 섞인 모친의 목소리에 이안은 심드렁하게 대꾸했다.

"뭐, 이 사람 저 사람한테."

-그 나이 먹도록 특별한 사람도 하나 못 만들고 뭐 했어?

"이 나이 땐 생겼다 없어졌다 하는 거지, 뭐. 그리고 진짜 거하게 축하받았어. 걱정하지 마."

이안은 라넌큘러스를 만지작거리며 흐뭇하게 말했다. 생각지도 못한 의미심장한 발언에 모친은 호기심이 이는 듯 은근슬쩍 운을 뗐다.

-누군데?

"궁금하슈?"

-이제는 아니지?

"아니야. 그러고 보니 오빤 연락도 없네. 하나밖에 없는 동생 생일인데. 바쁜가?"

-요새 정신없나 보더라.

"다음에 만나면 생일 선물로 밥 한 끼 사 달라고 하면 되지."

-그래. 그 특별한 사람도 데리고 가서 거하게 얻어먹어.

어쩐지 들뜬 것 같은 모친의 목소리에 이안은 피식 웃음을 흘렸다. 타지에 나와 홀로 생활하는 딸이 안쓰럽고 걱정되는 와중에 챙겨 주는 누군가가 생겼다니 기특하고 기쁜 모양이었다.

"알았어. 엄마, 오늘 이렇게 낳아 주고 또 축하해 줘서 고마워. 고생하셨어요."

-아이고, 이제야 철들었네, 우리 딸. 그래. 이렇게 예쁘게 커 줘서 나도 고맙다. 누구랑 있든지 남은 하루 즐겁게 보내거라.

-우리 딸, 생일 축하한다.

"고마워요, 아빠."

수화기 너머로 부친의 목소리까지 들려오자 이안의 미소가 더욱 짙어졌다. 전화를 끊은 이후에도 그녀의 입가엔 여전히 행복한 미소가 머물러 있었다.

하지만 어쩐지 곧 알 수 없는 고독함이 밀려와 이안은 의자에 기대어 작게 한숨을 내쉬었다.

일이 눈에 들어오지 않자 이안은 고개를 젖힌 채로 천장을 올려다보며 의자를 뱅글뱅글 돌렸다.

"어?"

잘못 본 건가?

분명 눈에 뭔가 스친 것 같은데. 이안은 빙그르르 돌아가는 의자를 멈추곤 어느 한 곳에 시선을 주었다.

"어?"

잘못 본 게 아니었다. 살짝 미소를 머금은 채 문가에 기대어 있는 건 다름 아닌 재운이었다. 귓가에 스쳐 오는 낮은 목소리가 너무도 반갑게 느껴졌다.

"어쩐지 이상하다 싶더라니. 생일이었구나."

재운은 아쉬운 얼굴을 하며 이안에게 다가왔다.

"왜 여기 있어요? 이모님 칠순은?"

이안은 꽤나 놀랐는지 의자에 앉은 그대로 말을 뱉었다.

"기분이 좋으셨는지 어르신들이 술을 과하게 드셨어요. 빨리 취하시는 바람에 생각보다 일찍 파했고. 혹시 몰라서 회사에 들러 봤는데, 다행이네. 아직까지 일하고 있던 거예요?"

"생각보다 일이 잘 안 되네요."

"미리 알려 줬더라면 좋았을 텐데."

재운은 몹시도 아쉬운 티를 냈다.

"저도 잊고 있다가 어제야 알았어요. 그리고 꼬박꼬박 생일 챙기는 편도 아니고."

"그래도 말해 줬으면 좋겠어요. 앞으론."

재운은 다정하고 차분하게 자신의 생각을 전했다. 탓하기보다는 성숙하고 배려하는 차분한 태도에 이안은 가벼워진 마음으로 고개를 끄덕였다.

"알았어요."

"어쩌다 얼어걸리게 된 것 같지만, 축하해요. 몹시."

재운은 등 뒤로 숨기고 있었던 꽃다발을 이안에게 내밀었다. 화려하고 풍성한 꽃다발에 이안은 눈을 커다랗게 떴다.

"웬 꽃다발이에요? 그리고 아까 꽃 주셨잖아요."

재운은 민망한 듯 코끝을 살짝 문질렀다.

"누나가 준비했더라구요. 내가 당신 이야기 했었거든."

"아."

 언젠가 누나가 꽃집을 운영한다고 그가 말했던 게 떠올랐다. 이안은 꽃다발을 내려다보며 작게 감탄사를 내뱉었다.

 "이렇게 크고 풍성한 꽃다발은 처음 받아 봐요. 엄청난데. 고마워요……. 그리고 누님한테도 고맙다고 꼭 전해 줘요."

 고마움을 전한 뒤에도 이안은 꽃다발에서 시선을 떼지 못했다. 꽃다발의 모양과 색상, 세세한 것 하나까지 신경을 썼다는 게 한눈에 느껴졌다. 괜스레 울컥거리는 기분에 이안은 눈을 빠르게 깜박였다. 모친과 부친의 전화 통화를 비롯해 그의 축하와 예상치 못한 꽃다발까지 오늘 하루 충분히 축하를 받은 느낌이었다. 절로 터져 나오는 행복한 미소를 이안은 굳이 숨기지 않았다. 그러고 싶지 않았다.

 반짝거리는 이안의 눈동자에 재운 역시도 옅게 미소를 머금었다. 아쉬운 마음이야 많이 남았지만 이렇게라도 축하를 해 줄 수 있어 다행이었다. 혹시나 부담스러워할까 봐 꽃다발을 두고 올까 고민했지만 역시 누나 말을 듣길 잘한 모양이다.

 뒤늦게 생각난 듯 재운은 가족들이 포장해 준 케이크를 종이가방에서 꺼내 그녀의 책상에 살포시 놓았다. 지금이라도 생일 케이크를 새로 사 오고 싶었지만 아직까지 문을 연 베이커리도 없을뿐더러 케이크를 사 오는 사이에 자정이 넘어 버릴 것 같았다.

 재운은 아쉬운 대로 포장된 상자를 열어 케이크 한 조각을 포크와 함께 꺼냈다.

"아쉽지만 올해는 이렇게라도 축하해요."

차분하면서도 장난기 그득한 재운의 미소에 이안은 고개를 끄덕였다. 그러던 중 무언가가 떠올라 이안은 자리에서 벌떡 일어났다.

이안이 책상 서랍 속에서 꺼내 온 건 얇은 초 하나였다. 언젠가 동료 중 누군가의 승진 파티를 하며 남았던 초였다. 재운은 담배를 피우지 않았기에 두 사람은 맞은편 자리의 송 대리의 라이터를 빌려 초에 불을 붙였다.

재운이 멀뚱히 바라보자, 이안은 뭐 하냐는 듯 짓궂게 눈빛을 보냈다.

"노래 안 불러 줘요?"

노래라니. 재운은 당황한 기색이 역력했다. 하지만 계속되는 이안의 청에 하는 수 없이 노래를 부르기 시작했다. 사랑하는 그녀의 생일이었기에.

"생일 축하합니다. 생일 축하합니다. 사, 사랑하는 이안의 생일 축하합니다."

본인도 어색한지 중간에 더듬거리긴 했지만 재운은 별 탈 없이 노래를 끝마쳤다. 노래를 듣는 내내 미소를 숨기지 못하고 환하게 웃고 있던 이안은 재운의 노래가 끝나자, 두 눈을 꼭 감고 소원을 빌기까지 했다.

"후욱."

그러곤 양 볼을 빵빵하게 부풀이며 촛불을 야무지게도 껐다. 본인의 노래가 민망했던 듯 굳어 있던 재운은 이내 분위기를 맞추며 박수를 쳐 주었다. 다소 민망하긴 했지만 나름 즐거운 추억이 될 것 같았다.

이 상황이 즐겁고도 웃긴 듯 큭큭대던 두 사람은 케이크를 사이에 두고 앉았다.

"음, 맛있네요."

케이크를 한 입 맛본 이안이 고개를 끄덕이며 감탄사를 내뱉었다. 재운은 가에 있던 크림과 케이크를 포크로 찍어 이안의 입 앞으로 가져갔다.

"이 부분도 먹어 봐요."

이안은 입을 벌려 재운이 주는 대로 얌전히 받아먹었다.

"음! 맛있다! 이 부분은 맛이 다르네요."

이안은 재운이 준 부분을 포크로 찍어 다시 제 입으로 가져갔다. 재운은 흐뭇한 표정으로 이안이 먹는 모습을 지켜보았다. 맛있게 먹는 모습에 보기만 해도 배가 불렀다. 그저 비유적으로 쓰는 표현인 줄 알았건만 진짜 이런 느낌이 든다니. 재운은 턱을 괸 채 신기한 듯 입가를 올렸다.

"팀장님도 드셔 보세요."

맛이 일품인 케이크를 혼자만 먹기 미안했는지 이안은 포크로 크게 떠서 재운에게 내밀었다. 재운은 마다하지 않고 입을 벌려 받아먹었다. 마주 보며 우물거리던 재운은 이안의 입가에 묻은 크림을 발견하곤 손을 뻗어 그녀의 입가를 문질렀다.

이안은 동그랗게 떠진 눈을 깜박이면서도 우물거리는 걸 멈추지 않았다. 아무것도 모른다는 양 순진무구하게 깜박여지는 눈동자를 마주 보고 있으려니 문득 뜨거운 숨결이 후욱 밀려나왔다.

크림을 닦아 낸 후에도 재운의 손가락은 이안의 입가에 여전히 머물렀다. 그의 짙어진 눈동자가 해사한 눈동자와 곧은 코를 스쳐 서서히 아래로 내려가고 있었다. 재운은 느릿하게 숨을 뱉어 냈다. 그동안 회사 안에서 닿고 싶다는 생각을 안 한 건 아니지만 이 정도로 참기 힘들진 않았었다. 지금은 도저히 참을 수 없을 것 같았다.

붉고 도톰한 입가를 살며시 어루만지던 재운은 자리에서 일어나 그녀 쪽으로 몸을 숙였다. 두 사람의 거리가 순식간에 가까워지며 이내 입술이 닿았다.

두 눈을 꼬옥 감은 채 재운을 받아들이던 이안은 점차 격해지는 입맞춤에 들고 있던 포크까지 떨어뜨리곤 그의 셔츠 깃을 꽈악 붙잡았다.

자세가 불편한지 아니면 더욱 가까이 닿고 싶은 마음이었는지 재운은 입을 맞춘 채로 이안을 안아 들어 책상 위로 앉혔다. 조금 전보다 가까이 맞닿은 입술에선 누구의 것인지 모르는 뜨거운 숨결이 흘러나왔다.

꽤 시간이 흘렀는데도 두 사람의 입술은 떨어질 줄을 몰랐고, 키스는 더욱 농도 깊고 진하게 변해 갔다. 자세가 변한 만큼 서로의 몸 역시도 가까이 맞닿아 있었다.

참기가 힘든 듯 유혹적인 신음 소리를 내며 재운의 입술이 그녀의 입술에서 떨어져 점차 아래로 내려갔다. 목덜미에 닿은 뜨거운 입술로 인해 이안은 저도 모르게 고개를 젖히며 그의 탄탄한 팔을 꽈악 쥐었다.

처음 탐하는 하얗고 가느다란 목덜미에선 달콤한 향과 맛이 나는 듯 느껴졌다. 이렇게 황홀한 느낌이라니 왜 진작 닿지 않았을까? 아까 맛보았던 케이크의 크림보다도 더욱 강하고 달콤한 향에 재운은 정신없이 입술을 묻었다. 다소 거칠게 탐해 오는 그로 인해 이안은 본능적으로 그를 끌어당기면서도 정신이 드는 찰나에 그를 밀어냈다.

밀어내는 손길에 정신이 든 듯 재운은 순순히 뒤로 밀려났다. 내리깔고 있던 시선을 서서히 들며 재운은 이안과 눈을 마주쳤다. 올곧게 닿아 오는 짙은 눈동자에 이안은 깊게 숨을 뱉어 냈다. 매혹적인 눈동자가 마치 유혹을 하는 듯 그녀를 사로잡았다.

"미안해요. 잠깐 이성을 잃었어요."

미안하다고 말하면서도 재운의 눈동자는 계속해서 짙게 머물러 있었다. 쉽게 가실 리 없는 흥분에 그는 아랫입술을 이로 짓이긴 채 느릿하게 숨을 뱉어 냈다. 흐트러진 블라우스 사이로 보이는 목덜미에 다시금 정신이 아찔해져 재운은 질끈 눈을 감으며 뒤로 한 발자국 물러섰다.

"잠깐 바람 좀······."

하지만 가슴결에 살며시 닿아 오는 이안으로 인해 더는 물러설 수가 없었다. 이안은 심하게 요동치는 재운의 심장 소리를 들으며 조금 더 세게 그를 껴안았다. 아직까지 흥분이 가라앉지 않은 건 그녀도 마찬가지였지만 그와 떨어지긴 싫었다. 좀 더 강하게 닿고 싶은 마음과 안정되고 싶은 마음이 교차하며 머릿속을 혼란스럽게 만들었다. 하지만 그의 심장 소리를 듣자, 이대로도 충분하다는 생각이 들었다.

"생일 선물이요. 이걸로 할래요."

그에게서 나는 향기, 체온, 심장 소리, 모든 것이 다 좋았다.

당황한 듯 멈춰 있던 재운도 손을 뻗어 그녀를 온전히 제 품속으로 끌어안았다. 욕구가 강하게 일었지만 지금만큼은 그녀가 원하는 대로 해 주고 싶었다. 조심스럽게 손을 뻗어 긴 머리카락을 다정하게 쓸어 주던 재운은 곧 이안의 머리에 살며시 입을 맞췄다.

"사랑해."

재운의 느닷없는 고백에 이안은 스르르 눈을 떴다. 이리 행복해도 되는 건지 별안간 울컥 눈물이 나올 것 같아 코를 한 번 훌쩍였다. 조금 전보다도 더 빨리 뛰는 재운의 심장 소리에 이안은 다시금 행복한 미소를 지었다. 조금 전 먹은 케이크 때문인지 달콤한 향이 공기에 섞여 둥둥 떠다니는 느낌이었다.

팔에 힘을 주어 재운을 꽈악 끌어안은 이안은 고개를 젖혀 그와 눈을 마주쳤다. 사랑스러운 감정이 듬뿍 담긴 눈동자로 이안을 내려다보던 재운은 고개를 숙여 다시금 짧게 입을 맞추었다.

시간이 어느새 자정을 넘어가고 있었다.

그 후로 두 사람에겐 변화가 생겼다. 공적인 자리가 아니고선 재운은 이안에게 더는 높임말을 쓰지 않았다. 이안도 버릇처럼 튀어나오던 극존칭을 그에게 사용하지 않았다. 먼저 제안한 건 재운이었고, 이안도 재깍 수긍했다. 안 그래도 상사와 부하 직원의 관계인 만큼 존칭과 호칭이 부자연스러울 때가 있었기에 두 사람 다 늘 생각해 오고 있던 문제였다.

부작용이라면 존대를 하지 않는 차분한 재운의 말투는 더욱 달콤하고 감미로워 가끔 이안이 넋을 놓을 때가 있다는 것이었다.

회사 건물 내 복도에서 이안과 마주친 재운은 그녀에게 다가가 옅게 웃으며 짧게 말을 건넸다.

"밥은?"

"먹었어요."

"맛있게 먹었어?"

"네."

이안은 가끔 애교 있게 나오는 짧은 대답을 하며 고개를 끄덕였다. 그런 이안이 귀여운 듯 재운은 그녀의 뺨을 살며시 어루만졌다.

"이따 연락할게."

"네."

끊이지 않는 미소에 두 사람은 손을 열심히 흔들며 각자의 사무실로 돌아갔다. 멀찍이서 구경을 하던 동료들은 닭털이 날리는 현장을 목격하곤 심드렁하게 눈을 깜박였다.

"오래 살고 볼 일이야."

"저 서 팀장은 대체 어디서 튀어나온 서 팀장이야? 내가 알던 서 팀장이라면 저럴 리가 없어."

동료들의 말처럼 서 팀장은 로맨티스트로 진화하고 있었고 시간이 갈수록 그의 본능 또한 무럭무럭 자라나고 있었다.

11장. 여름이 와도

쉿! 인연일까요?

 이안은 심란한 표정으로 창밖을 내다보았다. 여리여리한 원피스에 화사한 메이크업까지 한 채 데이트 준비를 모두 끝낸 뒤였다. 하지만 갑작스레 쏟아지기 시작한 빗줄기는 쉬이 그치지 않을 것 같은 분위기를 풍겼다. 이안은 벌써 세 번째 한숨을 내쉬었고, 그녀의 곁에서 호기심 짙은 눈망울로 쏴아아 소리와 함께 시원하게 쏟아지는 빗줄기를 구경하던 미오는 기분이 좋아진 듯 앞발로 이안의 등을 꾹꾹 눌러 대며 한껏 애교를 피워 댔다.

 심드렁한 얼굴로 미오의 애교를 얌전히 받아 주던 이안은 침대 위에서 울리는 휴대폰 벨소리를 듣곤 방금 전과 별반 다르지 않은 얼굴로 전화를 받았다.

"네, 여보세요."

재운이었다.

-어쩌지? 비가 오는데.

"그러게요. 비가 오네요."

이안의 시선이 식탁 위에 놓여 있는 도시락통과 셀카봉으로 시무룩하게 내려앉았다.

주말을 맞아 재운과 야외 데이트를 하기로 했던 계획은 비로 인해 무산되었다. 통화를 하며 괜스레 원피스를 툭툭 쓸어내리던 이안은 곧바로 이어지는 재운의 제안에 혹하는 눈빛을 했다.

비록 아리따운 원피스를 입고 나오진 못했지만 기본 티셔츠에 청바지를 입은 이안의 얼굴에선 반짝반짝 광이 났다.

이안은 콧노래를 부르며 재운과 함께 마트에서 장을 보는 중이었다. 야외 데이트가 실내 데이트로 변경되었다. 그것도 아주 편한 실내로.

과일과 간식거리, 간단한 식품과 캔들 등, 자잘한 물건들을 구매한 두 사람은 차를 타고 미오가 기다리는 그녀의 집으로 이동했다. 비가 오는 김에 아예 계획을 틀어 집에서 휴식 겸 데이트를 즐기기로 한 것이다.

몇 번 본 적이 있어선지 미오는 꼬리를 일자로 치켜들며 재운을 반겼다. 데이트 일정 때문에 아는 지인에게 줄리를 미리 맡겼던 재운은 아쉬운 얼굴을 하며 미오를 쓰다듬었다. 줄리도 데려왔으면 좋았을 텐데.

미오는 비가 오는 게 좋은 건지 아니면 재운이 놀러 온 게 좋은 건지 평상시보다 더 활기차게 움직였다. 한껏 들뜬 미오와 한참을 놀아 주던 두 사람은 곧 거실 바닥에 폭신한 러그를 깔고 재운이 집에서 가져온 책들과 이안이 준비해 놨던 책들을 주변에 가지런하게 쌓아 두었다. 그렇게 모아 놓으니 책의 양이 제법 많았다.

그 후 이안은 비장한 표정으로 주방으로 향했다. 그녀가 날랜 동작으로 간식거리들을 접시에 올리는 사이, 재운은 구매한 캔들에 불을 붙여 향을 피웠다. 거실로 다시 모인 두 사람은 진지한 얼굴로 서로를 마주 보았다.

"자, 그럼 시작해 볼까?"

다소 비장한 재운의 목소리에 이안은 진지하게 고개를 끄덕였다. 어느새 러그 중 가장 폭신하고 따뜻한 부분에 자리를 잡은 미오까지도 고개를 번쩍 쳐든 채 진지한 눈빛을 하고 있었다.

장소, 온도, 향기, 재미, 먹을 것까지 풍족하게 준비한 것을 확인한 두 사람은 이내 폭신한 러그 위에 엉덩이를 붙이고 앉아 간식을 먹으며 책을 읽기 시작했다. 만나기 전 각자 좋아하는 책을 골라 놓기로 미리 약속한 두 사람은 장르 불문하고 본인 집에 있던 책을 준비해 왔고 개중에는 만화책도 더러 포함되어 있었다.

따로 음악을 틀지 않아도 될 만큼 땅 위를 적시는 빗소리가 감미롭게 들려와 귀를 즐겁게 만들었다. 습도가 높은 바깥과는 달리 집 안은 보일러와 캔들을 피워 쾌적한 환경을 유지시켰다. 비가 내린다는 점을 역이용하여 재운이 제안한 계획이었다.

일명 집에서 쉬면서 꽁냥꽁냥하기!

미오는 그들의 계획이 누구보다도 마음에 들었는지 벌러덩 누운 평화로운 자세로 잠에 빠져들었다. 재운과 이안은 무분별하게 어지러이 늘어놓은 책 중에 마음에 드는 책을 골라 들었다. 처음엔 앉은 자세로 책을 읽었지만 서서히 편안한 자세가 되어 가고 있었다. 평온하고 여유 있는 분위기에 절로 마음이 놓였다.

허기가 진 이안은 야외에서 먹으려고 준비해 놓았던 도시락통의 뚜껑을 열고 샌드위치 한 개를 집어 들었다. 샌드위치를 우물거리던 그녀는 흥미가 가는 듯 재운이 가져온 만화책 중 한 권을 집어 들었다. 장르는 로맨스가 아주 조금 가미된 코믹물이었다.

잔뜩 집중한 채 숨 죽여 책장을 한 장씩 넘겨보던 그녀가 별안간 웃음을 터뜨리며 벌러덩 뒤로 넘어갔다. 아마도 지금 읽고 있는 만화책이 그녀의 웃음 코드를 제대로 건드린 모양이었다. 이안은 연이어 크게 웃음을 터뜨렸다.

"아하하하하!"

유쾌한 웃음소리에 재운은 읽고 있던 책을 덮어 두고 이안에게 관심을 보였다. 언제나 그랬듯이 그녀를 지켜보는 재운의 입가엔 옅은 미소가 스며 있었다. 너무도 차분한 데이트에 무료하진 않을까 싶어 걱정을 한 게 사실이었다. 즐거워하는 그녀의 모습에 다행이란 생각이 절로 들었다.

"재밌어?"

한참을 깔깔대던 이안이 눈물까지 훔치며 자세를 바로잡았다.

"미안해요. 방해됐죠?"

"아니야. 무료하던 참이었어. 뭐 보고 있어?"

재운은 잔뜩 관심을 보였고, 이안은 한껏 뿌듯한 얼굴로 입가를 올렸다. 간혹 무례하다고 생각되는 반말이 있었다. 하지만 저 남자의 반말은 너무도 달달하고 다정했다.

헤죽 웃은 이안은 재운에게 제목이 보이도록 만화책을 들어 올렸다. 제목을 확인한 재운의 눈에 미소가 스몄다.

"아, 그 책. 나도 재밌게 봤었는데."

"오. 팀장님은 만화책 안 볼 줄 알았는데."

"어렸을 때 많이 봤지. 그건 전에 살던 아파트 단지에서 프리마켓 했을 때 얼떨결에 집었다가……."

재운은 그때가 떠오르는지 피식 웃음을 흘렸다. 이안은 집중하는 눈동자로 턱을 괸 채 재운의 다음 말을 기다렸다. 그의 과거에 자신이 함께 없었다는 게 못내 아쉬웠다. 그리고 그만큼 늘 호기심을 불러일으켰다. 궁금했다.

그의 예전 모습은 어땠을까?

이안은 좋은 생각이 난 듯 식탁 위에 놓아두었던 셀카봉을 들고 재운이 있는 곳으로 돌아왔다.

"우리 사진 찍어요."

"사진?"

"네. 원래는 야외에서 데이트하면서 찍으려고 했던 건데, 지금도 데이트 중이니까."

이안은 셀카봉에 휴대폰을 연결했다. 재운은 이안 대신 셀카봉을 높게 들었다. 가까이 붙은 두 사람은 예쁘게 미소를 지은 채 카메라를 응시했다. 이윽고 찰칵, 소리와 함께 예쁜 추억이 하나 더 쌓여 갔다.

재운은 초롱초롱한 눈망울로 자신을 바라보는 이안을 사랑스러운 눈길로 바라보다 이마에 쪽 소리가 나도록 입을 맞췄다.

"어디까지 읽었어?"

이안은 덮어 두었던 책을 펼치며 러그 위에 엎드렸다. 옆자리를 톡톡 치니 재운도 군말 없이 옆자리에 나란히 엎드렸다.

곧 두 사람은 도란도란 이야기를 나누며 만화책을 정독하기 시작했다. 평화로운 시간이었다.

강하게 쏟아지던 빗줄기가 서서히 잦아들었고, 빗방울이 간간이 창문을 두드리고 있었다. 몇 시간 전 재운이 피운 캔들의 라벤더 향이 집 안 곳곳에 은은하게 퍼져 나가 그들의 코끝을 간질였다.

책을 베개 삼아 곯아떨어진 이안은 평화로운 얼굴로 새근새근 달콤한 숨소리를 냈다. 그런 이안에게 살며시 눈길을 주던 재운은 책을 저만치 밀어 두고 옆으로 누운 채 본격적으로 그녀를 지켜보았다. 옅게 미소가 스민 눈동자에 형언할 수 없는 많은 감정들이 스치고 있었다. 귓가에 스치는 빗소리가 마치 사랑하는 이에게 고백을 하는 달콤한 노래처럼 느껴졌다.

재운은 조심스럽게 손을 뻗어 이안의 배를 살며시 토닥였다. 기분 좋은 숨소리를 내며 잠투정을 하는 그녀가 너무도 사랑스러웠다. 재운의 입가가 더욱 활짝 올라갔다.

이안의 반대편 옆자리를 차지한 채로 자세를 바꿔 가며 신선놀음을 하던 미오가 별안간 이안을 토닥이는 재운의 손과 자신을 배를 번갈아 바라보다 돌연 벌떡 몸을 일으켜 이안의 위로 올라갔다. 갑작스런 방해에 움찔거린 재운은 잠시 손을 떼고는 미오를 그저 가만히 지켜보았다.

미오는 방금 전 재운의 손이 닿았던 이안의 배 위로 올라가 익숙한 듯 편안하게 자리를 잡으며 기분 좋게 그르릉거리는 소리를 내기 시작했다. 재운의 눈빛이 심드렁하게 변해 갔다. 질투가 났나? 소유욕?

"이러면 곤란한데."

자신이 말해 놓고도 민망한 듯 볼을 긁적인 재운은 미오에게 다시 시큰둥하게 눈길을 주었다. 한껏 신나 보이는 미오의 모습에 저도 모르게 질투 비슷한 감정이 일어났다. 더군다나 이안은 미오의 무게를 감당하기 힘든 듯 끙끙거리는 소리를 내고 있었다. 제법 진지한 표정으로 고민을 하던 재운은 미오가 눈치채지 못하도록 느릿한 동작으로 살금살금 가까이 다가갔다.

우냥.

재운의 두 손에 정확히 잡힌 미오가 놀란 소리를 냈을 땐 이미 늦은 후였다. 미오는 아쉬운지 버둥거리기 시작했고, 재운은 미오를 더 안전하게 잡으려 손동작을 바꾸었다.

"어?"

그 과정에서 재운의 몸이 딱딱하게 굳는 불상사가 생겼다. 재운의 손가락이 이안의 볼록하게 솟은 가슴에 살짝 닿았기 때문이었다. 용케도 그 광경을 포착한 미오가 눈동자를 갸름하게 만든 채 재운에게 빤히 눈길을 주었다. 괜스레 찔려 작게 헛기침을 한 재운은 미오를 품에 완전하게 안은 채 조용히 그 자리를 떠났다.

심드렁하게 안겨 있던 미오는 곧 평소에 즐겨 앉는 방석 위에 놓여졌고, 재운은 나름 진지한 얼굴로 미오에게 당부했다.

"로미오, 형도 오붓한 시간 좀 갖자. 너도 남자니까 이해하지?"

알아들었는지 알아듣고 싶지 않은 건지 미오는 여전히 뚱한 눈길로 재운을 올려다보았다.

"나중에 형이 간식 캔 한 박스 아니다, 두 박스 사 줄게."

 재운은 인심 쓴다는 듯 손가락을 두 개 펴 보였다. 미오는 고민을 하는 듯 시선을 옮겨 허공에 눈길을 주었다. 마치 사람처럼 알아듣기라도 하는 것 같은 미오의 모습에 재운은 절로 긴장한 표정을 지었다. 얘네 진짜 사람 없을 땐 말도 하고 두 발로 걸어 다니는 거 아닐까?

 미오가 다시 스윽 시선을 주자, 재운은 평소 줄리에게 하듯 집게손가락을 살포시 내밀었다. 토라진 줄리를 달래거나 진정시킬 때 주로 쓰는 방법이었다. 손가락을 빤히 바라보던 미오가 쓰윽 고개를 내밀어 그의 손가락 위에 턱을 갖다 대었다.

 멀뚱하게 눈을 깜박이는 미오의 모습에 재운은 피식 웃음을 터뜨렸다. 이게 미오의 의사 표현인 모양이었다. 줄리는 재운이 하듯 앞발을 내밀어 손가락과 앞발이 톡, 소리가 나게 부딪치곤 했다. 미오도 그러지 않을까 싶어 한 제스처였는데 미오는 줄리보다도 엉뚱한 반응으로 그를 웃게 만들었다.

 재운은 미오의 턱을 부드럽게 쓰다듬으며 다정히 말했다.

"고맙다, 미오야."

 미오는 별거 아니라는 듯 우쭐한 얼굴로 방석 위에 엎드린 후 다시 얌전히 잠을 청했다.

 재운은 다소 후련한 얼굴로 자리에서 일어섰다. 그러곤 침대에 걸쳐져 있는 담요를 챙겨 살금살금 뒤꿈치를 든 채 이안이 자고 있는 곳으로 돌아왔다. 이안이 평안하게 숨을 쉴 때마다 솟았다 내려가는 가슴 위로 절로 눈길이 가자, 재운은 다시 헛기침을 했다.

'어린 나이도 아니고……'

손가락에 살짝 스친 것만으로도 이 정도로 긴장하고 반응을 할 정도면 더 진행했을 땐 숨이나 쉴 수 있을지 미지수였다.

'심각한데.'

복잡 미묘한 얼굴로 잠이 든 이안을 말없이 내려다보던 재운은 담요를 꼼꼼하게 덮어 주곤 옆자리에 조용히 자리를 잡았다. 닿고 싶은 마음이야 간절했으나 자고 있는 그녀를 덮칠 수는 없었다. 마침 옆에 놓여 있던 찬물을 집어 들어 벌컥 들이켠 재운은 다시금 책을 펼쳐 들었다.

하지만 한 장도 채 읽지 못하고 도로 이안에게로 시선이 돌아갔다. 결국 책을 읽는 걸 포기한 재운은 이안의 옆자리에 누워 잠이 든 그녀를 눈에 담기 시작했다.

"예쁘네."

예쁘지 않은 모습이 없었으나 이안의 자는 모습은 특히 더 달콤하고 사랑스러워 보였다. 그리하여 도저히 눈을 뗄 수가 없었다.

"음냠."

잠에서 깬 이안은 입맛을 다시며 부스스하게 눈을 떴다. 책을 읽다 저도 모르게 잠이 든 모양이었다.

잠이 든 사이 그가 조명을 바꿔 켠 건지 자기 전보다는 거실의 불빛이 어두워져 있었다. 그가 오기 전 그녀가 미리 준비해 놨던 조명등으로 바꿔 켠 모양이었다. 눈앞에 바로 보이는 천장에 두 눈을 끔벅대던 이안은 옆자리로 돌아눕다 티가 나도록 움찔댔다.

"깜짝이야."

재운은 퀭한 눈을 느릿하게 깜박거리다 부자연스럽게 입꼬리를 올렸다. 무척이나 피곤한 얼굴이었다. 이안은 당황한 얼굴로 그에게 물었다.

"언제부터 보고 있었어요?"

"세 시간 전부터?"

"그렇게 오래 잤어요, 나?"

"농담이야. 한 40분 됐나?"

이안은 멋쩍은 듯 볼을 긁적였다. 세 시간에서 40분으로 줄어들었다고 해도 40분 또한 그리 짧은 시간은 아니었다.

"푹 잤네요. 라벤더 향 때문에 그랬나?"

이안은 캔들을 이유로 대며 애써 변명했다. 그게 재운에겐 화제를 전환할 좋은 기회가 되리라는 건 전혀 알지 못한 채.

재운은 잠을 이루지 못해 퀭해진 눈동자하고는 어울리지 않게 싱긋 미소를 지었다.

"라벤더 향이 숙면에 좋긴 하지."

"맞아요."

이안은 미끼인 줄도 모르고 그의 말을 덥석 물며 연방 고개를 끄덕였다.

"다른 거에도 효능이 그렇게 좋다던데."

재운을 따라 옆으로 누워 그를 물끄러미 바라보던 그녀가 궁금한 표정과 눈빛으로 반문했다.

"뭔데요?"

휴식? 안정? 라벤더가 그것 말고도 다른 효능이 있던가?

말없이 시선만 맞추던 재운이 특유의 차분한 목소리로 낮게 속삭였다.

"성욕."

잔뜩 집중한 채 듣고 있던 이안이 한동안 멈춰 있다 빠른 속도로 눈을 깜박였다. 그녀의 얼굴이 순식간에 붉게 달아올랐다.

'무슨 욕?'

뒤늦게 정신이 돌아온 듯 멍하게 벌어졌던 입을 가까스로 다문 이안은 짐짓 태연한 얼굴을 하며 느릿하게 중얼거렸다.

"아, 그 욕. 그렇구나."

넘덤한 척 굴며 이안은 반대로 돌아누웠다. 하지만 움직임이 너무도 뻣뻣한지라 재운은 가까스로 웃음을 참았다.

이안이 돌아눕는 사이, 그녀 위에 아슬아슬하게 걸쳐져 있던 담요가 스르륵 바닥으로 흘러내렸다. 순식간에 눈앞에 드러난 여체의 곡선에 재운의 입가에 스몄던 미소가 잠시 사라졌다.

그런 상황은 모른 채 이안은 눈동자를 이리저리 굴렸다.

'자세를 잘못 잡았나?'

재운에게 노출이 된 등이 어쩐지 따갑게 느껴지는 것 같았다. 지금 이런 행동이 어처구니없다는 걸 잘 알지만 당황한 현재로선 별다르게 할 수 있는 게 없었다.

"이안아."

이러지도 저러지도 못한 채 고민하고 있을 무렵, 웃음기가 스민 재운의 목소리가 들려왔다. 감미로운 목소리에 당장이라도 돌아눕고 싶은 심정이었으나 얼굴이 화끈거리고 표정관리가 제대로 되지 않아 이안은 울상만 짓고 있을 뿐이었다.

"그만 일어날까?"

때마침 반가운 소리가 들려왔고, 이안은 기회다 싶어 곧장 몸을 일으켰다.

"네!"

스프링처럼 상체를 세워 앉는 이안의 입술에 갑작스레 뜨거운 입술이 겹쳐졌다. 이안의 눈이 동그랗게 떠졌다. 서서히 동요하는 그녀의 눈동자에 재운의 감은 눈과 긴 속눈썹이 살며시 담겼다. 이내 그만을 담고 있던 이안의 눈이 감겼다.

재운은 두 눈을 곱게 감은 채 부드럽게 입을 맞췄다. 뒷머리를 다정하게 감싸던 손길이 서서히 내려가 여린 어깨를 어루만졌고, 더 과감해진 손은 가는 허리를 가깝게 끌어안았다.

서서히 맞닿는 탄탄한 상체에 이안은 입맞춤을 하면서도 현기증을 느꼈다. 워낙 바르고 차분한 남자였던 터라 이런 전개나 벗은 몸은 감히 상상도 되지 않았다.

하지만 그래서 그런지 더 강한 자극과 쾌감이 돋아났다. 어지러워지는 머릿속으로 인해 그의 뜨거운 혀가 어디에 닿고 있는지도 모를 지경이었다.

재운은 농도 깊은 입맞춤을 하며 그녀의 허리를 더욱 강하게 끌어안았다. 언젠가 라벤더의 효능이라는 기사를 접한 적이 있었고, 재운 또한 새롭게 안 사실에 고개를 갸웃했다. 이안은 힐링을 목적으로 라벤더 캔들을 고른 거겠지만 그게 이렇게 또 기회가 될 줄이야.

'천생연분인가?'

굳이 성욕을 높인다는 라벤더 향이 없었어도 나날이 충실해져 가는 재운의 본능이 등장했겠지만 타이밍까지도 딱딱 맞아떨어지는 것 같아 어쩐지 기분이 좋았다.

그들이 야릇한 분위기를 즐기는 사이, 또다시 빗줄기가 거세지고 있었다.

긴 입맞춤은 끝이 날 줄을 몰랐고, 미오는 깊은 잠에 빠진 듯 발라당 누운 채로 코까지 골고 있었다.

짙은 키스를 끝내고도 재운은 그녀의 입에 몇 번이고 짧게 입을 맞추었다. 그의 다정한 눈길을 느끼며 이안은 조심스러운 듯 서서히 눈을 떴다. 여전히 미소가 스민 눈이었지만 재운의 눈동자는 한층 깊이 있고 짙어져 있었다. 대놓고 유혹하는 듯한 그윽한 그의 눈빛에 이안은 길게 숨을 내쉬며 느릿하게 눈을 깜박였다.

"이럴 줄 알았으면 벗기기 좋은 옷으로 입고 있는 건데."

아침에 입은 원피스가 딱이었는데, 못내 아쉬워하는 듯 툴툴대는 이안의 목소리에 재운은 작게 웃음을 터뜨렸다.

"지금도 충분해."

정말이요, 라고 묻는 듯한 반짝반짝 빛나는 이안의 눈망울에 재운의 눈동자와 입가에 또다시 미소가 스몄다.

"근데 콘돔은……."

쭈뼛쭈뼛하던 이안이 눈동자를 굴리며 조심스럽게 말했다. 재운은 그저 고갯짓으로 어딘가를 가리켜 보였고, 자연스럽게 시선을 주던 이안이 살며시 입을 벌렸다. 캔들 옆에 가지런히 놓인 건 분명 콘돔 상자였다.

'어느새…….'

마트에서 집은 건가? 준비성까지 철저한 남자 같으니라고.

이안은 떨떠름하게 입맛을 다셨고, 재운은 가까이 다가가 양손으로 그녀의 티셔츠 아랫부분을 잡았다. 눈을 꿈벅대던 이안은 뒤늦게 알아챈 듯 분위기 깨는 아, 소리를 내며 두 손을 번쩍 들어 올렸다. 재운은 다시 웃음이 터진 듯 애매하게 입꼬리를 올렸다. 하지만 곧 헛기침을 하곤 진지하게 이안을 마주 보았다.

스륵, 소리와 함께 이안의 옷가지가 러그 위로 살포시 떨어졌다. 재운은 폭신한 러그 위에 이안을 눕히곤 이마부터 짧게 입을 맞춰 갔다. 재운의 뜨거운 입술이 여린 피부에 부드럽게 닿을 때마다 이안의 속눈썹이 파르르 떨리고 있었다.

벗은 상체만 봤을 뿐인데도 그의 입에서 뜨거운 숨결이 흘러나오고 있었다. 재운은 하얀 살결을 어루만지며 서서히 입술을 묻었다. 달콤한 살결을 맛보자, 문득 마음이 급해졌다.

얼굴을 묻을수록 달콤하게 번져 오는 향내에 그는 질끈 눈을 감았다.

더욱 가까이 닿고 싶은 마음이 간절했다. 다소 성급한 손놀림으로 재운은 그녀가 걸치고 있는 나머지 옷들을 차례차례 벗겼다.

자신과는 다르게 부드럽게 곡선을 이루고 있는 여체에 순간 뜨거운 숨이 후욱, 하고 밀려왔다. 멍하게 시선을 주던 재운은 아랫입술을 꼬옥 깨물고 있는 이안을 발견하곤 고개를 숙여 다시금 깊게 입을 맞추었다.

이안은 다소 거칠게 묻어오는 입술을 받아들이며 그가 입고 있는 셔츠의 단추를 하나씩 풀어 내렸다. 마지막 즈음 잘 되지 않는지 헛손질을 하는 이안을 대신해 그가 직접 단추를 풀었다.

서서히 눈에 담기는 탄탄한 상체에 이안은 꼴깍 침을 삼켰다. 그가 단 하나 걸치고 있던 옷을 벗을 때까지도 이안은 같은 반응이었다. 이제야 진정 실감이 나는지 이안은 빠르게 뛰고 있는 심장을 진정시키기 위해 길게 숨을 내쉬었다.

아직 준비가 안 된 그녀에 반해 그는 완벽하게 준비를 마친 상태였다.

'어느새!'

이안은 눈을 빠르게 깜박거렸고, 재운은 손을 뻗어 콘돔 상자를 집어 들고선 혼자서도 마저 남은 준비를 잘 끝냈다.

완벽하게 준비를 마친 재운은 그녀를 달래는 듯 이마와 뺨, 입술, 목덜미, 그리고 어깨에 차차 입술을 맞춰 갔다. 불에 덴 듯 뜨겁긴 했지만 자못 부드러운 입술은 가슴결에 닿은 후부턴 다소 난폭하게 변해 갔다. 자신의 흔적을 하나하나 남겨 가던 그는 몇 시간 전 다정히 토닥이던 배와 허벅지 안쪽에 가장 붉게 흔적을 새겼다.

터져 나오려는 소리를 가까스로 삼켜 내던 이안은 탄탄한 상체와 그의 뜨겁고 단단한 남성이 완전하게 맞닿자, 결국 참지 못하고 뜨거운 숨결을 길게 도해 냈다.

그의 커다란 손은 여전히 여린 살결을 어루만지고 때론 거칠게 거머쥐며 그녀를 자극해 갔다. 움찔대는 그녀가 안쓰러운지 다정하게 눈을 맞추고 확인하는 것 또한 잊지 않았다.

한 번으론 부족한지 그는 한 번 더 자신의 흔적을 새겨 가기 시작했다. 발목 안쪽에 문신처럼 짙게 남겨진 키스 마크를 눈에 담으며 그는 흡족한 미소를 지어 보이기까지 했다. 섹시하게 느껴지는 그 미소에 이안은 그저 멍하니 시선을 주었다. 그의 차분한 미소도 좋지만 지금의 표정은 아주 오래도록 기억에 남을 것 같았다.

부드럽게 때론 사납게 탐해 오는 그의 손길과 애무는 계속되었다.

야릇하게 전해져 오는 감각을 이기지 못하고 이안이 몸서리 칠 무렵, 재운은 몸을 가깝게 밀착시키며 그녀의 허벅지 안쪽의 여린 살결을 부드럽게 쓰다듬었다. 예민한 부분에 손이 가깝게 닿아 올수록 이안의 숨소리는 더욱 거칠어졌다.

그의 말대로 라벤더 향이 정말 성욕을 돋우는 건지 아니면 순전히 그의 손길 때문인지 점차 솟구치는 쾌감과 욕구를 감당하기 어려웠다. 조금 더 가까이 닿고 싶은 욕구에 그녀는 다리를 올려 그를 감쌌다.

"하아."

참기 힘든 듯 재운의 입에서 거친 숨이 터져 나왔다. 성급하게 굴지 않고 그녀가 충분히 준비가 됐는지 조금 더 상태를 확인한 재운은 긴 키스로 인해 부풀어 오른 그녀의 입술을 다시금 거칠게 삼켰다.

그러곤 곧장 뜨거운 여체에 자신의 몸을 밀착했다.

그가 겹쳐질수록 서서히 짙어지는 통증에 견디기가 힘든

듯 그녀의 입에서 고통에 어린 신음이 새어 나왔다. 저도 모르게 밀어내는 작은 손길에 재운 역시도 힘겨운 듯 살짝 인상을 썼다. 도중에 그만두었다 다시 시작한다면 지금보다 긴장감이 커져 더욱 힘들 거란 걸 어렴풋이 알고 있었다. 재운은 뻣뻣하게 굳은 몸이 풀어지도록 정성을 다해 입을 맞추고 여린 몸을 쓰다듬었다. 내가 당신을 이만큼이나 사랑하니 걱정하지 말라는 듯.

이안은 깊게 숨을 내쉬며 재운의 등을 그리고 몸을 힘주어 어루만졌다. 사랑하는 마음, 닿고 싶은 마음은 그녀도 그 못지않았다. 힘겨운 과정은 오히려 그녀가 불만인 듯 이안은 아랫입술을 짓이기며 쓰다듬고 있던 탄탄한 엉덩이를 자신 쪽으로 바짝 끌어당겼다.

별안간 쾌감과 함께 이어진 뜨겁고도 아찔한 감각에 재운은 곧장 인상을 썼고, 이안은 찌르는 듯 꽈악 채워지는 단단한 무게감에 쾌감 어린 신음 소리를 내며 고개를 뒤로 젖혔다. 두 사람은 한동안 그 상태로 움직이지 못했다.

열기로 흐려진 이안의 눈동자를 마주 보며 재운은 그녀의 눈과 입술에 차례로 입을 맞추었다. 하지만 더 이상 버티기가 힘든 듯 곧 그의 입에서 열기가 섞인 숨소리가 거칠게 터져 나왔다.

자신 때문에 반응하는 그가 사랑스럽게 느껴져 이안은 오래도록 그를 눈에 담았다. 손을 뻗어 뺨을 쓰다듬자, 재운은 서서히 눈을 감으며 이안의 손바닥에 다정하게 입을 맞췄다. 손바닥에 전해지는 열기에 이안은 뜨거운 숨을 느릿하게 뱉어 냈다.

그 소리를 신호 삼아 재운은 천천히 몸을 움직였다. 열기가 스몄던 그의 눈빛이 점차 짙어졌다. 서서히 감싸 오는 짜릿한 감각에 온몸의 털이 곤두설 정도였다.

그의 움직임이 반복될수록 자신의 안에 있는 존재감을 확연하게 느끼며 이안은 질끈 눈을 감았다 떴다. 뜨거운 열기와 지독한 쾌락에 아찔해지다가도 그의 표정을 한순간도 놓치고 싶지 않았다. 열기가 스민 재운의 눈동자 역시도 그녀에게로 온전히 닿아 있었다.

두 사람의 입에서 흘러나오는 숨소리와 야릇한 소리가 점차 거실 안을 채워 가고 있었다. 재운은 더 가까이 닿고 싶은 듯 자세를 바꾸며 격하게 허리를 움직였다. 간간이 흘러나오는 낮은 그의 신음 소리에 이안은 흥분이 되는 듯 그를 더 깊이 삼켰다. 뜨겁게 빨아들이는 촉촉하고 좁은 내부로 인해 재운은 지독한 쾌락과 저릿저릿한 쾌감을 느끼며 더욱 맹렬하게 움직였다.

흐트러진 숨소리가 너무도 달콤하게 귓가에 스쳐 왔다. 서서히 쾌감이 짙어지자 가냘픈 어깨를 쥐고 있는 그의 손에 점차 힘이 들어갔다. 그녀가 버티지 못할까 싶어 더 이상 힘을 주지 않으려 애쓰는 재운의 손이 급기야 부들부들 떨리고 있었다. 그녀가 너무 좋았다. 하지만 고작 이 정도로 이렇게 강한 쾌감을 느끼리라고는 생각지 못했다. 걷잡을 수 없이 올라오는 감정에 어떠한 생각도 할 수가 없을 정도였다.

그녀가 눈앞에 있었지만 마치 자신의 안에 꽉 채워진 느낌이었다. 재운은 이를 악물었다. 지독한 감각에 금방이라도 정신을 잃을 것 같았다.

쾌감이 아릿한 통증을 삼킨 지는 오래였고, 예민한 정점을 자극하는 그로 인해 간신히 버티고 있는 건 이안 또한 마찬가지였다. 그와 몸을 섞은 건 처음이었다. 처음부터 이런 황홀함을 맛보는 게 가능한 건가? 이안은 아랫입술을 꽉 짓이기며 지금 느끼는 감각만큼 재운의 팔을 강하게 움켜쥐었다.

새기듯 강하게 찔러 넣기 시작하는 그로 인해 그녀의 눈이 질끈 감겼다. 지독한 쾌감이 찾아들기 시작했고, 그 자극은 쉬이 사라지지 않았다. 이런 식으로 상상을 해 본 적이 없어서일까, 지금의 상황이 믿어지지가 않았다.

그의 움직임이 계속될수록 강하게 밀려오는 쾌감과 눈앞이 하얗게 변해 가는 것 같은 전율에 이안은 새된 신음을 질렀다. 자신이 신음을 이리도 높게 내던질 수 있는지 전엔 미처 알지 못했다.

뒤엉킨 감각과 짜릿한 쾌감에 버티기 힘들어 파르르 떨리기 시작하는 이안의 몸을 달래듯 감싸 안으며 그는 조금 더 몸을 움직였다. 조금 전부터 사정없이 조여 오는 내부와 지독하게 밀려오는 쾌락으로 인해 더 이상 견디기가 힘든 듯 재운의 얼굴이 일그러졌다. 그는 아직까지도 신음이 흘러나오는 이안의 입술을 제 입술로 막으며 서서히 느려지는가 싶던 움직임을 다시 높였다.

열기로 젖은 짙은 눈으로 인상을 쓰던 그는 여전히 아득하게 조여 오는 그녀로 인해 얼마 있지 않아 뜨거운 숨을 깊게 토해 냈다. 전율 같은 쾌감은 물론 머리끝까지 치닫는 흥분 때문에 도저히 눈을 뜨고 있을 수가 없었다.

마지막엔 그조차도 제어하지 못했던 움직임으로 이안은 추욱 늘어져 있는 상태였다. 몸에 전혀 힘이 들어가지 않았다. 사람이 이렇게 힘이 빠질 수도 있는 건가? 전율은 여전했지만 내부를 꽈악 채웠던 단단함과 꿈틀거림이 사라지자, 어쩐지 허전한 느낌이 밀려왔다.

서서히 시간이 지나자 이안은 버겁도록 흐트러진 숨결을 가다듬으며 자신의 팔과 몸을 더듬거렸다. 어디 하나 이상이 있을 것 같았던 몸은 그대로였다. 안도의 숨이 터져 나오는 것과 동시에 방금 전 느꼈던 황홀함에 도저히 가만있을 수가 없었다.

이안은 바로 옆자리에 누워 있는 재운을 작은 힘으로 끌어안았다. 정신이 없는 듯 거친 숨소리를 내뱉으면서도 재운은 그녀에게로 가까이 몸을 밀착시켰다.

이안의 눈동자는 아직까지 열기가 스며 있는 상태였다. 그녀는 손을 뻗어 재운의 뺨을 감싸곤 얼굴 여기저기에 쪽쪽 소리를 내며 입을 맞추었다. 얼굴에 닿아 오는 입술이 간지러운 듯 작게 웃음을 흘리던 재운은 손을 뻗어 그녀를 꽉 끌어안았다.

자신만큼이나 거세게 뛰어 대는 그녀의 심장 소리가, 완전하게 맞닿는 부드러운 몸이 너무도 달콤하고 사랑스러웠다. 지그시 눈을 감는 재운의 귓가에 투덜대는 듯 속삭이는 이안의 목소리가 스쳤다. 힘이 빠진 듯 목소리가 평소보다 낮게 가라앉아 있었다.

"처음부터 궁금했던 건데, 대체 정체가 뭐예요?"

그녀다운 귀여운 질문에 재운의 입가가 스륵 올라갔다. 사실, 그녀보다도 재운이 먼저 느낀 의문이었다. 우연이 반복되던 그날들에.

'당신, 대체 정체가 뭐야?'

하지만 이제는 분명하게 대답해 줄 수 있을 것 같았다.

"네 남자."

가라앉은 낮은 목소리가 다시금 가슴을 떨리게 만들었다. 살포시 입가를 올린 이안은 꼬물거리며 더 깊숙이 그의 품으로 파고들었다. 피부에 남아 있는 열기가 쉬이 사라지지 않았지만 감당하기 어려운 그 체온조차도 다정하게 느껴지고 있었다.

점차 가까워지기 시작한 여름을 질투하는 듯 오늘따라 변덕스러웠던 날씨는 이젠 듣기 좋은 빗소리를 들려주고 있었다.
 사랑을 나눴던 달콤한 연인이 서로의 체온에 감싸여 깊게 잠들기를 바라는 듯이.

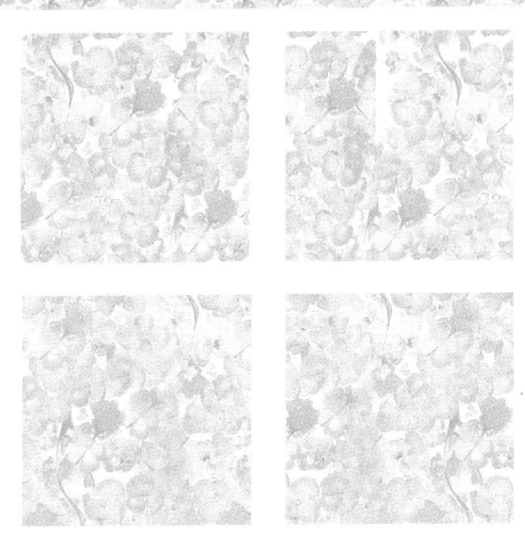

12장. 달콤한 계절

쉿! 인연일까요?

 달콤하게 잠에 빠졌던 이안은 부스스하게 눈을 뜨며 두 팔을 들어 쭉 기지개를 했다. 꿈 한 번 꾸지 않고 어떤 뒤척임도 없이 어느 때보다도 푹 잔 느낌이었다. 기분은 가벼운 데 반해 머리는 조금은 멍한 상태였다.
 몸을 조금 움직이자, 아래쪽에 알싸한 통증이 느껴졌다. 잠시 인상을 쓰던 이안은 바로 옆에서 느껴지는 따스한 온기에 딱딱하게 굳으며 눈을 빠르게 깜박였다.
 '맞다, 아까…….'
 그제야 미미하지만 분명하게 전해져 오는 통증의 원인이 그와의 관계 때문이라는 걸 깨달았다. 이안은 마른침을 삼키며 조심스럽게 고개를 돌렸다.

"……."

재운은 곤히 자고 있는 중이었다. 이안을 향해 누워 옆얼굴을 폭신한 러그에 파묻은 채 자는 모습이 굉장히 선하고, 또 순해 보였다. 밀가루같이 하얀 뺨이 귀여워 어느새 입가에 미소를 매달고 지켜보던 이안은 손가락으로 재운의 볼을 살며시 찔러 보았다.

'귀여워.'

마음 같아선 러그 위를 뒹굴거리며 행복한 기분을 만끽하고 싶었으나 곤히 자고 있는 그를 깨울 순 없으니 혼자 웃는 걸로 만족해야 했다. 무방비 상태로 굴러다니기엔 옷을 한 겹도 걸치고 있지 않아 곤란하기도 했다.

주위를 두리번거리던 이안은 저만치에 떨어져 있는 옷을 발견하곤 재운과 나눠 덮고 있는 담요를 아슬아슬하게 잡은 채 최대한 손을 뻗었다. 옷을 집으려 낑낑거렸으나 뻗은 손은 애석하게도 옷까지 닿지 않았다. 이안은 곧 고민에 잠겼다.

담요를 독차지하고 옷을 집으러 가자니 드러나는 그의 알몸이 걸렸고, 담요를 그에게 양보하자니 완벽하게 노출이 될 자신의 알몸이 민망해져 이러지도 저러지도 못하는 상황이었다.

얼마 후 간신히 옷을 집어 든 이안은 재운에게 담요를 꼼꼼히 덮어 주곤 제 옷으로 몸을 가리며 일어섰다. 하지만 불쑥 튀어나온 그의 손에 잡혀 다시금 러그 위로 끌려갔다.

"어?"

재운은 여전히 눈을 감은 채로 이안을 꼬옥 끌어안았다. 이안은 멀뚱하게 눈을 깜박이며 자신의 허리와 배를 단단히 감싸고 있는 재운의 팔과 손을 내려다보았다. 그를 돌아보니 자는 척을 하는 건지 아니면 힘이 없는 건지 곱게 감긴 두 눈은 떠질 생각을 하지 않고 있었다.

이안은 자신의 배를 덮고 있는 재운의 커다란 손을 만지작거리다 생각을 바꿨다. 떼어 내려 해도 어차피 쉽게 떨어질 것 같지 않았기에 재운을 향해 몸을 돌렸다. 애꿎게 힘만 빼느니 다시금 포근한 품에서 휴식을 취하는 게 나을 것이다.

어느새 비는 멎었고, 살랑이는 바람은 서서히 산뜻해지고 있었다.

?

다시 시작된 일상은 바쁘고 피로했지만 두 사람은 서로를 보며 여유를 찾고 마음을 녹였다. 살랑거리는 바람엔 더운 열기가 조금씩 스며들고 있었다. 외투를 들고 다니는 사람들이 적어졌고, 사람들이 걸치고 있는 옷 또한 얇아지고 있었다.

다소 성급한 감이 있었지만 여기저기서 슬슬 여름휴가에 대한 이야기들이 나오고 있었다. 해외여행을 계획하는 사람들이 많아선지 비행기티켓 예매에 대해서도 서로 공유를 많이 했다.

"연 대리님은 휴가지 정하셨어요?"

미향의 질문에 이안은 고개를 저으며 간단히 대꾸했다.

"나는 아직. 슬슬 생각해 봐야지."

바쁜 업무와 충실히 데이트를 하느라 정신이 없어 사실 여름휴가에 대해 그리 깊게 생각해 보지 않았다. 연초부터 나름 일들이 많았고, 지금만 생각하기에도 벅찼다.

'이번 여름휴가는 그와 함께 보내려나?'

이안은 제법 들뜬 눈빛을 했다.

점심시간, 늘 그렇듯이 재운과 만난 이안은 후식으로 아이스크림을 떠먹으며 그에게 조심스럽게 말을 건넸다.

"팀장님은 휴가 몇 월로 잡을 예정이에요?"

"글쎄요. 연 대리는요?"

"저도 아직 계획한 건 없어요."

이안이 싱겁게 웃어 보이자, 그런 그녀를 빤히 바라보던 재운이 오묘한 눈빛을 하며 살며시 입 끝을 올렸다.

"어디로 가야 좋을까?"

재운은 이안의 뺨을 부드럽게 쓰다듬으며 미소를 머금었다. 아이스크림을 우물거리던 이안의 입가도 덩달아 해사하게 올라갔다. 들뜬 마음이 점차 커졌다. 어서 빨리 계획을 세워야겠다는 생각이 절로 들었다.

그러던 중, 재운이 잠시 본가에 다녀와야 할 상황이 생겼다.

"친구 아버님이 돌아가셔서 조문 갔다가 본가에도 들르고 와야 될 것 같아."

"친구 아버님이요? 갑자기 돌아가신 거예요?"

"아픈 곳이 있으셨나 봐. 병원에 입원해 계셨대."

이안은 안타까운 얼굴을 하며 재운을 토닥였다. 얼마나 상심이 클까? 상심이 클 친구를 위로해야 할 그의 입장도 안타깝긴 마찬가지였다.

"조심히 다녀와요."

"그래서 말인데, 주말 동안 줄리 좀 부탁해도 될까?"

"아……."

이안은 뒤늦게 고개를 끄덕였다. 이번 주말엔 전에 함께하지 못했던 줄리를 데리고 가깝게 어디라도 다녀올 계획이었다. 그러니 줄리를 맡길 곳을 미처 찾지 못했을 것이다.

"줄리엣은 로미오랑 있어야죠."

이안은 흔쾌히 수락했고 재운은 피식 웃으며 이안의 머리칼을 부드럽게 흩트렸다. 무거운 마음이 조금이나마 풀어졌.

이안도 싱긋 미소를 지었다. 우울했던 그의 얼굴이 풀어진 걸 보니 걱정스럽던 마음이 한결 나아졌다. 단단하고 의지되는 모습으로 잘 위로해 주고 오길 바라며 이안은 잡고 있던 재운의 손을 다정하게 토닥여 주었다.

그 주 토요일 아침, 재운은 평소보다 일찍 집을 나섰다. 새벽같이 나서는 재운으로 인해 줄리는 어리둥절한 모습이었다. 잠이 덜 깼는지 재운의 차 안에서도 졸다 깨다를 반복하던 줄리는 재운이 차에서 내려 어딘가로 향하자, 잠에서 덜 깬 상태에서도 귀를 쫑긋 세우고 잔뜩 집중했다.

"어? 빨리 왔네요?"

언젠가 한 번 와 본 적이 있던 장소라는 걸 기억한 줄리는 반가이 맞아 주는 이안과 주변에서 어슬렁거리는 미오를 발견하고는 냥냥, 거리며 한껏 반가운 목소리를 냈다.

"조금이라도 같이 있으려고."

재운은 졸음이 그득한 이안의 눈가를 어루만지며 옅게 웃음을 머금었다. 줄리와 미오는 두 사람을 구경하듯 번갈아 바라보다 곧 호기심 짙은 눈망울을 하며 어딘가로 총총 사이좋게 이동했다.

"이건 뭐예요?"

이안은 재운이 내려놓은 박스를 보곤 의아하게 고개를 기울였다. 거실 한가운데 덩그러니 놓인 박스는 제법 부피가 컸다.

"아, 그거."

재운은 미오를 돌아보며 즐거운 얼굴로 대꾸했다.

"미오랑 약속했던 거."

"약속? 무슨 약속이요?"

"뭐, 남자들끼리의 약속이랄까."

재운은 마침 돌아본 미오에게 한쪽 눈을 찡긋해 보였고, 미오는 별꼴이라는 듯 콧김을 내뿜으며 다시 탐방에 나선 줄리를 따라나섰다. 재운은 제가 생각해도 우스운지 피식 웃음을 흘렸다.

그사이 박스를 연 이안은 더욱 의아한 얼굴을 했다.

"고양이 간식 캔이네?"

캔이 족히 서른 통은 넘어 보였다. 이렇게나 많이……. 대체 무슨 약속을 한 거지?

아직 일어날 시간이 아니었던 건지 줄리와 미오는 말썽을 부릴 새도 없이 사이좋게 기댄 채 잠이 들었다. 침대 맡에 나란히 기대앉아 재운과 함께 영화를 감상하던 이안 역시도 스르르 잠에 빠져들었고, 그녀가 불편하지 않게끔 넓은 어깨를 내어 주던 재운은 이안의 손을 부드럽게 매만졌다.

어느새 영화 한 편이 끝이 났고 재운은 손목을 들어 시계를 들여다봤다. 이제 슬슬 출발해야 할 시간이었다. 좀 더 함께 있고픈 마음에 아쉬움이 컸다.

이안을 침대에 눕히고 깨지 않도록 조심스럽게 일어난 재운은 그녀의 이마에 살며시 입을 맞추었다. 살짝 입가를 올리며 잠투정을 하는 모습이 너무도 사랑스러워 절로 미소가 지어졌다.

애틋하게 눈길을 주던 재운은 주머니에 넣어 두었던 작은 상자를 침대 맡에 올려 둔 뒤, 이안의 자는 모습을 제법 오랜 시간 동안 지켜보다 무겁게 발길을 돌렸다. 집을 나서기 전 줄리와 미오를 쓰다듬으며 당부의 말을 하는 것도 잊지 않았다.

"말 잘 듣고 있어. 우리 애인 쓸쓸하지 않게 같이 있어 주고 애교도 피우고. 금방 올게."

미오는 듣는 둥 마는 둥 발라당 몸을 뒤집었고, 줄리는 커다란 눈망울을 반짝이다 재운을 현관까지 배웅했다. 재운은 발길이 떨어지지 않는지 나가기 전, 아쉬운 얼굴로 이안이 자고 있는 침실을 돌아보았다.

이젠 제법 해가 떠 있는 시간이 길어져서인지 그가 출발하기 전만 해도 어둑어둑하던 하늘이 밝아져 있었다.

재운이 목적지에 도착할 무렵, 잠에서 깬 이안은 조금 더 게으름을 피우고 싶은 듯 다리를 버둥버둥거리며 기지개를 켜다 침대에 누운 채로 짧게 입맛을 다셨다. 아직도 침대 한편에 남아 있는 온기에 문득 허전함이 밀려왔다.

"벌써 보고 싶네."

신기한 일이었다. 연초만 해도 왜 자꾸 부딪치는지 의아하기만 하던 사람이 이젠 그리워졌다.

'신기하네.'

재운이 했던 당부의 말을 잊지 않은 건지 잠에서 깬 미오와 줄리가 고르릉거리며 이안에게로 다가왔다.

뚱하게 눈길만 주는 미오와는 달리 줄리는 참 말이 많았다.

냥냥.

이안은 너무도 상반되는 성격의 두 고양이를 바라보다 피식 웃음을 흘렸다. 무언가 갈망하는 듯한 눈빛을 보내는 미오와 자꾸만 말을 거는 줄리로 예측하건대 배가 고픈 게 분명했다.

"아침 먹을 시간이로구나."

이안은 자리에서 씩씩하게 일어났다.

각각의 그릇에 사료를 적당량 챙겨 준 이안은 잘 먹는지 줄리와 미오를 잠시 지켜보았다. 다행히 고양이 두 마리는 싸움도 말썽도 없이 제 몫의 식사만을 잘 먹고 있었다. 혹시 몰라 재운이 줄리의 사료를 챙겨 와 두고 가긴 했지만 일단은 미오가 먹는 사료를 줄리에게 준 상태였다. 고양이마다 각각 식성이 다르고 간혹 맞지 않는 사료를 섭취했을 경우 구토 증상도 보이기에 조심스러운 게 사실이었다. 하지만 다행히 재운의 말대로 줄리는 가리지 않고 잘 먹어 주었다.

흐뭇하게 두 고양이를 지켜보던 이안은 아침으로 간단하게 주스 한 잔을 마셨다. 주스 한 잔으로도 배 속 안이 채워지는 느낌이었다.

'이제 뭘 하지?'

수위를 살펴보던 이안의 눈에 어질러진 침대가 들어왔다.

'우선 치워야겠다.'

이안은 헝클어진 머리를 대충 묶으며 침대 쪽으로 향했다. 하지만 얼마 가지도 못하고 다시 멈춰 섰다.

"뭐지?"

침대 맡에 웬 상자 하나가 놓여 있었다. 그녀의 기억으론 이런 걸 사지도 어디서 가져오지도 원래 있지도 않았으니 줄리나 미오가 어디서 물어 왔거나 재운이 놓고 갔다고밖에 생각되지 않았다. 물론 전자보다 후자일 가능성이 컸다.

이안은 잠시 망설이다 상자를 집어 들었다.

'이번엔 어떤 깜짝 선물이려나?'

기념일도 아니건만 늘 무언가를 준비하는 그로 인해 자꾸만 기대감이 높아졌다. 익숙해지면 안 될 텐데.

상자를 조심스럽게 열어 본 이안의 눈망울이 이내 반짝거리기 시작했다. 상자에 들어 있는 건 팔찌였다. 반짝거리는 팔찌 끝엔 꽃 모양의 펜던트가 앙증맞게 달려 있었다.

"와. 꽃이네."

어쩐지 재운다웠다. 활짝 입가를 올린 채 팔찌를 구경하던 이안은 팔찌를 직접 채우기 위해 무던히도 애를 썼다. 몇 분째 끙끙거리는 이안을 어느새 아침 식사를 끝낸 미오와 줄리가 나른한 자세로 구경하고 있었다.

"했다! 오예!"

간신히 팔찌를 채운 이안은 침대 위를 데굴데굴 구르며 환호성을 질렀다. 삽시간에 인간의 희로애락을 지켜본 줄리와 미오는 이내 흥미가 떨어진 듯 다시 잠을 청했다.

이안은 한 손을 번쩍 든 채 팔찌가 채워진 손목을 전시된 그림을 감상하기라도 하는 것처럼 감동 어린 눈망울로 바라보았다.

"예쁘다."

이안은 휴대폰을 들어 사진을 여러 장 찍었다. 재운에게도 보여 주기 위함이었다. 요리저리 포즈를 취하며 사진을 찍던 그녀는 잠에 취한 줄리와 미오를 발견하곤 좋은 생각이 난 듯 음흉한 미소를 지어 보였다.

한편, 친구를 위로하고 잠시 장례식장을 빠져나온 재운은 이안에게서 온 메시지를 발견하곤 곧장 휴대폰을 확인했다.

[나한테 엄청 잘 어울리죠? 고마워요. 마음에 쏙 들어요.]

메시지와 함께 팔찌를 차고 있는 이안의 모습이 사진으로 전송되어 있었다.

[보너스 컷]

다음 사진을 눈에 담던 재운이 피식 웃음을 터뜨렸다.

줄리는 미오를 덮치다시피 올라가 있는 상태로 찍혔고, 그에 반해 미오는 앞발을 살포시 모아 가녀린 모습인 채로 찍힌 사진이었다. 언뜻 보면 줄리가 미오를 거칠게 덮치고 있는 것 같았으나 사실은 두 마리가 엉킨 채 자고 있는 모습이었다. 재운은 안도의 숨을 내쉬었다. 고양이들이 사이좋게 지내고 있는 것 같아 마음이 놓였고, 그녀가 선물을 마음에 들어하는 것 같아 기뻤다.

옅게 미소 짓고 있는 와중, 어깨 위로 묵직한 느낌이 전해졌다.

"자식, 연애하냐?"

재운과 마찬가지로 멀리에서 조문을 하러 온 동창, 경준이었다. 경준은 재운의 어깨를 툭툭 두드린 뒤, 벽에 기대어 담배 하나를 빼어 물었다. 재운은 대답 대신 그저 옅게 미소를 지었다.

"축하한다. 이제 곧 결혼식 가야겠네."

"넌?"

경준은 담배를 입에 문 채로 씨익 입가를 올렸다.

"나 이제 곧 아빠 된다."

그는 어릴 적 버릇대로 손가락을 들어 브이 자를 만들곤 서글서글한 웃음을 지어 보였다. 재운은 반가운 소식에 눈을 크게 뜨며 환하게 입가를 올렸다.

"축하한다."

"고마워. 너도 보기 좋다. 아. 이제 슬슬 담배도 끊어야지."

경준은 동창들 중에서도 제법 이르게 결혼을 했었다. 신혼을 즐기겠다며 당분간 아이는 갖지 않겠다고 선언하고도 벌써 5년이 흐른 뒤였다. 행복하게 미소 짓는 경준을 온 마음을 다해 축하해 준 재운은 이후 씁쓸하면서도 미묘한 미소를 지었다.

친우의 아버지가 세상을 떠났고, 또 다른 친우의 자식이 탄생한다. 참 오묘한 세상의 이치다.

경준과 오랜만에 담소를 나눈 재운은 장례식장으로 들어가기 전, 이안에게 메시지를 보냈다.

[대답은?]

이안은 재운이 보낸 메시지를 보며 고개를 갸웃거렸다.

'대답?'

팔찌에 대한 대답을 말하는 건가? 곰곰이 생각하던 이안은 좋아요, 라고 답문을 보내려다 휴대폰을 내려놓고 잠시 망설였다. 혹시나 하는 마음에 상자를 다시금 확인하는 이안의 눈에 곱게 접혀 있는 종이 하나가 포착되었다.

"어?"

이안은 얼른 종이를 집어 들어 궁금한 마음에 활짝 폈다.

이안.
사실은 꽃을 주고 싶었는데,
안타깝게도 주고 싶은 꽃이 우리나라엔 들어오지 않았다네.
그래서 할 수 없이 팔찌에 달린 꽃으로 대신했어.
아스포델이라는 꽃이야.
꽃말은,
〈나는 당신의 것.〉
-재운-

이안의 입가에 그보다 더 환할 수 없을 정도로 해사한 미소가 맺혔다. 말간 눈망울에 이내 감동 어린 빛이 가득 머물렀다. 대체 이런 꽃말의 꽃은 어디서 알아 오는 걸까? 뿌듯함을 넘어 가슴이 두근거릴 정도였다.

'이렇게 행복해도 되는 걸까?'

비교하는 것 자체가 우습지만 작년과는 너무도 달랐다. 처음부터 그를 알아보지 못한 자신이 너무도 바보스러울 정도로.

침대에 누워 가만히 천장을 올려다보던 이안은 깊게 숨을 내쉬며 호흡을 정리했다. 그러곤 얼마 있지 않아 조금 전 아무 데나 던져 놨던 휴대폰을 집어 들었다.

[언제까지?]

이안은 다소 유치할지도 모르는 메시지를 그에게 보낸 후 조금은 긴장된 마음으로 답문을 기다렸다. 시간은 평소대로 흐르고 있건만 어쩐 일인지 기다리는 그 짧은 시간조차도 견디기가 어려웠다.

이안은 고양이들 사이로 다가가 마음의 안정을 얻으려 고르릉거리는 소리를 얻어들었다. 잠에서 깬 미오기 움찔거리다 이안을 발견하곤 그녀의 팔에 얼굴을 묻었고, 줄리는 이래도 저래도 좋다는 듯 더욱 가까이 붙으며 친한 척을 했다. 그 말캉거리고 따스한 기운에 이안의 얼굴에도 금세 미소가 맴돌았다.

하지만 휴대폰을 보지 못한 건지 재운에게선 한동안 답이 없었다.

어느새 시간은 흘러 정오가 되었고, 창문을 활짝 열어 둔 이안은 재운이 놓고 간 간식 캔을 뜯어 고양이들의 점심으로 내어 주었다. 열어 놓은 창문 사이로 따사로운 햇살과 잔잔한 바람이 흘러들어 왔고, 고양이들은 캔 따는 소리와 냄새를 맡고 다가와 각종 애교를 피우며 친한 척을 해 대기 시작했다.

그렇게 하루 중 가장 더운 시간이 지나가고 있었다. 이안은 두 마리 고양이와 한가로이 거실을 뒹굴다 이내 잠에 빠져들었다. 열린 창문 틈으로 들어오는 햇살은 마치 등을 토닥여 주는 것처럼 무척이나 따사롭고 포근했다.

낮잠을 얼마나 잔 건지 눈을 떴을 땐 한창 밝았던 때와는 사뭇 다른 풍경이었다. 집 안으로 뻗어진 그림자 또한 다른 모습들을 연출하고 있었다. 하지만 창문 사이로 흘러들어 오는 은은한 햇살은 여전히 포근하게 느껴지기만 했다.

날이 저물기 전의 묘한 공기와 기분이 찾아들어 이안은 누운 채로 한동안 창문을 멍하니 내다보았다.

혹시나 싶어 휴대폰을 확인했지만 아직까지 재운에게선 답이 오지 않은 상태였다. 이안은 씁쓸한 눈빛을 숨기며 일부러 씩씩하게 기지개를 켰다.

그 후 오랜만에 한가한 주말을 맞아 집 안 청소를 마친 이안은 줄리와 미오에게 부드럽게 당부하고는 잠시 집을 비웠다.

"사이좋게 지내고 있어. 사고 치지 말고."

두 고양이는 현관 앞에 나란히 앉은 채로 그저 뚱하게 눈길을 주었다. 외출을 하는 이안이 탐탁지 않은 모양이었다. 그러던 중 줄리가 고개를 돌려 엉뚱한 곳을 바라보자, 미오도 덩달아 그곳으로 시선을 옮겼다.

'먼지 보나?'

시력이 발달한 고양이는 가끔 날아다니는 먼지를 가만히 응시할 때가 있다고 몇 번 들은 적이 있었다. 귀신이나 유령을 보는 게 아니니 놀라지 말라고. 그런 고양이들이 신기한 듯 이번엔 이안이 허공을 좇고 있는 줄리와 미오에게 물끄러미 시선을 주었다.

"로미오, 줄리엣!"

자신들의 풀네임을 알아들은 줄리와 미오가 샥 소리가 나도록 재빠르게 고개를 돌려 이안에게 시선을 주었다. 쌍둥이같이 닮은 행동에 이안은 웃음이 터졌고, 줄리와 미오는 또다시 이안을 뚱하게 바라보았다.

"요거 재밌네."

그 이후로도 이안은 몇 번 더 허공을 바라보는 미오와 줄리를 불렀다. 시큰둥해진 미오와 줄리가 반응을 하지 않을 때까지.

분한 건지 한껏 야옹대는 두 고양이를 피해 집을 나선 이안은 우선 가볍게 공원을 산책하고 서점에서 책을 산 후 마트에 들러 장을 봤다. 마트에서 살 목록이 그리 많지 않았기에 짐은 무겁지 않았지만 이것저것 구경을 하며 한눈을 파느라 밖은 많이 어둑해져 있는 상태였다.

낮과는 다른 쌀쌀한 공기에 이안은 코를 한 번 훌쩍였다. 쓸쓸한 건지 불안한 건지 문득 묘한 기분이 찾아들어 이런저런 생각을 하며 걷다 보니 어느새 집 근처에 다다라 있었.

너무 오래 집을 비운 건 아닌지 걱정하며 걸음을 빨리하려는 순간, 봉지를 들고 있는 빈손에 살포시 온기가 겹쳐졌다. 이안은 멈칫하며 반사적으로 고개를 돌렸다. 옆을 확인하려는 찰나, 이젠 너무도 익숙해진 낮고도 차분한 음성이 귓가에 스쳐 왔다.

"영원히."

이윽고 이안의 눈에 생각하던 그 모습 그대로의 재운이 담겼다. 옅게 웃는 그의 모습은 여전히 수려하고 사랑스러웠다. 그래선지 분위기 파악 못 하는 가슴이 어느새 또다시 콩닥거리고 있었다.

그나저나 영원히, 라니. 갑자기 나타난 것만으로도 당황스러운데…….

하지만 다음 순간, 오늘 낮 그에게 보냈던 메시지가 기억났다.

'언제까지?'

그게 뭐에 대한 질문이었더라?

'나는 당신의 것.'

그리고 이제야 돌아온 대답.

'영원히.'

생각을 하는 듯 느릿하게 눈을 감았다 뜬 이안이 작게 웃음을 터뜨렸다. 그 해사한 미소에 재운의 눈동자엔 행복한 미소가 짙게 서렸다. 이안은 밉지 않게 재운을 살며시 흘겼다. 이 남자 때문에 심장이 남아나지가 않을 것 같았다. 손끝이 간질거리고 온기가 온몸에 퍼지는 듯한 기분에 괜스레 입가가 자꾸만 올라갔다.

재운은 이안이 들고 있는 마트 봉지를 가볍게 뺏어 들며 짓궂게 눈을 마주쳤다. 이안은 그가 얄미운지 다시금 살며시 흘겨보았다.

"언제 왔어요? 내일 오는 거 아니었어요?"

재운은 맞잡고 있는 이안의 손을 앞뒤로 흔들며 작게 한숨을 내쉬었다.

"보고 싶어서 견딜 수가 있어야지."

재운은 제법 낯간지러운 말을 담담하게 내뱉었다.

본래 계획과는 다르게 그는 본가에 들러 저녁 식사를 하고 얼마 있지 않아 몸을 일으켰다. 그녀가 너무도 보고 싶어 아무것도 눈에 들어오지 않았다.

다소 낯간지러운 말에 이안은 샐쭉 입을 내밀다가 흐뭇하게 웃어 보였다. 이런 게 연애구나. 처음 해 보는 것도 아니건만 새삼 연애를 하고 있다는 게 실감이 났다.

두 사람은 어느새 발을 맞추어 다정하게 걷고 있었다.

"나 여기 있는 건 어떻게 알았어요?"

이안은 신기한 듯 그에게 물었다.

"초인종 누르는데 미오랑 줄리 야옹거리는 소리만 들려서 외출했구나 싶었지. 동네 걷다 보면 올까 해서 걷다가 당신 딱 발견한 거고."

"전화하면 되잖아요."

재운은 잠시 틈을 두다 얼굴을 붉히며 말을 꺼냈다. 쑥스러운 모양이었다.

"그냥 오늘은 놀래 주고 싶어서."

이안은 멀뚱하게 재운을 바라보다 살짝 미소를 지었다. 이 남자 자신에 대해서 아직 한참 모르고 있다.

"있잖아요, 서 팀장님."

"응?"

"이것뿐만이 아니라도 전 늘 놀라고 있습니다만."

이안과 눈을 마주친 재운은 꿈벅꿈벅 눈을 감았다 떴다. 내가 그랬던가? 그렇게 생각을 하는 게 훤히 보였다. 혼란스러워하는 그가 귀여워 이안은 결국 웃음을 터뜨렸다. 기분 좋게 스치는 바람에 그의 향이라도 섞인 듯 피부에 맞닿는 바람이 달콤하게 느껴졌다.

이렇게 달콤하고 평화로운 계절이 내년에도 또 그 후년에도 계속해서 찾아오길, 곁에 머물러 주길.

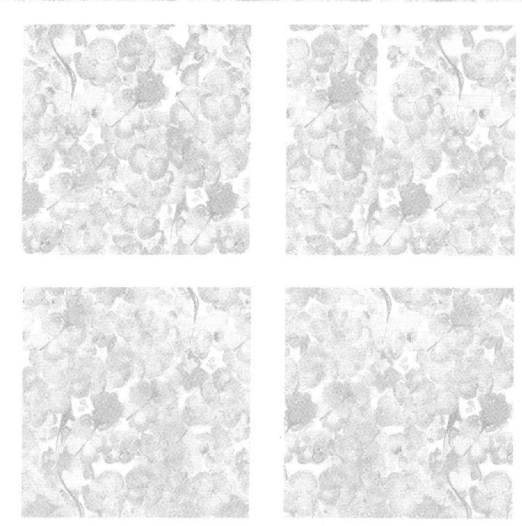

13장. 핑크 플라밍고의 등장

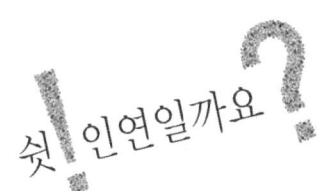

쉿! 인연일까요?

비가 한차례 내린 이후부턴 화창한 날씨가 내내 이어졌다.
이젠 제법 더워진 날씨 때문인지 휴대용 미니 선풍기나 부채를 들고 다니는 사람들이 더러 눈에 띄었다.
"아휴."
시원한 재질의 얇은 블라우스를 입고 있음에도 불구하고 이마에 땀방울이 송골송골 맺혔다. 이안은 손으로 부채질을 하며 유독 화창한 하늘을 올려다보았다.
벌써부터 이렇게 덥다니, 이번 여름은 대체 얼마나 더우려고.
점심 식사 후, 동료들과 회사 앞 벤치에 앉아 담소를 나누던 이안은 아이스커피에 들어 있던 얼음을 아삭아삭 씹어 먹다 멀찍이서 팀원 동료들과 걸어오는 재운을 발견하곤 화색을 띠었다. 부하 직원의 이야기를 경청하던 재운도 이안을 발견하곤 옅게 미소를 지었다.

매번 둘만 빠져나가 점심을 먹는 게 서로의 직장 생활에 도움이 되지 않는다는 걸 깨달은 후부턴 일주일에 두세 번은 각자의 팀 동료들과 식사를 하고 있었다. 평소 동료들과 사이가 나쁜 편도 아니었고 오히려 담소를 나누며 알게 되는 정보나 화기애애한 분위기를 즐거이 여겼기에 때론 동료들과 점심을 먹으며 시간을 보내는 게 제법 도움이 되었다.

하지만 그 짧은 시간조차도 서로가 그리운 듯 재운과 이안은 동료들 모르게 애틋한 눈길을 보냈다. 그러던 중 무언가가 떠올랐는지 재운이 휴대폰을 꺼내 액정을 빠르게 톡톡 두드렸다.

멀뚱히 지켜보던 이안은 휴대폰 알림음이 울리자 재빠르게 액정을 확인했다.

[휴가지로 제주도 어때?]

'제주도?'

제주도라. 이안은 고개를 들어 재운을 바라보았다. 어쩐지 자신만만한 그의 모습에 괜스레 웃음이 나왔다. 저 귀여운 남자가 이번엔 뭘 계획하고 계시나? 한껏 흐뭇해하고 있는 와중 다시 한번 알림음이 울렸다.

[생각해 보고 말해 줘.]

이안은 엄지손가락과 두 번째 손가락으로 동그라미를 만들어 긍정의 사인을 보냈다. 재운은 살짝 미소를 지은 채로 그녀를 스쳐 지나갔다. 재운과 이안의 입가에 비밀스런 미소가 옅게 스며 있었다.

두 사람은 들키지 않았다고 생각했겠지만 동료들은 이미 서 팀장의 모습이 보이기 시작했을 때부터 이안을 의식하고 있었다. 다소 따분한 모습에서 확연히 달라지는 표정에 동료들의 얼굴에도 절로 미소가 고여 있었다.

"좋아요."

이안은 재운이 했던 제안을 받아들였고 퇴근 후, 두 사람은 본격적으로 휴가지에 대해 상의했다. 제주도엔 서너 번 정도 여행을 다녀왔지만 최근 몇 년 사이엔 가 보지 않았다는 게 떠올랐다. 마침 바다도 보고 싶었기에 휴가지로 제주도가 딱이란 생각이 들었다.

"그럼 계획을 세워 봅시다. 이번 제주도 여행에서 당신이 가고 싶은 곳은?"

재운은 필기도구까지 챙겨 와 이안의 의견을 꼼꼼하게 적을 준비를 했다. 곰곰이 생각하던 이안은 마침 떠오르는 게 있는지 활기차게 대꾸했다.

"숲이요! 그 숲 이름이 뭐였더라? 새소리도 들리고 연리지 나무도 있고. 공기도 너무 좋잖아요. 걷는 것만으로도 힐링되고. 도시엔 그런 곳이 많이 없어서 아쉬워요. 그래서 그런지 때때로 기억나더라구요."

"음, 좋아. 거긴 꼭 가 보는 걸로."

재운도 흥미가 생기는지 환한 얼굴로 꼼꼼하게 받아 적었다. 반듯한 얼굴만큼이나 글씨도 정갈하고 단정했다.

"그리고 바다! 옥색 바다! 아……."

잔뜩 신나서 말하던 이안은 무언가가 떠오른 듯 걱정스럽게 재운을 살폈다.

"물 무서워하잖아요."

물을 좋아하는 그녀도 가끔 바다의 거대함에 공포를 느낄 때가 있었다. 그러니 물을 무서워하는 그는 썩 유쾌하지 않은 계획일 것이다. 바다는 아무래도…….

이안은 실망한 표정을 감추려 일부러 씩씩한 태도로 말을 돌렸다.

"제주도엔 박물관들도 많잖아요."

"가자. 바다."

오히려 태연하게 말하는 재운으로 인해 이안은 잔뜩 걱정하는 얼굴을 했다.

"바다는……."

"나도 오랜만에 바다 보고 싶었어. 제주도는 바다색도 예쁘잖아. 수영까지는 못 하겠지만 발도 담가 보고. 찰박찰박. 첨벙첨벙인가?"

재운은 이안을 마주 본 채로 싱긋 웃었다.

아마도 기억하고 있을 것이다. 물을 좋아한다고 말했던 걸. 이안은 기쁘면서도 미안한 얼굴을 했다.

"또 어딜 가 볼까?"

미안해할 필요 없다는 듯 재운은 상기된 표정으로 바다라고 별표 친 내용 아래 이것저것, 그리고 여러 가지를 잔뜩 적어 내려갔다.

이안도 제주도를 몇 번 가 본 적이 있기에 집에 있던 책자와 인터넷을 이용해 자료를 찾아보려 했지만 재운은 하고 싶은 것과 가 보고 싶은 곳을 자신에게 이야기해 달라며 한사코 자신이 준비하기를 희망했다. 여느 때와는 달리 그가 고집을 부리자, 이안은 의아한 얼굴을 했다. 완벽하게 계획하고 싶은 건가?

그로 인해 이안은 편안히 자료를 받아 보고 검토하면서 제주도 여행을 기대하고 기다렸다. 그렇다고 그녀가 마냥 한가로운 것만은 아니었다.

"미오야, 이것 봐 봐. 이게 나아? 색깔은 이게 더 화사한데, 모양은 이게 더 예쁘다. 그치?"

부르는 소리에 가까이 가긴 했지만 미오의 눈엔 인터넷 창으로 비치는 수영복들이 다 비슷해 보이는 건지 아니면 관심이 없는 건지 그저 시큰둥한 얼굴이었다.

이안은 수영복 말고도 담요며 튜브, 모자와 원피스, 여행용

품 등을 검색하고 매의 눈으로 살폈다.

"오! 이 색은 제주도하고 잘 어울린다."

이안의 들뜬 표정과 쇼핑은 요 며칠 동안 계속해서 이어졌다. 그러던 중 미리 해야 할 일이 쇼핑뿐만이 아니라는 걸 깨달았다.

시원한 거실 바닥에서 뒹굴거리는 미오를 곤란한 눈빛으로 바라보던 이안이 흐음, 소리를 내며 턱을 매만졌다. 제주도에 미오를 데려갈 수는 없으니 5일 동안 미오를 맡길 만한 곳을 슬슬 찾아 놔야 했다.

처음엔 명절에 맡겼던 고양이 호텔을 생각했으나 하루 이틀도 아니고 5일 동안이나 혼자 지내게 하는 게 마음에 걸렸다. 어떤 것보다도 더 진지하게 고민을 하던 중 문득 이재가 떠올랐다.

언젠가 한 번 이안의 집에 놀러 왔을 때 무심한 얼굴을 하면서도 미오와 잘 놀아 주던 게 기억이 났다. 그러고 보면 잘 내색은 않지만 이재는 동물을 참 좋아했다.

미오는 자유 급식이 가능하고 이재는 일이 바쁠 때가 있어도 꼬박꼬박 퇴근을 하니 그가 허락을 한다면 그보다 더 좋은 방법은 없을 것 같았다.

이안은 당장 이재에게 전화를 걸었다.

-여보세요.

"오빠, 나야. 있지, 부탁이 있는데."

이안의 사정을 전해 들은 이재는 그녀의 휴가 동안 미오를 맡아 주기로 선선히 응했다. 연인과의 휴가이자 여행이라는 말은 생략했으나 다 큰 성인이니 이재도 이해해 줄 것이다. 어쩌면 그 점은 오히려 말을 하지 않는 게 나을 수도 있었다.

이안은 캐리어에 자신의 짐을 하나둘씩 챙기며 미오의 짐들도 따로 챙겨 두었다. 실수로 빠뜨린 게 있어 이재나 미오가 불편하지 않게끔 소소한 것들까지 챙기다 보니 어느새 미오의 짐도 커다래져 있었다.

그 후 이안과 재운은 틈틈이 회사에서 여행에 관한 이야기를 나누었다.

둘만의 첫 여행에 대한 기대 때문인지 1년에 한 번 있는 휴가 때문인지 여행 이야기를 나눌 때마다 이안의 얼굴엔 환하게 웃음꽃이 피었다. 제주도에 있는 모습을 상상하며 잔뜩 들떠 있는 이안의 모습에 재운도 살며시 미소를 머금었.

서서히 여름이 다가오자, 두 사람은 날짜를 맞춰 휴가일을 정했다. 그는 이안의 의견을 적극 반영해 조건에 맞는 숙소를 미리 예약했고, 이후에도 여러 정보를 찾아보며 좀 더 즐거운 추억이 될 수 있도록 계획을 꼼꼼히 세웠다.

짙은 기대 속에 어느 날은 빠르게, 또 어느 순간은 느릿하게 하루하루 시간이 지나가며 점차 휴가일에 가까워지고 있었다. 나풀거리는 원피스를 몸에 대 보며 잔뜩 들떠 있는 이안 곁으로 미오가 어슬렁어슬렁 다가왔다. 평소 안 하던 짓을 하는 이안이 이상했는지 미오는 그녀의 다리에 머리를 비비며 잔뜩 애교를 떨어 댔다. 자신을 봐 달라는 의사 표현에 이안은 바닥에 철퍼덕 앉아 미오의 머리를 간질간질 쓰다듬어 주었다. 금세 고르릉대기 시작하던 미오는 어딘가로 사뿐사뿐 향했다.

그런 미오를 가만히 지켜보던 이안이 웃음을 터뜨렸다. 이안의 수영복이며 옷이 가득 든 캐리어 안에 미오가 비집고 들어가 엉덩이를 붙였기 때문이었다. 이안은 눈에 맺힌 눈물까지 닦아 내며 간신히 웃음을 멈췄다.

"너도 데려가라고?"

내용물이 들어 있어 불편할 텐데도 고집스럽게 앉아 있는 미오의 모습에 이안은 애틋하면서도 안쓰러운 눈길을 보냈다.

"안 돼. 미오 네가 힘들어."

낯선 곳투성이에 비행기는 또 어찌 타려고. 아무리 낯선 곳에 적응을 빨리하는 줄리라도 장거리 여행은 힘들다고 판단했는지 재운 역시도 줄리를 맡아 줄 곳을 알아봤다고 했었다. 그 이유뿐만이 아닌 아무래도 첫 여행이기에 단둘이 있고 싶은 마음도 컸을 것이다.

특유의 뚱한 표정으로 고집스럽게 앉아 있는 미오를 잔뜩 쓰다듬어 준 이안은 얼마 전 재운이 선물해 주었던 간식으로 미오를 달래고 마저 짐을 쌌다.

"이게 닫히려나?"

너무 욕심을 부린 건지 캐리어가 어느새 꽉 차 있었다. 캐리어를 누르다 힘이 빠진 이안은 보조가방을 하나 더 챙기기로 생각을 바꾸고 잠자리에 들었다. 짐을 챙기는 것도 중요하지만 그와의 여행인 만큼 피부며 체력, 컨디션 관리도 해야 했다.

"쉬운 게 아니네."

?

고대하던 휴가 날이 가깝게 다가왔고, 바로 전날 이안은 미오를 데리고 이재의 집으로 향했다. 직접 온다고 했던 이재에게 일이 생겼기에 이안이 직접 급하게 택시로 이동할 수밖에 없었다. 같은 동네는 아니지만 같은 지역이었기에 거리상으로 그리 멀지는 않았다.

"빨리 연수를 받아야지."

면허는 있었지만 흔히들 말하는 장롱면허였다. 다행히도 미오가 택시 안에서 목청을 높여 울어 대거나 말썽을 부리지는 않아 주었다.

택시에서 내린 이안은 미오와 짐을 챙겨 이재의 집 앞으로 향했다. 긴장한 듯한 미오를 달랜 그녀가 초인종을 눌렀다.

초인종 소리에 문을 열어 주던 이재는 이안의 손에 들려 있는 커다란 가방을 당황한 얼굴로 바라보았다. 이제 막 퇴근한 참인지 잠시 집에 들른 건지 이재는 아직 경찰복 차림이었다.

"그게 다 뭐야?"

"뭐긴, 미오 짐이지. 이건 사료, 이건 간식, 이건 장난감, 이건 방석……."

끝나지 않는 미오의 짐에 이재는 이마를 짚었다.

'준비성이 너무 철저한데.'

이재의 고개가 스윽 돌아가는 것과 동시에 그의 시선이 거실 테이블에 살포시 닿았다. 미오를 위해 며칠 전 마트에서 사다 놓은 간식과 장난감이 굉장히 초라하게 느껴져 그는 씁쓸히 입맛을 다셨다.

미오는 딱딱한 분위기의 제복이 무서운 건지 낯선 공간 때문인지 전과는 달리 이재에게 쉽사리 다가가지 않았다. 소파 옆 구석에 숨은 채 미동도 안 하는 미오로 인해 연씨 남매는 한껏 걱정스런 얼굴을 했다.

"어떡하지? 잘 지낼 수 있으려나?"

"그러게."

"오빠 옷 때문에 그런가?"

"갈아입고 올까?"

"그래 보자."

이재는 자신에게 오지 않는 미오로 인해 짐짓 속상했는지 이안의 말이 떨어지기가 무섭게 드레스룸으로 향했다. 이재의 모습이 한참 보이지 않자 주춤주춤 이안에게로 오던 미오가 문이 열리는 소리에 잔뜩 굳은 채 다시 얼음 상태가 되었다.

이재는 집에서 편안하게 입는 차림으로 갈아입은 채였다. 이재를 스윽 바라보던 미오는 딱딱한 분위기였던 아까보다는 한결 나은 듯 숨는 대신 이안에게로 조심조심 향했다.

이제야 두 사람은 서로를 마주 보며 안도의 숨을 내쉬었다. 이안은 흐뭇하게 웃으며 이재를 향해 엄지손가락을 척 치켜들었다.

아직 집에서 마저 챙겨야 할 게 있기에 이안은 이재에게 미오를 부탁하고 서둘러 이재의 집을 나섰다.

"조심해서 다녀와. 재밌게 지내다 오고."

"고마워. 미오 잘 부탁할게. 무슨 일 있으면 전화 줘."

"걱정 마. 밥도 잘 챙겨 주고 잘 돌볼 테니까."

이안은 이재를 믿기에 걱정 없는 표정으로 고개를 끄덕였다. 하지만 어쩐지 발이 쉽사리 떨어지지가 않았다.

"미오, 잘 있어. 오빠 말도 잘 듣고. 금방 데리러 올게."

미오는 어느새 이재가 사다 놓은 새 장난감에 흠뻑 빠진 채로 이안에게 시선도 주지 않고 있었다.

"잘 지낼 거 같네."

이안은 김이 샌 얼굴로 섭섭한 티를 냈다. 웃음을 터뜨린 이재는 걱정 말고 얼른 가라며 이안의 등을 밀었다.

 미오가 없어서인지 어쩐지 집이 휑하게 느껴져 다소 쓸쓸한 기분으로 짐을 마저 챙긴 이안은 허전한 마음을 잊으려 얼른 잠자리에 들었다. 내일이 그토록 고대하던 여행의 첫날이었다.
 다행히도 일기예보에 나왔던 것처럼 날씨는 너무도 화창했고, 이른 아침부터 준비를 하는 이안의 얼굴에도 들뜬 미소가 고였다.
 재운은 시간에 맞춰 이안의 집으로 찾아왔다. 끙끙거리는 그녀와는 다르게 캐리어를 번쩍 든 그는 자신의 짐이 실려 있던 차 트렁크에 그녀의 가방을 나란히 넣어 두곤 여행을 시작했다.
 공항에서도, 비행기에서도 두 사람은 들뜬 얼굴로 여행에 관한 이야기를 끊임없이 나누었다. 제주도 공항에서 렌트한 차를 타고 해안도로를 달릴 때에는 이안의 입에서 환호성까지 나왔다.
 신이 났다. 모든 순간순간이.
 이안은 3일 동안 묵기로 한 호텔 룸으로 들어서며 눈을 동그랗게 떴다. 성수기까지는 아니라도 준성수기인지라 여러모로 마음에 드는 숙소를 구하기가 힘들었을 텐데 호텔은 전망까지도 일품이었다. 그가 자신만만해하던 이유가 있었다.

이안은 제법이라는 표정으로 재운을 돌아보며 살짝 미소를 지었다. 티셔츠와 청바지, 선글라스의 다소 편안한 차림인데도 그는 여전히 근사했다. 이안에게 다가가 살며시 입맞춤을 한 재운은 그녀를 끌어안으며 다정하게 물었다.

"좀 쉬고 나갈까? 지금 나갈까?"

이안은 고민도 하지 않고 곧장 대꾸했다.

"지금!"

달콤한 거야 어두워진 밤에 하는 게 제격이었고, 잠깐 눈을 붙이면 아주 오랫동안 잠을 청할 것 같았다. 그러기엔 일분일초가 너무 아까웠다.

낮게 웃은 재운은 그러자며 지갑과 차 키를 챙겨 들었다. 이안도 챙겨 온 작은 가방에 선크림과 지갑 등 소지품을 주섬주섬 넣었다. 그런 이안이 귀여운 듯 재운은 눈동자에 사랑스러운 감정을 듬뿍 담고 지켜보았다.

그들이 처음으로 간 곳은 그녀가 언급했던 연리지 나무가 있는 숲이었다. 재운은 자연스럽게 리드하며 그녀를 챙겼다. 청아하고 시원한 공기에 이안은 숨을 크게 들이마셨다 내쉬었다. 절로 가슴이 탁 트이는 기분이었다.

단 한순간도 허둥대지 않는 너무도 익숙한 재운의 모습에 이안은 의아한 얼굴을 했다.

"여기 온 적 있어요?"

"아니."

"근데 왜 이렇게 능숙하지?"

이안은 의심의 눈길로 재운을 흘겨보았다. 피식 웃은 재운은 잡고 있던 이안의 손을 좀 더 힘주어 잡았다.

"공부 좀 했지. 일대일 과외로."

"응?"

일대일? 과외? 의심하는 이안의 눈초리가 더욱 짙어졌다. 하지만 그들을 스쳐 가는 한차례의 청량한 바람으로 인해 다시금 입가에 미소가 맺혔다.

두 사람은 숲길을 걸으며 도란도란 이야기를 나누었다. 도심이 아닌 여유로운 공간이라서 그런지 평소에는 하지 않았던 주제의 이야기까지 나오고 있었다. 아마도 좋은 추억이 되어 기억 한편에 오래도록 자리 잡을 것이다.

메뉴를 정해 늦은 점심 식사를 하러 가는 도중, 재운은 유난히도 휴대폰을 많이 찾았다. 데이트를 할 때면 휴대폰을 거의 보지 않는 재운이기에 이안은 의아한 얼굴을 했지만 휴가로 자리를 비운 팀장님께 업무 의견을 묻는 부하 직원이 있을 수도 있겠다고 생각하며 다른 곳으로 관심을 돌렸다.

"와, 여기 진짜 맛있어요."

배가 고팠던 이유도 있지만 제주도에서 유명한 맛집인 건지 이안은 점심을 먹는 내내 맛있다는 소리를 연발했고, 재운은 뿌듯한 표정을 지으며 그중에서도 맛있는 음식이 담긴 접시를 이안의 앞으로 밀어 주었다.

숙소로 이동하는 동안에도 재운은 틈틈이 휴대폰을 만지작거렸지만 이안은 새하얀 구름이 예쁘게 떠 있는 맑은 하늘을 올려다보며 제주도의 경치를 감상했다.

이번 여행의 주된 일정은 휴식과 바다였다. 숙소에 도착한 두 사람은 물에 젖어도 되는 옷으로 갈아입으며 해수욕장에 갈 준비를 했다. 도심보다 더운 제주도의 날씨에 이안은 잔뜩 신이 난 얼굴로 수영복과 핫팬츠를 캐리어에서 꺼내 들었다.

예상치 못한 듯 재운이 잔뜩 당황한 얼굴로 이안을 바라보았다.

"그거 입고 갈 건 아니지?"

이안은 카디건을 들곤 해맑은 얼굴로 대꾸했다.

"우선 수영복을 입고 그 위에 핫팬츠하고 카디건 입은 다음 바다에 가선 이 카디건을 벗어야죠."

"맙소사."

그를 만난 이후 가장 격한 표정 변화였다. 재운은 부들거리는 입가에 애써 웃음을 매달곤 이안을 말렸다.

"그 카디건 바다 가서도 계속 입고 있으면 안 될까?"

"왜요? 수영복 예쁜 걸로 새로 산 건데."

이안은 말간 눈망울을 반짝이며 재운을 올려다보았다. 눈빛 공격에 잠시 휘청했지만 재운은 용케 넘어가지 않았다.

"계속 입고 있으면 이거 줄게."

재운은 다소 비장한 표정으로 자신의 캐리어를 뒤적거렸다. 궁금증이 인 듯 이안은 고개를 빼꼼히 내밀어 재운을 살폈다.

"짠."

이안의 눈이 빠른 속도로 껌벅거렸다. 재운이 내민 건 핑크색의 플라밍고 디자인의 튜브였다. 전혀 예상하지 못한 듯 멀뚱히 눈만 깜박거리던 이안이 결국 웃음을 터뜨렸다.

'저건 언제 준비한 거야?'

물과 바다를 좋아하는 이안을 위해 재운이 특별히 준비한 선물이었다. 예쁜 튜브.

칭찬해 달라는 듯한 반짝거리는 눈망울에 이안은 꺽꺽거리며 웃음을 멈추지 못했다. 그가 너무도 귀여웠다.

"알았어요. 그럼 이렇게 입을게요."

수영복 위에 핫팬츠를 입고 길게 늘어진 카디건 아랫부분을 배 위까지 끌어 올려 묶는 걸로 합의를 본 두 사람은 호텔 로비에서 튜브 펌프를 빌려 와 튜브에 바람을 집어넣기 시작했다.

"이거 차 안에 들어가겠죠?"

"뒷자리에 충분히 들어가지 않을까?"

바람이 들어갈수록 탱탱해지는 플라밍고 튜브의 모습에 이안의 얼굴에 미소가 고이기 시작했다. 비록 새로 산 수영복을 뽐내지는 못하게 됐지만 바닷가에서 튜브라니. 어린 시절 부모님과 바닷가에 갔던 이후로 처음이었다.

"꺅. 재밌겠다."

잔뜩 신이 난 이안의 모습에 재운은 더욱 힘을 내서 펌프를 눌렀다.

간편한 반바지 차림에 슬리퍼 차림으로 탱탱해진 핑크색의 튜브를 어깨에 걸친 재운은 마치 꼬리를 마구 흔들어 대는 골든리트리버 같았다. 나 예쁘지? 착하지? 칭찬해 줘, 라고 말하는 듯한 재운의 모습에 이안은 까치발을 든 채 그의 머리를 다정하게 쓰다듬어 주었다.

"고마워요."

대형견을 키우면 이런 기분일까? 가슴속이 몽글몽글해지는 기분에 절로 미소가 새어 나왔다.

재운과 이안은 소지품을 챙긴 후 바다로 향했다. 하지만 차로 이동하는 도중 무슨 문제가 생겼는지 재운은 또다시 휴대폰을 붙잡고 놓지 않았다.

급기야 잠시만 기다리라고 말하며 차를 떠나는 재운의 모습에 이안은 잠시 고민을 하다 몰래 그의 뒤를 쫓았다. 사람이 오지 않는 길목으로 향하는 그로 인해 이안은 거리를 유지하며 살금살금 걸음을 옮겼다. 어쩐지 가슴이 벌렁대고 있었다.

'혹시 나 쓸데없는 짓 하는 건가?'

"어? 여기!"

그러던 중 누군가가 재운을 불렀고, 이안은 본능적으로 벽쪽에 삭 붙은 채 조심스럽게 그 누군가를 살폈다. 집요하게 바라보던 이안의 눈동자에 순간 의아함이 담겼다. 저 얼굴.

'어디서 많이 본 얼굴인데.'

"아!"

회사 동료였다. 어디 부서인지는 정확히 모르지만 재운과 함께 있는 모습을 종종 본 적이 있었다.

'왜 여기 있지? 저분도 여기로 휴가 왔나?'

이안은 숨어 있던 몸을 벌떡 일으켜 두 사람에게로 향했다. 재운보다 먼저 이안을 발견한 그가 당황한 듯 뒷걸음질 치며 경악스런 표정을 지었다.

"어? 어?"

그를 의아하게 보던 재운이 고개를 돌려 이안을 발견하곤 손으로 이마를 짚으며 절망하는 표정을 지었다.

"여기서 뭐 해요? 안녕하세요."

이안은 일단 재운에게 상황을 묻고 그에게 인사를 했다.

"네, 안녕하세요. 여기서 뵙네요."

"왜 나왔어?"

"아니, 좀 수상쩍길래."

이안은 입을 삐쭉거리면서도 솔직히 털어놓았다. 그러자 재운의 앞에 있던 제주가 타박하는 얼굴로 재운을 돌아보았다.

"잘 좀 하지, 인마."

머리를 긁적이던 재운은 궁금해하는 이안의 얼굴에 곧 사실대로 이야기했다.

"사실 이 친구가 여기가 고향이라서. 틈틈이 정보도 얻고 그동안 일대일로 과외도 받았어. 마침 이 친구도 이번 주가 휴가고 고향에 들른다고 하길래 실시간 정보도 얻고."

"아. 난 또, 몰래 뭘 하는 건가 싶었네. 의심할 뻔했잖아요."

"티 많이 났어?"

"아주 많이. 나 몰래 허튼짓은 못 하겠어요."

이안의 귀여운 타박에 재운은 싱겁게 웃어 보였다. 멀뚱히 구경하고 있는 제주를 발견한 이안이 그에게 고마움을 표했다.

"서 팀장님 능숙한 리드와 맛집이 팀장님 덕분이었네요. 감사합니다. 참! 전 연이안 대리입니다."

이야기를 하던 도중 뭐라고 불러야 할지 몰라 이안은 제주에게 먼저 인사를 건넸다.

"아."

제주는 우물쭈물하는 것 같더니 자포자기 얼굴로 자신을 소개했다.

"재무팀 박제주 팀장입니다. 멀리서만 뵙다가 이렇게 인사까지 나누게 됐네요."

재운은 쓸데없는 말 하지 말라며 눈에서 레이저를 쏘아 댔다. 반면 이안은 열심히 눈을 깜박였다. 뭔가 놓친 것 같은데. 이젠 익숙해진 반응에 제주는 호탕하게 말을 이었다.

"맞아요. 제주도에서 태어나서 이름도 제주. 진정한 제주도의 아들이죠."

"와아, 멋지네요."

"와아, 그런 칭찬은 처음 들어 봐요."

호쾌하게 웃던 제주는 연이은 재운의 눈빛 공격에 쭈뼛쭈뼛 걸음을 옮겼다.

'자식 질투는. 간다, 가.'

제주는 투덜대면서도 흐뭇한 미소를 씨익 지었다.

"그럼 즐겁게 여행 하세요. 서 팀장, 너는 이왕 들킨 김에 전화로 위치 알려 줄게."

"제주도엔 언제까지 계세요? 식사 한번 같이 해요."

이안은 제주와 재운을 번갈아 바라보며 의견을 구했다.

"그래."

어차피 답례로 밥을 사기로 했었기에 재운은 선선히 수락했고, 제주도 시원하면서도 서글서글한 미소를 내비쳤다.

"드디어 서 팀장의 절절한 마음을 전해 줄 수 있겠네요."

제주의 짓궂은 미소에 재운은 도끼눈을 했고, 이안은 마음에 드는지 반짝반짝 눈빛을 빛냈다. 제주는 약속이 있다며 손을 시원하게 흔들곤 차가 있는 곳으로 향했다.

"휴가 즐겁게 보내세요. 가기 전에 한번 보자."

이름의 영향인지 아니면 지금의 장소 때문인지 청량하고 서글서글한 게 제주도와 참 많이도 닮은 사람이라는 생각이 들었다.

제주가 떠나자 이안은 옆에 있던 재운을 팔뚝으로 쿡 찔렀다. 설명해 보라는 듯 살며시 흘겨보며.

"완벽한 남친이 되고 싶었을 뿐이야."

재운의 허망한 속삭임에 웃음이 터졌지만 이안은 애써 참으며 일부러 무뚝뚝하게 물었다.

"플라밍고 튜브도 박 팀장님 작품이에요?"

"그것만큼은 내가 준비한 거야. 어울릴 것 같아서. 튜브 탄 모습도 사진으로 찍으려고 했는데."

재운의 목소리가 점점 시무룩해지자 이안은 참지 못하고 웃음을 터뜨렸다. 그러곤 재운의 볼을 양손으로 꽈악 잡아당기며 입술에 쪽, 소리가 나도록 입을 맞추었다. 길가에서의 애정 행각인지라 재운은 눈을 동그랗게 떴다.

"가요, 완벽한 남친 씨."

뒤늦게 쑥스러워졌는지 이안은 앞서 걸으며 꼿꼿하게 손을 내밀었다. 피식 웃음을 터뜨린 재운은 이안의 손을 부드럽게 겹쳐 잡았다. 두 사람은 바다를 향해 걸음을 옮겼다.

바람이 유난히도 청량하고 달콤하게 느껴지는 하루였다.

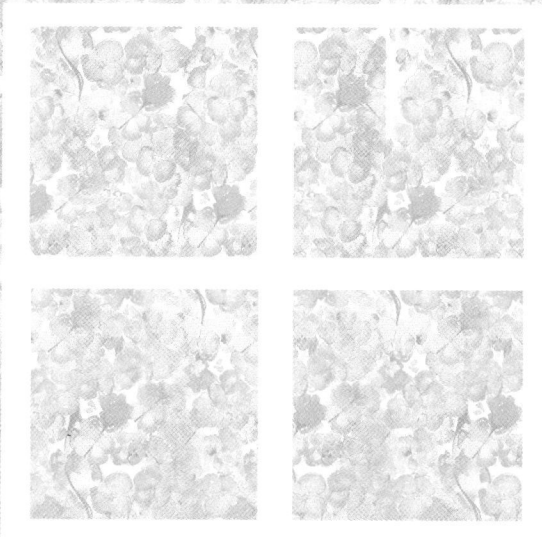

14장. 그 남자의 로망

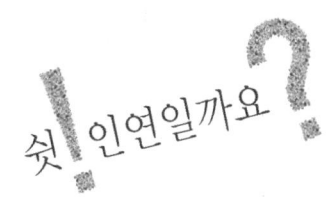

쉿! 인연일까요?

　제주가 길잡이 노릇을 제대로 해 준 건지 다소 헤매던 전과는 달리 재운이 운전하는 차는 금세 바다 앞에 도착했다.
　"와아."
　한껏 들뜬 이안의 표정에 재운도 흐뭇한 미소를 지었다. 빨리 뭐라도 하고 싶어 이안은 제자리에서 들썩거렸고 그런 그녀가 귀여운 듯 재운은 크게 웃음을 터뜨렸다. 바다는 오랜만이었다.
　유쾌한 웃음소리가 청량하고 반짝거리는 여름 바다와 무척이나 잘 어울렸다.
　슬리퍼에서 아쿠아슈즈로 갈아 신은 두 사람은 손을 겹쳐 잡고 천천히 해변을 걸었다. 숲길을 걸을 때와는 또 다른 느낌이었다. 하늘은 무척이나 맑았고 구름은 너무도 예뻤다. 도심 위에서는 불쾌했을 법한 햇빛과 날씨도 이곳에선 반갑고 고맙게 느껴졌다.

두 사람은 곧 바다의 얕은 물에 발을 담갔다. 밀려왔다 빠져나가는 파도와 모래에 발끝이 간질거리는 기분이었다.

본격적으로 물놀이를 시작한 건 이제 막 바다에 도착했는지 우와아아아아 함성을 지르며 바닷물로 뛰어드는 청년 대여섯 명을 본 이후였다. 다소 비장하게 바닷물로 뛰어든 그 청년들은 이내 꺄르르거리며 서로에게 물장난을 치느라 바빴다.

그 모습을 멀뚱하게 지켜보던 이안과 재운은 곧 서로를 마주 보며 웃음을 터뜨렸다. 물에 더 깊이 들어가고 싶은지 손가락을 꼼질거리는 이안의 모습에 재운은 이미 빵빵하게 불어 놓은 튜브를 차에서 꺼내 주었다.

"정말 괜찮겠어요?"

혼자만 바닷물에 깊이 들어가 놀기가 미안한 듯 이안은 쭈뼛쭈뼛거렸다. 하지만 자꾸만 바닷가로 돌아가는 시선은 막을 수가 없는 듯 눈동자가 이리저리 움직이며 불안하게 흔들리고 있었다.

재운은 괜찮다며 이안을 바다 쪽으로 밀었다.

"저기 파라솔에 앉아 있을게. 실컷 놀다가 와."

"……"

"오히려 내가 미안한데, 같이 못 놀아 줘서."

재운은 바닷물에서 물장구를 치며 즐겁게 놀고 있는 커플을 부러운 눈길로 바라보았다. 그런 재운의 표정이 점차 시무룩하게 변해 가자, 이번엔 이안이 그를 파라솔 있는 곳으로 밀었다.

"가서 앉아 계세요. 밍고와 함께 놀 테니까."

"밍고?"

"플라밍고."

이안은 튜브를 번쩍 들며 다소 진지하게 말했다. 이안의 말장난에 재운은 또다시 웃음을 흘렸다. 실없는 농담까지도 즐거운 모양이었다. 거대한 플라밍고의 등장에 사람들의 시선이 쏠렸지만 이안은 아랑곳하지 않고 튜브를 든 채 즐겁게도 놀았다.

해맑게 웃는 그녀의 모습에 재운의 입가에도 어느새 미소가 어렸다. 시간 가는 줄도 모르고 멍하게 이안만 지켜보던 재운은 무언가가 떠오른 듯 가방에서 황급히 휴대폰과 카메라를 꺼내 들었다. 이내 카메라 셔터음이 끊이질 않고 들려오기 시작했다. 사진기사 귀신이라도 들린 건지 비장하다 못해 전투적으로 사진을 찍는 재운의 모습에 사람들이 저들끼리 수군대며 흘끔거렸지만 그는 아랑곳하지 않고 그녀에게만 집중했다. 그렇게 이안의 앨범이 가득 채워지고 있었다.

재운은 잠시 카메라를 떼고 짙은 눈으로 가만히 이안을 지켜보았다. 파도의 일렁임이 재밌는 듯 한가득 햇빛을 받으며 꺄르르 웃는 이안의 모습에 절로 행복한 마음이 일었다. 역시 바다에 오길 잘했다.

한참 후, 물놀이에 지친 건지 이안이 튜브를 질질 끌며 다가오자, 재운은 의자에 걸쳐 두었던 비치타월을 펼치며 그녀를 반겼다.

"재밌었어?"

"네. 벌써 시간이……. 시간이 엄청 빨리 가네요."

"솔직히 말해 봐. 더 놀고 싶지?"

장난기가 가득한 재운의 표정에 이안은 쭈뼛쭈뼛거리다 입을 동그랗게 오므렸다. 감정을 숨기지 못하는 이안의 모습이 귀여운 듯 재운은 유연하게 말을 가로챘다.

"뭐라도 좀 먹고 다시 놀자. 허기지겠다."

재운의 다정한 배려에 이안은 폴짝 뛰어 냉큼 팔짱을 꼈다. 재운은 이안의 머리를 부드럽게 쓰다듬으며 조금 전 봐 둔 가게로 향했다.

이안은 빵빵해진 배를 두드리며 손에 쥐고 있던 아이스크림을 한 입 베어 물었다. 달콤한 아이스크림이 오늘따라 훨씬 더 달달하게 느껴졌다. 시원한 바다 앞에서 아이스크림까지 먹고 있으려니 신선놀음이라는 단어가 저절로 떠올랐다. 만족스러운 이안의 표정에 재운까지도 행복한 미소를 머금었다.

끊임없이 느껴지는 재운의 다정한 시선에 이안은 여우같은 표정을 지으며 한쪽 눈을 찡긋 감았다 떴다. 그런 그녀가 귀여운 듯 재운은 활짝 입가를 올렸고, 이안은 뿌듯한 표정으로 어깨를 으쓱였다.

이상하게도 재운의 앞에선 다양한 모습들이 나왔다. 평소엔 전혀 없다고 느끼던 애교가 자연스럽게 나왔고 약한 모습도 그의 앞에서 스스럼없이 보일 수 있었다.

그 앞에서 마음을 놓고 다양한 모습을 보여 주게 되는 자신이 신기했고, 때로는 자신에게 이런 면이 있었나 하는 부분까지도 그는 자연스럽게 이끌어내 주었다.

그 사실이 무척이나 고맙고 또 행복했다.

이안은 끝없이 펼쳐진 찬란한 바다를 눈에 담으며 싱긋 입끝을 올렸다.

"한 입 먹을래요?"

이안이 자신이 먹던 아이스크림을 스스럼없이 그에게 내밀었고, 재운은 덥석 한 입을 베어 물었다. 지금의 달콤한 공기만큼이나 달콤한 맛과 향이 입 안에서 가득 번져 갔다.

해가 질 무렵, 두 사람은 나란히 해변을 걸으며 밤바다의 풍경을 눈에 담았다. 눈앞에 보이는 하나하나가 그림이 되어 행복한 추억으로 저장되었다.

그 후 재운과 함께 호텔로 돌아온 이안은 나갈 때와는 다른 룸 안의 풍경에 놀란 듯 살며시 입을 벌렸다. 여러 개의 초로 장식된 창가 앞의 풍경이 가장 먼저 눈에 들어왔고 이내 동그란 테이블 위에 다양하게 차려진 요리와 디저트로 시선이 향했다.

마치 휴양지에서 마련된 신혼부부의 저녁 식사 풍경 같았다.

"이게 다 뭐예요?"

한쪽 어깨를 댄 채 벽에 살며시 기대어 있던 재운은 어리둥절한 이안의 물음에 웃음기가 스민 목소리로 되물었다.

"마음에 들어?"

"이런 건 생각하지도 못했는데. 너무 멋져요. 혼자 다 준비한 거예요?"

"이것도 조금 코치받아서."

재운은 멋쩍은 듯 볼을 긁적거렸고, 이안은 웃음을 터뜨렸다.

"와, 이게 다 뭐야."

테이블 위의 요리를 훑어본 이안은 창가 앞으로 다가가 초를 만지작거렸다. 창 너머로 비치는 풍경에도 절로 감탄사가 흘러나왔다.

방 안도, 바깥의 풍경도, 멀리 비치는 바다도, 앞에 있는 저 남자까지도 반짝반짝 빛나는 것만 같았다.

재운은 비치되어 있던 와인 잔에 와인을 따르며 이안에게 다가갔다.

"고마워."

그의 속삭임에 이안은 눈을 동그랗게 떴다.

"오히려 내가 고맙지, 무슨 소리예요?"

"사실 안 좋아하면 어쩌나 걱정 많이 했거든. 어떻게 해야 잘하는 건지도 모르고, 이런 건 별로 익숙하지가 않아서."

"오, 그 멘트 좋은데?"

"뭐가?"

"그 말 돌려 말하면 네가 처음이야, 이런 거잖아요."

이안은 그가 건네주는 와인 잔을 받아 들며 눈을 가늘게 떴다. 멋쩍은 듯 낮게 웃음을 흘리던 재운이 고개를 숙였다.

"혹시 바람둥이는 아니죠? 늘 전부터 정체가 궁금하긴 했어. 유독 종잡을 수가 없는 남자라."

"절대 아니야."

홱 고개를 들며 정색하는 재운의 모습에 이안은 짓궂게 웃음을 흘렸다.

"뭐, 믿어 줄게요."

두 사람은 곧 테이블 앞에 앉아 정성스레 차려져 있는 요리를 맛보기 시작했다.

"맛있다. 낮부터 계속, 무슨 맛집 여행 온 것 같아요."

"다행이네."

정말 맛있었던 건지 어느새 디저트까지 동이 났고, 와인 한 병도 바닥을 보이고 있었다.

약간 취기가 올라오자 이안은 턱을 괴고 재운을 빤히 마주 보았다. 치켜뜬 눈매가 무척이나 요염하게 느껴져 재운은 그녀 모르게 꿀꺽 침을 삼켰다.

"치이, 수영복도 못 입게 하고."

이안이 입을 삐죽거리며 볼멘소리를 내자 가만히 지켜보던 재운이 달래듯 부드럽게 말을 건넸다.

"수영복은 나중에 입자. 둘만 있을 때."

이안은 볼을 빵빵하게 부풀렸다. 빵빵하게 부풀어 오른 뺨을 만져 보고 싶은 충동에 재운은 애꿎은 포크만 힘주어 쥐었다. 늘 쓰다듬던 뺨이지만 지금은 시작하게 되면 멈추지 못할 것 같았다. 일단 대화는 끝내 놓고.

"질투 났구나? 그렇죠?"

"당연하지."

"진짜요?"

"어."

마음에 드는 대답인 듯 이안은 볼을 발그레하게 물들인 채 헤실거렸다. 종일 미소가 떠나지 않았던 재운의 얼굴이 점차 불퉁하게 변해 갔다. 한계였다.

"술 더……."

몽롱한 듯 느릿하게 눈을 감았다 뜨던 이안이 말을 끝내기도 전, 재운이 느닷없이 그녀의 입술을 덮쳤다. 이안의 허리를 감싸 일으켜 자신의 다리 위에 앉힌 그는 달콤한 입술을 삼키며 더욱 가까이 그녀를 끌어안았다.

"술, 더."

술이 계속 오르는 중인지 이안은 입술이 떨어지는 중간중간 아까 미처 내뱉지 못한 말을 하려 애썼고, 재운은 짧게 대꾸하며 다시금 입술을 막았다.

"나중에."

이안은 금세 포기하며 재운의 목에 팔을 둘렀다. 입술과 타액이 섞이는 소리가 달짝지근한 향이 퍼진 방 안을 채워 갈 무렵, 두 사람은 침대로 자리를 옮겼다.

하얀 살결을 쓰다듬는 재운의 커다란 손이 점점 자극적으로 그녀를 탐하기 시작했다. 열에 들뜬 이안은 재운을 힘주어 끌어안았다.

추억으로 남겨질 달콤한 밤이 느릿하게 흘러가고 있었다.

반짝이는 햇살에 잠에서 깬 이안은 멀뚱멀뚱 눈을 깜박거리다 자신을 꼬옥 안은 채 곤히 자고 있는 재운을 가만히 돌아보았다. 세상모르고 잠이 든 그의 모습이 너무도 사랑스러웠다. 가만히 지켜보던 이안은 못 참겠다는 표정으로 재운의 얼굴 여기저기에 쪽쪽 소리를 내며 입을 맞췄다. 그의 입에서 흘러나오는 낮은 웃음소리가 너무도 듣기 좋았다.

이틀째, 사흘째 되는 날에도 바닷가에 놀러 가는 일은 빼먹지 않았다. 호텔에서 3박을 묵은 재운과 이안은 나흘째 되는 날 미리 예약한 게스트하우스로 향했다.

 게스트하우스에도 하루쯤 머물고 싶다는 이안의 의견이 적극 반영된 결과였다. 대신 연인이 하는 여행이니만큼 단체로 쓰는 도미트리 룸 대신 둘만이 쓸 수 있는 2인실로 예약을 해놓은 상태였다.

 호텔과는 또 다른 느낌의 게스트하우스 건물인지라 이안은 잔뜩 들떠 호기심이 짙은 눈망울로 여기저기 구경을 하기에 바빴다. 커다란 야자수와 돌담, 그리고 야자수 사이에 있는 해먹이 어우러져 동양적이면서도 이국적인 매력을 한껏 뽐내고 있었다.

 룸에서 짐을 풀고 잠시 쉬던 재운과 이안은 바비큐가 다 익었다는 게스트하우스 주인의 호탕한 목소리에 신난 걸음으로 마당으로 향했다.

 이미 몇몇 사람들이 길게 펼쳐진 식탁 앞에 앉아 있었다. 마당 한편에 있는 백구에게 순식간에 시선이 뺏긴 이안은 헥헥거리며 마치 웃고 있는 듯한 백구와 눈을 맞추다가 재운이 부르는 소리에 식탁 앞으로 쪼르르 다가갔다.

 "연인이신가 봐요. 혹시 신혼부부?"

 먼저 자리를 잡고 있던 한 남성이 유쾌하게 묻자, 재운은 희미하게 미소를 지어 보였다.

 "아직 결혼은 안 했어요."

 "잘 어울리세요."

"오옷. 선남선녀시네."

"여친분 진짜 예쁘시다. 부럽다. 아흥."

여기저기서 터져 나오는 칭찬에 재운은 뿌듯한지 어깨를 으쓱이는 것도 모자라 가슴을 넓게 쫙 펼쳤다. 그답지 않은 모습에 이안은 웃음을 참으며 그의 옆자리에 자리를 잡았다.

"제주도에 언제 오셨어요?"

"온 지 4일 됐어요."

"어디어디 가 보셨어요? 저희는 오늘 배 타고 낚시 갈 예정인데 관심 있으시면 정보 공유해 드릴까요?"

여기가 좋다, 또 어디가 괜찮다, 여러 정보를 교환하는 동안 먹음직스러운 바비큐가 여러 접시에 담겨 테이블 위에 놓였다. 색다른 바비큐 요리에 시선을 뺏긴 듯 한참을 쳐다보던 이안이 꿀꺽 침을 삼켰다. 군침을 돌게 하는 모양새와 냄새에 참기가 힘들 정도였다. 낮 동안 푸짐하게 먹었건만 문득 허기가 밀려오는 듯한 착각도 느껴졌다.

이를 눈치챈 재운은 이안의 접시에 바비큐와 그녀가 좋아할 만한 음식들을 차근차근 옮겨 주었다. 그 후로도 이안의 접시로 여러 음식을 열심히 날라 주는 그의 모습에 사람들은 흐뭇한 미소를 감추지 못했다.

'푹 빠졌네.'

식사를 한 이후 재운과 이안은 주인에게 허락을 맡고 백구를 산책시킬 준비를 하고 있었다. 백구의 이름이 겨울이라는 걸 안 이안은 그 앞에 쪼그려 앉아 이것저것 말을 걸기 시작했다.

"겨울아, 넌 제주도에 몇 년 있었어? 여기 안 더워? 밥은 먹었어? 몇 살이야? 여자 친구는 있어?"

자꾸만 말을 거는 이안이 귀찮은 듯 초롱거리던 겨울의 눈망울이 점차 시큰둥하게 변해 갔다.

"미오랑 닮은 구석이 있는데."

서운한지 이안은 볼을 빵빵하게 부풀렸다.

하지만 산책을 시작하자 언제 그랬냐는 듯 겨울의 눈망울이 다시금 반짝거리고 있었다. 점차 빨라지는 겨울의 들뜬 걸음에 두 사람은 삐져나오는 웃음을 감추지 못했다. 덩달아 신이 나는 기분이었다.

"귀여워."

"그러게. 고양이하고는 또 다르네. 개는 이런 기분이구나."

늘 줄리하고만 산책을 했던지라 재운은 묘한 느낌을 받았다. 좀 더 든든한 느낌이랄까?

"미오랑 줄리는 잘 지내고 있을까요?"

신이 난 겨울을 보자 두 고양이들이 떠올랐는지 이안은 걱정스런 얼굴을 했다.

"오늘 아침에 잠깐 전화 왔는데 줄리는 아주 잘 놀고 있대."

재운은 안심과 씁쓸함이 뒤섞인 얼굴로 대꾸했다. 이안은 짧게 웃었다. 어쩐지 줄리라면 그럴 것도 같았다.

'그나저나 미오는 말썽 안 부리고 잘 있으려나?'

겨울과 산책을 마치고 게스트하우스로 돌아온 두 사람은 또 플라밍고 튜브를 챙겨 게스트하우스와 가까이 있는 바다로 향했다.

여유와 설렘이 동시에 깃드는 나날이었다.

그날 저녁, 객실로 돌아온 두 사람은 달짝지근한 화이트 와인을 마시며 나른한 기분으로 서로에게 몸을 기댔다. 마당에서 들려오는 기타 소리가 밤공기와 어우러져 평화로운 기분을 느끼게 해 주고 있었다.

침대 맡에 나란히 앉아 창 너머로 비치는 별들을 감상하던 중, 재운이 불현듯 몸을 일으켰다.

"참!"

졸음이 밀려오는 듯 느릿하게 감기는 눈을 힘겹게 뜬 이안은 재운이 향하는 곳으로 시선을 옮겼다. 재운은 한편에 세워 두었던 자신의 캐리어를 열어 무언가를 열심히 찾고 있었다. 궁금증이 이는지 멀뚱하게 바라보던 이안도 그 앞으로 자리를 옮겨 두 손으로 턱을 받치고 그가 하는 양을 구경했다.

재운이 주섬주섬 꺼낸 건 무척이나 보드라워 보이는 재질의 잠옷이었다.

"짠!"

그것도 아기자기한 커플 잠옷.

쪼그려 앉아 재운이 하는 양을 가만히 구경하던 이안이 멀뚱하게 눈을 깜박거렸다. 그러다 이내 웃음이 터진 듯 유쾌하게 웃기 시작했다. 재운은 그녀가 왜 웃는지 몰라 순진한 얼굴로 눈만 깜박거릴 뿐이었다. 간신히 웃음을 멈춘 이안이 제법 진지한 표정으로 그에게 물었다.

"솔직히 말해 봐요."

"뭘?"

"이런 거 로망이었죠? 그 로망 몇 개 더 남았어요?"

이안은 취조를 하듯 눈을 갸름하게 뜨곤 재운의 옆구리를 꾹꾹 찔렀다. 입을 꾹 다물고 있던 재운이 조심스럽게 입을 열었다.

"열일곱 개 반쯤?"

진짜로 대답을 할 줄은 몰랐던 듯 멍하게 그를 올려다보던 이안이 배를 잡고 바닥을 데굴데굴 굴러다니기 시작했다.

"푸하하하하하하!"

뚱한 얼굴로 한참을 지켜보던 재운은 볼을 빵빵하게 부풀인 채 토라진 목소리를 냈다.

"그게 그렇게 웃을 일이야?"

"아하하… 끅끅."

"그만 좀 웃지."

"아하하하."

"나 잔다."

재운은 정말로 삐친 듯 주섬주섬 베개를 챙겨 들었다.

"아… 미안해요. 너무 귀여워서."

이안의 솔직한 발언에 재운은 괜스레 딴청을 피우며 이마를 긁적였다. 입가가 슬며시 올라가려는 걸 간신히 참는 건지 그의 양 입 끝이 부들부들거리기까지 했다.

"우리 애인 로망인데 이뤄 줘야지."

이안은 커플 잠옷 중 자신의 몫을 챙겨 욕실로 향했다. 재운은 무릎을 세워 양팔로 감싸 안은 채 다소 두근거리는 마음으로 이안을 기다렸다.

"짠!"

잠옷을 갈아입고 나온 이안은 그의 마음을 풀어 주려는 듯 재운 앞에서 열심히 포즈를 취해 보였다.

"어때요?"

"예쁘다."

이안이 계속해서 조르는 통에 재운도 잠옷을 갈아입고 나왔다. 안목이 좋은 건지 재운이 고른 커플 잠옷은 이안에게도 그에게도 무척이나 잘 어울렸다. 이안은 재운의 옆자리에 찰싹 붙어 앉아 그의 잠옷 소매를 만지작거렸다.

"우리 커플 잠옷도 입은 사이네요."

재운은 팔을 뻗어 이안의 어깨를 부드럽게 감싸 자신에게로 가까이 기대게 했다. 아늑한 기분과 기분 좋은 냄새에 이안은 느릿하게 눈을 감았다 떴다. 이윽고 낮은 목소리가 귓가에 스쳤다.

"커플 잠옷만 있나?"

"그럼요?"

"커플 고양이도 있지. 로미오와 줄리엣이라고."

이안은 또다시 웃음이 터진 듯 재운의 품에서 한참을 큭큭거렸다. 어둠과 달빛, 여유와 찬란함이 가득 내려앉은 제주도의 앞마당으로 달콤한 웃음소리가 살포시 내려앉았다.

다음 날 아침, 게스트하우스에서 마련해 준 조식을 일찌감치 먹은 두 사람은 산책도 할 겸 잠시 바다를 돌아보곤 다시 게스트하우스로 돌아왔다. 너무 일찍 일어났던 탓인지 두 사람은 나른함을 이기지 못하고 앞마당에 있는 평상 위에 몸을 맡겼다.

"휴가가 며칠 안 남았네요."

이안은 평화로운 여유를 만끽하는 날이 줄어드는 게 아쉬운지 시무룩한 얼굴을 했다.

"내년엔 더 재밌게 놀자."

재운은 달래는 듯 다정하게 말하며 그녀의 배를 부드럽게 토닥여 주었다.

"해먹에도 올라가고 싶다."

"지금 올라가 볼래?"

"이따가요. 지금은 한 발자국도 못 움직이겠어요."

웅얼웅얼거리던 이안은 재운의 다정한 손길을 자장가 삼아 어느새 잠이 들었다. 바로 내리쬐는 햇살이 따갑지도 않은지 그녀는 새근새근 숨소리까지 내며 깊게 잠에 빠져들었다.

그녀가 완전하게 잠이 든 후에도 계속해서 토닥여 주던 재운은 햇살에 불편하지 않게끔 이안의 얼굴 위로 손을 올려 햇빛 가림막을 만들어 주었다.

꿀이 뚝뚝 떨어지는 달콤한 눈빛에도 이안은 속수무책으로 잠에 빠져들고 있었다. 꿈조차도 꾸지 않을 정도로 아주 푹 잠이 들었다. 그러지 않을 이유가 없었다. 햇살은 반짝였고 날은 평화롭고 좋았다. 산들거리는 바람과 달콤한 체취가 곁에 머물렀으니 모든 게 아름다워 보일 정도로 사랑스러운 날이 아닐 수 없었다.

그 순간, 찰칵거리는 소리가 재운의 귀에 스쳤다. 재운은 소리가 난 곳으로 얼른 고개를 돌렸다. 폴라로이드 카메라를 든 게스트하우스 주인이 서글서글하게 웃으며 평상 쪽으로 다가왔다.

"두 사람 모습이 너무 예뻐 보여서요. 자, 선물입니다."

사장은 방금 나온 따끈따끈한 필름을 재운에게로 내밀었다. 어쩐지 부러워하는 것 같기도 과거를 회상하는 것 같기도 한 사연 많아 보이는 사장의 눈동자에 재운은 머릿속으로만 맴도는 말을 차마 꺼내지 못하고 그저 옅게 웃어 보였다.

"감사합니다."

"결혼하고 나서도 한 번 더 놀러 오세요. 기억하고 있다가 잘 챙겨 줄게요. 애쓰지 않아도 두 사람은 기억날 것 같지만."

"그럴게요."

사장은 카메라를 든 채 유유히 자리를 떠났고, 재운은 점차 윤곽이 나타나는 사진을 물끄러미 들여다보았다.

"잘 나왔네."

재운의 시선은 사진 속에서의 자신처럼 여전히 이안에게로만 향해 있었다. 화사하게 웃는 그의 미소에 이곳에서의 추억과 행복, 달콤함과 찬란함까지 모두 담겨져 있었다. 그녀를 만나 너무도 행복한 반년이었다. 작년과는 사뭇 다른 나날들이었고, 감격 어린 하루하루들을 보내고 있었다.

재운은 피식 웃음을 흘렸다. 마치 꿈만 같았다.

그날 저녁, 두 사람은 해변을 따라 걸으며 도란도란 이야기를 나누었다. 바다 내음이 좋은 듯 이안은 자꾸 숨을 크게 들이마셨다 내쉬었다.

"할 수 있으면 병에다가 담아 갔으면 좋겠어요. 그리울 때마다 냄새 맡게."

이안은 아쉬운 얼굴을 했다.

"자주 오자."

재운의 대답에 이안은 그의 품에 쏘옥 기대어 얼굴을 비비

적댔다. 마치 줄리 같은 애교스러운 행동에 재운은 피식 웃음을 흘렸다.

"정말요오?"

말끝까지 길게 늘이는 걸 보면 아쉽긴 많이 아쉬운 모양이었다. 재운은 시선을 내려 해변을 유심히 살피다가 쪼그려 앉아 무언가를 주워 들었다. 작은 돌멩이였다.

이안은 얼떨결에 재운이 건네는 돌멩이를 받아 들었다.

"뭐예요? 웬 돌?"

"이건 약속하겠다는 증표."

돌멩이를 물끄러미 내려다보던 이안이 피식 웃음을 흘렸다.

"그게 뭐야."

하지만 그렇게 말을 하면서도 소중한 듯 돌멩이를 꼬옥 품에 안았다. 다시 걸음을 옮기던 중, 무언가가 떠올랐는지 이안이 뚱하게 말을 뱉었다.

"아, 이렇게 다정히 걷고 있으려니까 그때 생각난다."

"언제?"

"서재운 씨가 내 인사도 무시하고 막 피할 때. 작년이던가? 서러웠어."

재운은 뜨끔한 듯 시선을 피하다가 레이저라도 쏘는 건지 무척이나 따가운 이안의 눈빛에 솔직하게 대꾸했다. 이대로라면 옆얼굴이 뚫어질 것 같았다. 그러나 시선은 여전히 마주치지 못한 채였다. 미안하긴 미안한 모양이다.

"어쩔 수 없었어. 마음 추스르려면."

"응? 무슨 마음?"

"그땐 제법 힘들었지. 당사자는 눈치 못 채는 것 같은데 회사건 바깥이건 걸핏하면 마주치지, 근데 만나는 사람은 생긴 것 같지, 이대로 가다간 내색하지도 못하고 아닌 척하는 마음은 펑 터져 버릴 것 같지. 난 괴로워 죽겠는데 해맑게 인사하는 그대가 원망스러웠을 뿐이야."

이번엔 이안이 애꿎은 허공에 시선을 두며 짧게 입맛을 다셨다. 괜히 말을 꺼냈다 싶었다. 이대로라면 그녀가 불리했다. 결국 이안이 먼저 꼬리를 내렸다.

"미안해요."

민망함과 죄스런 마음이 교차했는지 이안은 괜스레 코를 한번 훌쩍였다. 재운은 이안의 손을 살며시 겹쳐 잡으며 달래는 듯 다소 흥겹게 흔들었다.

"괜찮아. 돌아서 다시 나한테 왔으니까."

"……."

"지금 당신 곁에 있는 건 나잖아."

"계속해서 옆에 있어 줘요."

"물론이지."

두 사람은 맞잡은 손을 다정하게 흔들며 은은하게 반짝거리는 해변을 계속해서 따라 걸었다.

"근데 그때 당신도 섭섭했었어?"

"그럼요."

"기분 좋네."

재운은 살며시 입가를 올렸다.

바다 내음이 이렇게도 달콤했던가? 이안의 입가에도 환하게 미소가 스몄다.

그 순간, 끊임없이 사고를 치는 미오로 인해 이재는 항복,을 외치며 바닥에 드러누웠다. 밥도 잘 먹고 잠도 같이 자며 한없이 얌전하던 미오가 대체 뭐에 삐진 건지 어제부터 집 안을 뛰어다니며 일부러 물건을 떨어뜨리는 등 난장판을 만들어 놓고 있었다.

"대체 뭐가 문제냐?"

이재는 천장을 올려다보다 나지막하게 중얼거렸다.

"내가 문젠가?"

그는 도무지 모르겠다는 듯 괴로운 얼굴로 머리칼을 마구 헝클어뜨렸다. 그 모습을 발견한 미오가 또다시 이재에게 다가와 정성스럽게 머리카락을 핥아 주기 시작했다.

"끙."

이재의 입에서 신음 비슷한 소리가 새어 나왔다. 이 상황이 반복되고 있었다. 이재가 쉴 만하면 미오는 사고를 치고 다녔고, 사고치는 미오를 수습하다 이재가 지쳐 쓰러지면 그제야 미오가 다가와 위로 아닌 위로를 해 주곤 했다.

"이런 매뉴얼은 없었는데."

이재는 이안이 같이 동봉한 '로미오 매뉴얼'을 샅샅이 살펴보다 이내 포기했다. 아무리 찾아도 이런 행동에 대한 해결법은 나와 있지 않았다.

평소보다 활동량이 배로 많아진 탓인지 이재의 배에서 꼬르륵거리는 소리가 흘러나왔고, 이재는 간단하게 먹을 식량을 얻기 위해 카드를 챙겨 들고 현관으로 향했다.

냥냥 우냥 우냐앙 냥냥 냐앙.

하지만 시끄럽게 울어 대는 미오로 인해 다시금 걸음을 멈췄다.

"왜? 뭐가 문제야? 원하는 게 대체 무엇이야?"

우냥 우냥 우냐아앙.

"같이 갈까? 혼자 있기 싫어?"

우냥!

이건가? 어쩐지 전과는 다르게 느껴지는 울음소리에 이재는 머리를 긁적였다.

"밖에 데려가도 되려나?"

이재는 이안에게 전화를 걸려다 시간을 확인하곤 다시금 매뉴얼을 살폈다. 그도 눈치라는 게 있었다.

'좋은 밤 보내게 놔둬야지.'

하지만 본래 산책냥이가 아닌지라 매뉴얼에도 미오의 산책 요령 같은 건 적혀 있지 않았다. 그러나 다행히도 이안이 챙겨 온 짐 중엔 산책줄이 섞여 있었고 용케 찾아낸 이재가 미오에게 조심스럽게 산책줄을 해 준 뒤 품에 안아 들었다.

"얌전히 있어야 돼. 사고 치면 안 돼. 난 화난 연이안은 무섭단다. 네가 다치면 날 죽이려고 할 거야."

상상이라도 된 건지 이재는 부르르 몸을 떨었다. 이재의 말을 알아듣기라도 한 듯 난리를 칠 줄 알았던 미오는 의외로 얌전했다. 이재는 아리송한 얼굴을 했다.

"이거였나?"

그러던 중 문득 떠오른 생각이 있었다. 어제 유난히 자신의 외출이 잦았던 점. 혼자 둬서 화가 난 건가?

어찌 되었든 미오의 협조하에 이재는 어두워진 길을 따라 편의점으로 향했다. 시간이 시간인지라 다행스럽게도 마주치는 사람은 드물었다.

하지만 비슷한 상황인지 한 손엔 편의점 봉지를, 한 손엔 산책줄을 쥔 사람이 맞은편에서 다가오고 있었다. 주인과 함께 신나게 걷던 개는 미오를 발견하곤 꼬리를 세차게 흔들며 반가운 듯한 눈망울을 했지만 미오는 겁에 질린 듯 털을 바싹 세운 채 이재의 옆구리 속으로 제 얼굴을 밀어 넣고 있었다.

다행히 아무런 일도 일어나지 않은 채 두 사람은 스쳐 지나갔다. 하지만 미오는 아직까지는 이재의 옆구리에 얼굴을 들이밀고 있는 채였다. 가만히 내려다보던 이재가 피식 낮게 웃었다.

"귀엽네."

미오를 맡아 주기 전, 고양이에 관한 책을 찾아보며 미오에 대해 조금 공부를 했던 게 기억났다. 노르웨이숲 고양이는 똑똑한 고양이이며 사람을 알아보고, 특히 좋아하는 사람을 정해 놓고 애교를 부리기도 한다는 대목이 무척이나 공감이 갔다. 그러나 겁이 없고 호기심이 많다는 점은 공감이 가지 않았다.

'겁이 많네.'

나무타기를 좋아한다더니 잘 매달려 있긴 하는구나. 피식 웃음을 터뜨리며 미오가 놀라지 않게끔 평소보다 살금살금 걸음을 옮기던 이재는 유난히도 밝은 달을 올려다보며 작게 중얼거렸다.

"근데 로미오면 수컷 아닌가?"

날 왜 이렇게 좋아하는 거지? 이재는 의문이 깃든 눈빛으로 미오를 내려다보다 아무렴 어떠냐 싶어 이내 우쭐대는 얼굴로 어깨를 으쓱였다.

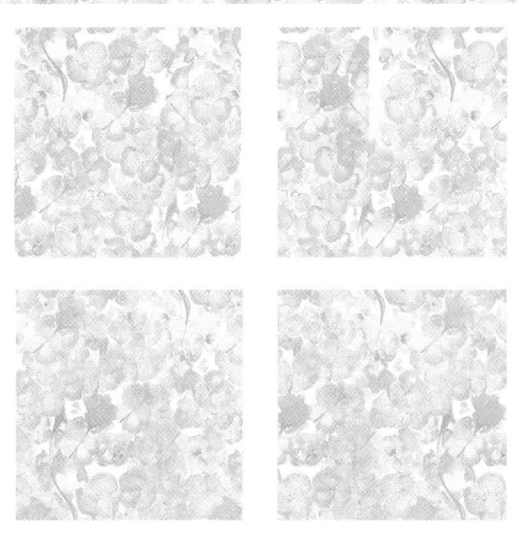

15장. 오해인데요

이안은 몹시 아쉬운 표정으로 비행기의 창 너머를 멍하니 내다보았다. 영혼이 탈탈 털려 버린 것 같은 그 모습에 재운은 웃음을 참으며 나직이 물었다.

"아쉬워?"

"네."

빵빵하게 부풀어 오른 뺨이 귀여워 재운은 손에 힘을 주어 이안의 얼굴을 마구 쓰다듬었다.

두 사람의 첫 여행은 그렇게 끝이 났다.

집으로 돌아온 이안은 짐 정리를 끝내고 침대에 대자로 누웠다.

"아, 편하다."

제주도에서의 설렘이나 들뜬 기분은 사그라졌지만 익숙한 분위기와 공기에 몸이 절로 나른해졌다.

눈이 스르륵 감기려는 찰나 별안간 허전하다는 기분이 들었다. 이유를 찾으려는 듯 이안은 천장을 올려다보며 조용히 눈을 깜박였다.

"아! 미오!"

미오를 잊고 있었다니, 이번 여행이 무척이나 즐거웠던 모양이다.

이안은 빙글 몸을 돌려 휴대폰을 집어 들었다. 그러곤 이재의 전화번호를 찾은 뒤 곧장 전화를 걸었다.

-네, 여보세요.

업무가 바빠 전화를 제때 받지 못하던 며칠 전과는 달리 이재는 바로 전화를 받았다.

"어? 전화 바로 받네."

-쉬는 날이야.

"아하! 미오는 잘 있어?"

-너무 잘 있지. 껌딱지야, 아주.

"응?"

이안은 잘못 들었다는 듯 해맑은 얼굴로 이재에게 되물었다.

-미오가 아주 껌딱지처럼 붙어 있다고.

"누구한테? 오빠한테?"

─그래. 미오가, 나한테.

굳이 그러지 않아도 되는 걸 이재는 구체적으로 또박또박 대답했고 이안은 경악하는 표정을 지으며 침대에서 벌떡 일어났다. 미오를 분양받고 집으로 데려온 그날부터 이제까지 미오는 이안에게도 종일 찰싹 달라붙어 있던 적이 단 한 번도 없었다. 근데 뭐라고?

"말도 안 돼."

─말이 안 되긴 뭘 안 돼. 같이 편의점에도 다녀왔고만.

"뭐라고?"

외출을 했다고? 이안은 연이어 경악했다. 얼마나 놀랐는지 이번엔 벌떡 일어선 채였다.

"거짓말!"

이러다 이재에게 미오를 뺏기는 건 아닐까? 아니야, 그동안 함께한 정이 있는데. 근데 껌딱지? 외출이라고?

"말도 안 돼!"

꽤나 충격이었는지 이안은 엎드린 채로 바닥에 이마까지 대고선 포효했다. 그 소리를 고스란히 듣고 있던 이재가 쯧쯧거리며 혀를 찼다.

─집이야?

"응? 아, 집이지. 집에 왔지. 집에 왔는데······."

미오가 없네. 이안은 울상을 지었다. 울음이라도 터뜨릴 것 같은 목소리에 이재는 서둘러 말을 돌렸다.

-여행은 잘 다녀왔고?

"응."

이안은 힘없는 목소리로 짧게 대꾸했다.

-집에 있을 거지? 이따 저녁에 미오 데리고 갈게. 쉬고 있어.

"오빠가 미오 데리고 오려고?"

-저번에 내가 데리러 간다고 해 놓고 못 그랬잖아. 이번엔 내가 갈게. 선물도 받을 겸.

"선물?"

-내 선물 안 사 왔어?

이재의 뻔뻔한 말투에 이안은 그제야 피식 웃음을 터뜨렸다.

"사 왔지. 자잘하게 많이."

-자잘하게?

이안은 고개를 돌려 거실 한편에 놓여져 있는 박스 하나를 바라보았다. 이재에게 줄 선물이 가득 담긴 박스였다. 미오를 맡아 주어 편히 여행을 즐길 수 있게 해 준 이재에게 감사하다며 이안이 선물 하나를 고를 동안 재운이 몇 개씩을 더 골라 담아 발생한 사태였다.

-쉬고 있어.

전화를 끊은 이안은 힘없이 침대로 엉금엉금 기어가 다시 침대 위에 누웠다. 하지만 그녀는 얼마 있지 않아 다시 몸을 일으켰다. 나른한 기분은 여전했지만 잠이 오지 않았다.

'미오가 오빠랑 같이 가겠다고 속 썩이는 건 아니겠지?'

심란하고도 걱정스러운 마음을 잊으려 이안은 일부러 바쁘게 움직일 무언가를 찾았다.

"도착하면 저녁쯤일 텐데, 밥이라도 차려 줄까?"

기특한 생각을 한 자신을 칭찬하며 이안은 냉장고를 열어 보았다. 다행히도 음식 재료들이 다양하게 남아 있었다.

재료를 꺼내 한창 요리를 하고 있는 도중 재운에게 연락이 왔다. 보고 싶다는 그의 메시지에 이안은 잔뜩 거만한 표정을 지어 보였다.

"나한테 푹 빠지셨고만."

가슴 한구석이 간질거리다 못해 음식 재료를 손질하는 손끝까지도 간질거리는 느낌이었다. 이안은 배시시 웃으며 재운에게 전화를 걸었다. 그의 목소리가 듣고 싶었다. 재운은 무사히 줄리와 재회한 모양이었다.

시간 가는 줄 모르고 즐겁게 통화를 하다 보니 어느새 요리가 완성되어 있었다.

"근데 밖이에요?"

집하고는 다르게 웅성거리는 소리가 들리는 것 같아 이안은 휴대폰을 고쳐 잡은 채 재운에게 물었다.

-잠시만. 내가 이따 다시 전화할게.

하지만 재운은 대답 대신 다소 급하게 전화를 끊었다. 이안은 통화가 종료된 휴대폰을 바라보며 고개를 갸웃거렸다.

전화를 기다렸지만 그 후로 한참 동안 이재에게도, 재운에게도 연락이 없었다.

"……."

휴대폰을 옆에 놓아두고 내내 현관문만 바라보고 있던 이안은 지친 듯한 얼굴로 휴대폰을 덥석 집어 들었다. 하지만 통화 연결음이 끝나 가도록 이재의 목소리는 들리지 않았다.

"중간에 어디로 샌 건 아니겠지?"

혹시… 미오를 돌려주기 싫어서?

별의별 생각이 다 들자, 이안은 고개를 절레절레 흔들었다.

"그럼 대체 왜 안 오는 거야?"

이안이 세 번째로 전화를 걸었을 때에야 이재는 전화를 받았다.

-어, 여보세요.

건성으로 전화를 받는 듯한 말투에 이안은 한쪽 눈썹을 치켜들었다.

"아직 멀었어? 왜 안 와?"

-어. 내가 이따가 다시 전화할게.

이안은 무참히 끊어진 전화를 망연하게 내려다보았다. 그러다 뒤늦게 울화가 치미는지 불끈 주먹을 쥐었다.

'이 사람들이, 진짜!'

혼자 난동을 부리던 이안은 힘이 빠진 듯 벌러덩 뒤로 누웠다. 부탁을 들어주는 입장이 아닌 하는 입장이니 군말 않고 기다려야 했다.

그로부터 한참이 지난 후에야 이재가 모습을 드러냈다.

"별일 없었지?"

"별일은 없었고 별생각은 다 들었지."

"무슨 소리야?"

"밥이나 먹어. 미오 거기에 얌전히 내려놓고."

피식 웃음을 흘린 이재는 배가 고팠는지 이안이 차려 준 음식을 허겁지겁 먹기 시작했다. 이안은 미오와 재회의 인사를 나누느라 정신이 없었다.

삐친 건지 피하기 바빴던 미오는 간식 통조림을 따는 이안에게로 어슬렁어슬렁 향하더니 다리에 얼굴을 비비며 애교를 떨어 댔다.

"밥 주는 사람이 최고라 이건가?"

심드렁한 얼굴로 미오를 바라보던 이안은 그르릉거리며 애교를 떠는 모습이 귀여운지 금세 헤벌쭉 웃으며 미오를 쓰다듬었다. 밥을 먹으며 그 모습을 한참 지켜보던 이재는 고개를 절레절레 젓다가도 어느 정도는 이해가 된다는 듯 미오를 바라보았다.

'고양이⋯⋯.'

간식 캔을 하나 다 비운 미오는 이안의 걱정과는 달리 평소 잠을 자던 쿠션 위에 편안히 자리 잡고는 열심히 털을 핥았다.

"휴우, 다행이다."

"뭐가?"

"미오가 오빠 따라간다고 난리치면 어쩌나 걱정했는데."

이재는 내심 서운한 얼굴로 미오를 돌아보았다. 미오는 이재의 집에 있을 때 다소 불안해하던 것과는 달리 이안의 집에선 무척이나 편한 자세로 너부러져 있었다. 걱정했던 것과는 다르게 워낙 잘 지내 왔던 터라 이안의 말처럼 미오가 자신에게서 떨어지지 않으려고 할지도 모른다는 기대를 은연중에 조금쯤은 했던 모양이다. 이재는 씁쓸하게 입맛을 다셨다.

"맞다. 오빠 선물!"

이안은 즐거운 목소리로 상자를 돌아보며 외쳤다. 이안을 따라 고개를 돌리던 이재는 테이프로 둘둘 감긴 커다란 상자 하나를 발견하곤 저게 뭐냐는 듯 눈빛으로 되물었다.

"오빠 선물. 저거."

"저거?"

이재는 당혹스러운 표정으로 상자를 다시금 돌아보았다. 무슨 여행 선물을 박스째로…….

"말했잖아. 자잘하게 많이 준비했다고."

이안은 싱겁게 웃으며 볼을 긁적였다. 동생의 선물 스타일은 아닌 것 같다고 생각하며 이재는 박스 앞으로 다가갔다. 살짝 들춰 보니 정말로 자잘하게 많이도 담겨 있었다.

각종 돌하르방 장식품과 초콜릿, 파이와 다양한 차 종류, 젤 캔들과 육포, 오메기떡까지.

이재는 육포를 쥔 채 심란한 얼굴로 이안을 돌아보았다.

"네 짓이냐?"

이안은 쭈뼛쭈뼛거리며 괜스레 눈을 피했다. 작게 한숨을 내쉰 이재는 박스를 가뿐히 들었다.

"고맙다. 당분간 제주도에 있는 기분이겠네."

이안은 어색하게 웃어 보였고, 이재 역시 억지로 입꼬리를 끌어 올렸다. 누군지는 몰라도 무심함에 제 동생 섭하게는 만들지 않겠다고 생각하며.

"이만 갈게. 어두우니까 나오지 마. 그리고 밤길, 아니 낮에도 조심하고. 문 꼭 잠그고 자고. 덥다고 창문 열고 자지 마. 에어컨 틀고 자. 출근할 때, 외출할 때 창문 잠그고 문단속 꼭 하고 나가고. 무슨 일 생기면 괜찮아지겠지 안일하게 생각하지 말고 바로 연락해."

이안은 시큰둥한 얼굴을 했다.

"오늘따라 왜 이렇게 잔소리가 심하실까? 늘 하는 일입니다요. 원래도 미오 나갈까 봐 창문은 잠근 채로 잘 열지도 않아. 날 화창한 낮에만 가끔 열어 두고."

"그래도 조심해."

"알겠습니다!"

이재는 장난하지 말고 제대로 하라는 듯 눈에 힘을 준 채 이안에게 당부했다.

"무슨 일 있으면 바로 연락해."

"응."

이재는 차가 주차되어 있는 집 앞으로 나온 후에도 이안의 집과 주위를 샅샅이 훑어보았다.

별일이 없다는 걸 확인한 후에야 그는 들고 있던 박스를 차 트렁크에 집어넣었다. 박스 안에 가득 차 있던 물건들이 튀어나오지 않게끔 박스 뚜껑을 닫던 이재는 어쩐지 웃음이 나와 피식 웃어 버렸다. 이거 웃긴 놈일세.

"잘 봐 달라는 신호인가?"

이재는 차에 탄 다음에도 이안의 집 쪽을 찬찬히 훑어보다 차를 출발시켰다. 그래도 며칠 함께 지낸 사이라고 헤어질 때 야옹야옹거리던 미오가 떠올라 입가에 미소가 스며들었다. 본의 아니게 이안과 가까이 있는 이들과 자연스럽게 친해지는 기분이었다. 뭐, 사이가 나쁜 것보다야 낫지.

?

며칠 후, 이안은 잔소리가 늘어난 두 남자로 인해 골치가 아픈 듯 한숨을 푹 내쉬었다. 경찰이라는 직업 특성상 틈틈이 잔소리를 하는 이재는 그렇다고 쳐도 재운까지 합세해 문단속을 잘해라, 늘 조심해라, 무슨 일이 생기면 꼭 전화해라, 라는 소리를 잊을 만하면 끝도 없이 해 대는 통에 노이로제에 걸릴 판이었다. 지금도 마찬가지였다.

"무슨 일 없지? 문단속은 잘했고? 창문도 꼭 잠그고."

"나 그 말 백 번째 듣는 것 같아. 요즘 대체 왜 그러지?"

"걱정되니까."

은근슬쩍 시선을 피하는 재운의 모습에 이안은 눈을 가늘게 떴다.

"수상해."

"뭐가아."

재운은 말끝을 늘이며 입을 삐쭉거렸다. 평소에는 잘 보지 못하는 그의 애교에 이안은 작게 웃음을 흘렸다.

"지금 귀여운 척하는 거예요?"

재운은 탕비실 싱크대에 기댄 채로 이안의 허리에 팔을 둘렀다.

"누가 보면 어쩌려고 그래요?"

이안은 싫지 않은 듯 앙탈을 부리며 입가를 올렸다. 그러던 중, 입구에 선 채 망부석이 된 막내 사원을 발견하곤 헉, 소리를 삼키며 반사적으로 손을 뻗었다. 힘껏 밀치는 이안으로 인해 재운은 앞에 놓여 있던 소파 위로 쓰러지듯 픽 엎어졌다.

"헉! 괜찮아요?"

이안은 눈을 크게 뜨며 안절부절못했고, 재운은 망부석이 된 듯 그 상태로 움직임이 없었다. 사태가 그리되자 얼어 있던 막내 사원이 연방 고개를 숙이며 사죄했다.

"죄송합니다. 죄송합니다. 하던 거 계속, 아니 마저, 아니 그러니까 막 하세요!"

눈을 질끈 감은 채 횡설수설대던 막내 사원은 황급히 탕비실에서 뛰쳐나갔다. 웃지도 울지도 못하는 상황에 미동 없이 서 있던 이안은 아직까지 소파에 엎어져 있는 재운의 등을 토닥거리며 달래듯 말했다.

"우리 집 문단속하기 전에 회사 내 우리 스킨십 단속부터 잘해야겠어요."

"너무해요, 연이안 씨."

"일 잘하는 서 팀장님, 서둘러 사무실로 복귀합시다."

재운은 소파 깊숙이 얼굴을 묻었고, 뒤늦게 웃음이 터진 이안은 웃음을 참느라 배를 움켜쥐고 홀로 큭큭거렸다.

이안의 핀잔에도 불구하고 며칠이 지나도록 재운의 잔소리는 사그라지지 않았다. 거기에 더해 재운은 잔소리만으로는 마음이 놓이지 않는 듯 오늘도 이안의 집 앞을 찾았다.

며칠 전 그녀의 집을 대놓고 쳐다보던 어떤 이가 마음에 걸렸기 때문이었다. 그저 집만 지켜보는가 싶던 그 사람은 그 집 앞에 서 있던 재운까지도 눈여겨보는 듯했다.

그뿐만이 아니었다. 급한 사정이 생겨 잠시 자리를 떠나는 재운을 차로 미행하기까지 했다. 눈치 못 챈 척했지만 재운이 걸음을 느리게 할수록 속도를 줄이고 있는 수상쩍은 차의 움직임을 모를 수가 없었다. 그녀의 집 앞에 서 있던 차였고 한껏 예민해져 있던 상태였기에 눈치챌 수 있었다.

언젠가 이안의 집 앞에서 쫓아냈던 그녀의 전 남자 친구인가 싶은 마음에 재운은 불안하고 걱정스러운 마음을 감추지 못했다. 그때 익히 그 사람이 얼마나 형편없는가를 파악했기에 걱정이 이만저만이 아니었다.

그저 착각이었나 싶은 와중 재운은 한 번 더 그때의 그 차를 이안의 집 앞에서 발견했다. 덜컥 마음이 내려앉는 동시에 무슨 일이 있어도 잡아야겠다는 생각이 머릿속을 스쳤다. 하지만 굳이 이안에게는 내색하지 않았다. 그녀를 불안하게 만들고 싶은 생각도 없거니와 혼자서 해결하고 싶었다. 언제든 조심하고 무슨 일이 생기면 꼭 연락하라고 쉴 새 없이 일러두었으니 현명한 그녀가 굳이 위험하게 행동하진 않을 터였다.

재운은 눈에 불을 켜고 이안의 집 주위를 둘러보았다.

한편, 이재는 이안에게 전화를 걸고 있는 중이었다. 제법 진지하고 심각한 얼굴로. 이안이 곧바로 전화를 받지 않자, 이재는 잔뜩 초조한 얼굴로 머리를 긁적였다.

그러던 중 연결음이 끊기며 이안의 목소리가 들려왔다. 그녀의 말이 끝나기도 전에 이재가 대뜸 외쳤다.

"너 어디야?"

-어디긴, 집이지.

"어디 나가지 말고 집에 있어. 알았지?"

-왜 그래? 무슨 일 있어?

"집에 꼭 있어. 알았어?"

-대체 왜 그러는 거야. 알았어.

마지못해 대답하는 이안의 목소리를 듣고 나서야 이재는 전화를 끊었다. 그러곤 차에서 내려 어디론가 성큼성큼 향했다.

사실 이재는 이안의 여행 중 맡아 주었던 미오를 다시 데려다주러 가던 길, 제 동생의 집 앞에 꽤나 수상쩍은 모습으로 있던 남자를 발견하곤 날카로운 눈매로 그를 살폈었다. 경찰의 촉을 걸고 장담하건대 예감이 좋지 않았다. 그리하여 미행까지 했지만 이런 짓을 많이 해 왔던 놈인 건지 놓치고 말았다.

워낙 겁이 많은 이안인지라 대놓고 말은 못 해 줬지만 일단은 조심하라고 일러뒀으니 안일하게 생각하진 않을 것이다. 명색이 오빠가 경찰인데 불안한 마음을 갖게 할 수는 없었다. 그리고 제법 세심한 남자 친구도 있는 것 같으니까.

이재는 틈틈이 잠복을 했고 두 번째로 발견했을 땐 증거물로 사진과 동영상까지 찍어 두었다. 분명 그때 봤던 그 남자였다.

'키만 멀대같이 커 갖고는 하는 짓이 스토커 짓이라니. 키가 아깝다, 아까워.'

다행인지 불행인지 그놈은 창문 쪽에 귀를 대는가 하면 문 앞에 붙어 있는 전단지를 살펴보고 이쪽저쪽 기웃거리는 등 충분히 의심이 갈 만할 증거물까지 남겨 주었다.

그리고 그를 세 번째로 발견한 날 이재는 망설임 없이 바로 출동했다.

"거기 스톱!"

이재의 외침에 남자는 당황한 듯 잠시 굳었지만 그를 발견하곤 한 대 칠 태세로 성큼성큼 다가왔다. 순순히 잡히지 않을 거라고 생각은 했지만 너무도 당당한 태도에 이재는 움찔거렸다. 하지만 이내 험악하게 표정을 바꾸며 남자에게로 향했다.

"뭡니까?"

"뭐가요?"

"왜 이 집 앞에서 기웃거리느냔 말입니다."

"나야말로 묻고 싶은데요. 그쪽이야말로 뭐 하는 겁니까?"

"허!"

이재는 실소를 터뜨렸다. 뭐가 이리 당당해?

"당신, 이거 범죄인 건 알고 있어?"

"뭐요?"

남자의 기가 차다는 물음에 이재는 그의 얼굴을 빤히 바라보았다. 생긴 건 반듯하니 멀쩡해 갖고는. 정말이지 키랑 얼굴이 아깝다. 작게 혀를 찬 이재는 본격적으로 남자에게 쏘아붙이기 시작했다. 좋게 말해선 정신을 차리지 않을 것 같았다.

"남의 집 앞에서 얼쩡거리고 멋대로 물건 떼고, 그거 범죄라고. 아깐 아예 귀까지 갖다 대고 엿듣더만."

하지만 그 말을 듣자마자 남자의 표정이 마치 화가 난 것처럼 험악하게 변했다.

"당신 언제부터 보고 있었어? 당신이야말로 경찰서 가고 싶지 않으면 당장 여기서 꺼져. 다신 이 동네 얼씬거리지도 말고."

"뭐? 이 자식이 근데."

도저히 말이 통하지가 않았다. 해도 해도 너무한 남자의 반응에 이재는 폭발했는지 그의 멱살을 힘껏 쥐었다.

"이리 와. 안 되겠다. 경찰서 가자, 지금."

아마도 여동생이 개입된 일이라서 그런지 평소처럼 냉정함을 유지할 수가 없었다. 증거가 충분하지 않으면 별다른 조치 없이 금세 풀려날 수도 있기에 잘 타이르고, 또 겁을 줘서 다신 이런 짓을 못 하게 돌려보낼 생각이었다. 하지만 씨도 안 먹힌다는 걸 깨닫곤 방법을 달리하기로 했다. 지금 같아선 당장이라도 유치장에 처넣고 싶은 심정이었다.

"이리 안 와?"

"당신이야말로 이거 놔."

"내가 미쳤어? 이걸 놓게?"

"진짜 말이 안 통하네."

"누가 할 소릴."

"이거 안 놔?"

"못 놔, 이 자식아."

결국 두 사람은 주먹다짐까지 했다. 이재는 동료에게 미리 연락을 하지 않았던 자신을 탓하며 유리하도록 몸의 위치를 바꾸었다. 엎치락뒤치락거리며 몸싸움을 벌이던 남자는 잠시 인상을 쓰더니 입고 있던 재킷 안으로 손을 집어넣었다.

'칼?'

이재는 만만치 않은 놈이라고 생각하며 조금 더 몸을 사렸다. 어떻게든 도망가지 못하도록 붙잡아야 했다. 그 순간, 덜컹거리며 창문 열리는 소리가 들려왔다.

"뭐야? 누구세요?"

분명 이안의 목소리였다. 이재는 이안이 밖으로 나오는 걸 막으려 크게 소리쳤다.

"이안아! 나오지 마!"

자신의 뜻대로 되지 않아서인지 더욱 험악해지는 남자의 얼굴에 이재는 필사적으로 남자의 팔을 제지했다. 하지만 남자는 결국 품에 넣었던 손을 빼 들었고, 말을 더럽게도 안 듣는 여동생은 현관문을 열고 밖으로 나오고 있었다. 이재는 질끈 눈을 감았다 떴다.

"안 돼!"

이안이 다치는 꼴은 죽어도 못 보기에 남자가 품에서 꺼내 든 걸 필사적으로 뺏어 든 이재는 제 손에 들린 게 칼이 아닌 상상도 못 한 물건이자, 크게 당황하며 눈을 동그랗게 떴다.

"응?"

꽃?

웬 꽃? 요즘엔 꽃도 위험한 물건으로 분류되나?

"뭐 해요, 두 사람?"

곧 문소리가 크게 들렸고, 이안은 허겁지겁 두 사람에게로 다가왔다. 대체 무슨 일이 난 건지 두 사람의 얼굴을 찬찬히 살펴보던 이안이 손으로 얼굴을 감싸며 경악스러운 얼굴을 했다.

"싸웠어?"

이재와 남자는 만신창이가 된 상태로 이안을 올려다보았다. 이안의 입에서 헛웃음이 흘러나왔다. 두 남자의 꼴이 아주 가관이었다.

"아니, 대체 왜 싸운 거야? 제주도 여행 선물이 마음에 안 들었어?"

이안은 이재에게 대뜸 물었다. 마치 화가 난 것 같은 얼굴과 이해가 안 가는 듯한 이안의 눈빛에 입술이 터진 건지 입가에 핏방울을 매단 이재가 눈을 꿈벅거리다 어딘가 모자란 표정으로 되물었다.

"응?"

이안은 홱 고개를 돌려 남자를 쏘아보았다.

"선물이 마음에 안 들었다고 해도 그렇지, 뭘 또 싸우고 그래요?"

이재와 마찬가지로 멍청하게 눈을 깜박이던 남자는, 아니 재운은 열심히 머릿속을 정리하다 자신의 밑에 깔려 있는 그를 내려다보았다. 자신이 제주도 여행 선물을 준 사람이라면……

'맙소사.'

말도 안 돼! 이제야 그의 얼굴이 확연하게 눈에 들어왔다. 서글서글하고 멀끔한 얼굴, 길게 뻗은 듯하면서도 시원하게 큰 눈매가 이안과 특히나 닮아 있었다. 상황이 상황이니만큼 긴장되고 급박한 순간인지라 언젠가 한 번 스쳐봤던 이재의 얼굴을 떠올리지 못했다. 그답지 않게 흥분한 탓이었다. 경찰복을 입은 그의 모습만 봤었기에 쉽사리 매치가 되지 않았던 이유도 있었다.

순간 재운의 얼굴이 새하얗게 질려 갔다. 내가 대체 무슨 짓을……. 본 적이 있으면서도 왜 기억해 내지 못했을까?

질끈 눈을 감았다 뜬 재운은 뻣뻣하게 몸을 움직여 이재의 위에서 조용히 내려왔다. 머릿속이 하얗게 변한 지는 오래였다. 한편 이재는 아직까지도 망연한 얼굴을 한 채 바닥에 떨어진 장미꽃 한 송이를 바라보았다.

'왜 칼이 아니고 꽃이…….'

아직까지도 정리가 안 된 것처럼 이재는 허망하게 중얼거렸다.

"분명 꽃인데."

꽃 모양을 한 칼인가?

이재의 눈이 빠르게 감겼다 떠졌다.

가자미눈을 한 채 두 남자를 내려다보던 이안은 이재와 재운, 두 남자의 귀를 양손으로 잡은 채 집 쪽으로 끌어당겼다.

"이리 와! 들어와!"

"아얏!"

"아! 아파, 아파! 내 귀!"

"동네 창피하게 이게 뭔 짓이야? 이리 안 들어와! 빨리 들어와!"

이안은 잔뜩 화가 난 얼굴로 두 남자의 귀를 잡은 손에 힘을 주며 막무가내로 끌어당겼다.

연인 혹은 여동생을 지키려는 무모하고 어딘가 조금 부족한 두 남자로 인해 소란스럽던 저녁이 또 다른 관계를 기약하며 흘러가고 있었다.

귀는 여전히 잡힌 채로.

"내 귀! 살려 줘!"

"아파요!"

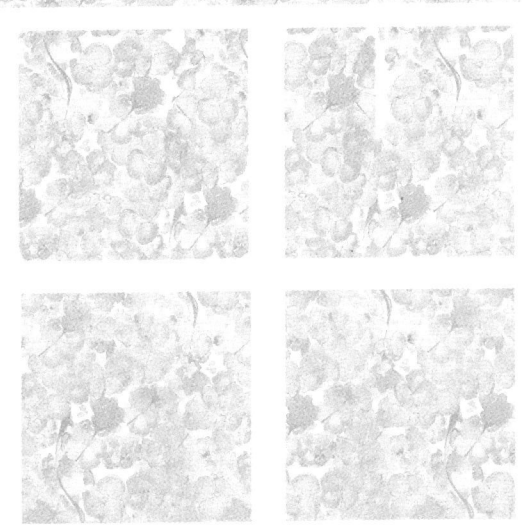

16장. 나를 행복하게 합니다

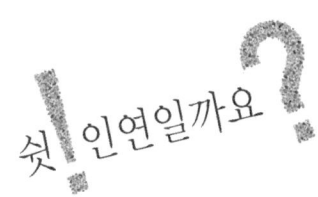
쉿! 인연일까요?

 재운과 이재의 귀를 각각 한쪽씩 잡은 채 집으로 끌고 들어가던 이안은 바로 조금 전의 일을 회상했다.
 상황은 이랬다. 조용하고 한가로웠던 여느 때와는 달리 집 밖에서 별안간 시끄러운 소음이 들려왔다. 이안의 곁에 있던 미오의 귀가 어느새 쫑긋 서 있었다.
 "왜 이렇게 시끄러워? 누가 술 먹고 싸움이라도 하나?"
 동네일에 그다지 관심이 많지 않았던 이안은 대수롭지 않게 여기며 제 할 일을 했다. 밀려 있는 집안일과 미오를 보살피기에도 시간이 부족했다. 어디 나가지 말고 집에 있으라는 이재의 연락을 받기도 했지만 본디 오늘은 외출할 생각도 없었다.
 그리하여 신경을 끄고 하던 일에 열중하는데 이상하게도 느낌이 묘했다. 간간이 들려오는 목소리가 어딘가 익숙하다는 기분까지 들었다. 기우라고 생각했건만 묘한 기분이 사라지기는커녕 오묘한 느낌이 몇 번 더 들자, 도저히 집중을 할 수가 없었다.

이안은 정리하던 옷을 내려놓고 결국 소리가 제일 잘 들리는 창가로 향했다.

"……."

언제 와 있던 건지 미오가 이미 창 앞에 자리 잡고 있었다. 잔뜩 집중하고 있는 미오의 표정에 이안은 눈을 갸름하게 뜨다 살금살금 발소리를 죽이며 창 쪽으로 다가갔다.

"미오 너도 이상하지?"

미오는 눈을 가늘게 뜬 채 경계하는 표정을 짓고 있었다. 마치 그렇다고 대답을 하는 것 같은 미오의 모습에 이안은 심각한 얼굴로 창 쪽에 귀를 바싹 갖다 대었다.

"잘 안 들리는데?"

생각보다 분명하게 들려오지 않는 소리에 답답했는지 이안은 창문을 아주 살짝만 열었다.

"이리 와. 안 되겠다. 경찰서 가자, 지금."

응? 이안의 눈이 동그랗게 떠졌다. 분명 너무도 익숙한 목소리였다.

'설마…….'

에이, 설마.

문득 조금 전 이재에게서 걸려 왔던 전화가 기억났다. 왜 나가지 말라고 한 거지? 서서히 의문이 들 무렵 창밖에서 다시 싸우는 듯한 목소리가 들려왔다.

"이리 안 와?"

"당신이야말로 이거 놔."

이안의 눈이 조금 전보다도 더 커다랗게 떠졌다. 대체 뭐야?

이번엔 익숙한 목소리가 두 개였다. 착각이라고 여기기엔 그 익숙한 목소리는 너무도 선명했고 목소리의 톤마저도 아는 이와 같았다. 이재의 당부에 불안한 마음이 들었으나 더 이상은 참지 못하고 창문을 벌컥 열었다.

"뭐야? 누구세요?"

창문을 연 이안은 자신의 생각이 틀리지 않았음을 직감했다. 동네에 소음을 만들어 내고 있는 그놈들은 자신이 너무나 잘 알고 있는 사람들, 한 명은 그녀의 하나밖에 없는 오라버니였고, 나머지 한 명은 사랑하는 연인이었다.

'이 인간들이 대체 뭘 하고 있는 거야?'

이안은 곧장 밖으로 튀어 나갔다.

그런 후 이재와 재운을 집 안으로 데리고 들어온 이안은 그제야 귀를 놔주고는 두 사람을 무섭게 쏘아보았다. 허리에 손까지 짚은 채.

제법 무시무시한 기세에 이재와 재운은 눈도 마주치지 못하고 쭈뼛쭈뼛거렸다. 더군다나 잔뜩 긴장해 있던 몸에서 힘이 빠져나간 탓에 두 남자 다 거실에 아무렇게나 주저앉아 있는 상태였다. 수상한 움직임을 지켜보는 것도 모자라 몸싸움까지 했으니 긴장을 하지 않는 게 이상했다.

그리하여 본의 아니게 두 사람 다 화가 어마어마하게 나 있는 이안을 우러러보고 있는 상황이었다.

"어떻게 된 건지 설명을 해 주셔야겠는데요, 두 분."

때아닌 경어에 두 남자는 움찔거렸다.

매서운 이안의 눈빛을 피해 슬그머니 고개를 돌리던 이재는 재운을 발견하곤 떫은 얼굴로 고개를 돌렸다. 그러다 성난 얼굴로 노려보고 있는 이안과 눈이 다시 마주치자, 쿨럭 기침을 하며 시선을 내렸다. 솔직히 고백하자면, 무서웠다.

자세를 고쳐 정중하게 꿇어앉는 이재로 인해 움찔거린 재운도 무릎을 꿇고 앉아 무릎 위로 두 손을 가지런하게 올렸다. 그 공손한 자세에도 불구하고 이안의 눈동자에 서린 노여운 감정은 쉬이 사라지지 않았다. 처음엔 걱정을 했으나 시간이 지날수록 화가 났다. 이 남자들이 대체 무슨 짓을 벌인 거야?

자신의 여동생이지만 한번 화가 나면 누구도 말릴 수 없다는 걸 익히 알고 있던 이재는 반항은 집어던진 채 얌전해진 지 오래였고, 이안의 등 뒤로 무시무시한 기운이 올라오는 것 같은 환상에 재운 역시도 서둘러 반성하는 자세를 취했다. 고요하고도 무거운 공기에 미오마저도 숨을 죽이고 얌전히 방석 위에 머물러 있었다.

"스토컨 줄 알았어."

고요한 침묵을 깨는 이재의 발언에 이안과 재운은 당황스럽다는 시선을 보냈다.

"누가? 서 팀장님이?"

이재는 무표정 그대로였지만 티가 나게 움찔거렸다. 서 팀장이라니. 회사 상사인가? 아니, 꽃을 들고 있었으니 단순한 상사는 아닌가?

난처하다는 듯 한숨을 내쉰 이재는 숨기는 것 없이 곧이곧대로 설명했다. 이미 벌어진 일이었고, 수습을 하려면 서둘러 하는 게 나았다. 이재는 미오를 데려다주던 그날 저녁의 일부터 차근차근 설명했다.

"집 앞에서 계속 기웃거리는 게 수상해서. 요즘 스토커 신고도 많이 접수되고 있는 상황이고. 너 전에 자꾸 동선 겹친다는 사람도 있다고 했잖아. 집 앞에 있는 걸 한 번만 봤으면 착각이었나 보다 넘어가는데 계속 보이더라고. 집 앞에서 기웃거리고 내내 서 있고 문에 전단지도 떼고 가끔 귀도 갖다 대고. 아무래도 촉이……."

촉이 딱 범죄자였다고는 차마 말하지 못했다. 이재는 말을 내뱉는 대신 입맛을 다셨다. 이안은 설명헤 보라는 듯 재운에게로 홱 눈길을 주었다. 그녀는 전혀 모르는 상황이었다.

하지만 재운은 아직까지도 멍한 상태였다. 충격이 제법 컸던 모양이다. 이게 대체 무슨 상황인가 싶어 절망했지만 그래도 오해는 풀어야겠다는 생각인지 재운은 찬찬히 이야기를 풀어 갔다.

"당신한테 줄 것도 있고 같이 있고 싶어서 오긴 왔는데……."

상대가 상대인지라 재운은 슬쩍 이재의 눈치를 봤다. 아니나 다를까 같이 있고 싶어서, 란 말이 끝나기가 무섭게 이재가 도끼눈을 한 채 노려보고 있었다. 재운은 삐걱삐걱 소리가 나는 것처럼 부자연스럽게 고개를 돌리며 작게 헛기침을 했다. 눈을 마주치지 않는 게 설명하는 데 도움이 될 것 같았다.

"흠! 그러니까 오긴 왔는데 피곤할까 봐 밖에서 잠깐 서성거렸어요. 아직 자는 게 아니면 같이… 흠! 같이 있으려고. 근데 누가 집 쪽을 빤히 보는 게 느껴져서, 처음엔 착각인가 했는데 그게 아닌 것 같더라고. 일이 생겨서 자리를 피했는데 날 따라오기까지 하고. 그래서 이거 보통 일이 아니구나 싶어서, 전에 한 번 전 남자 친구였다는 사람도 집 앞에서 쫓은 적도 있었고. 그 남자가 또 시작인 건가 싶기도 해서. 얼굴부터 확인했어야 하는데, 실수였어요."

"우리 집 앞에서 그 사람 만난 적 있었어요?"

놀란 이안의 모습에 이재는 더 심각한 얼굴로 재운을 돌아보았다. 그놈은 또 누구야?

"전에 한 번 찾아온 적 있었잖아. 당신은 대화 끊고 들어가고, 근데 그 자식이 따라가려고 하길래 내가 쫓아 버렸어. 그때도 그 자식이 매너 있게 군 건 아니라서 걱정이 돼서 며칠 전부터 계속 지켜봤지."

"근데 그게 우리 오빠였고?"

이안의 표정과 말투에 당혹스러움이 가득 묻어 있었다. 곧이어 이재가 노려보는 시선도 느껴졌다. 재운은 그저 조용히 눈을 감았다. 아, 꿈이었으면 좋겠다. 얼굴을 알아보지 못한 자신이 원망스러울 뿐이었다. 웬만해선 당황하는 법이 없는 재운이지만 이번엔 차분함을 유지할 수 있는 수위를 훌쩍 넘어 버렸다. 다른 이도 아니고 사랑하는 연인의 오빠를 흠씬 두들겨 팼으니.

"그러니까 이게……."

이안은 쉽사리 집중이 되지 않는 듯 두 남자 앞을 서성거리며 두 손으로 머리를 짚었다. 두 사람의 말을 차근차근 종합해 보면, 그러니까 서로를…….

'스토커로 오해한 거야?'

이안은 경악하는 표정으로 이재와 재운을 쳐다보았다. 뭐 이런 황당한 경우가……. 이안이 확인 사살을 하자, 두 남자는 망연한 얼굴로 바닥에 털썩 주저앉았다. 두 사람 다 민망해하는 얼굴이었다. 며칠 내내 두 사람 다 수상했던 이유가 이거였어? 멀쩡하다 못해 멀끔한 두 남자의 얼굴에 생채기가 난 모습을 보자니 속상한 마음이 배로 커졌다.

"못 살아, 진짜."

험악한 분위기는 이제 그만 끝내라는 듯 가까이 다가온 미오가 가르릉거리며 이재의 무릎에 한 번, 재운의 무릎에 한 번 머리를 비비고 있었다. 두 남자는 저도 모르게 손을 뻗어 미오의 털을 쓰다듬었다. 그 보드라운 촉감에 어쩐지 마음이 안정되는 듯 느껴졌다.

길길이 날뛰며 콧김을 내뿜던 이안도 그런 미오의 행동에 많이 누그러진 얼굴을 했다. 하지만 두 남자의 얼굴에 난 생채기를 본 순간 다시금 울컥하는 마음이 솟았다. 동생을 지키려는 그 와중에도 직업의식이 튀어나온 건지 생채기는 재운보다 이재가 두 배로 많이 나 있었다. 속상해진 마음에 다시금 울컥거렸다.

'이 멍청한 남자들을 어찌할꼬.'

"여기 얌전히 있어! 또 싸우지 말고!"

이안이 한껏 걱정하는 얼굴로 연고와 밴드가 들어 있는 구급상자를 찾으러 간 사이, 두 남자는 어색하게 통성명을 했다. 아직까지도 혼란스러워하는 이안과는 달리 어느 정도 사태 파악을 마친 그들이었다.

"연이재입니다. 이안이 친오빠예요."

"서재운입니다. 현재 동생분인 이안 씨하고 교제 중이고 같은 회사 총무팀 팀장입니다."

악수를 나눈 두 사람은 황급히 손을 떼곤 어색하게 이마를 긁적이거나 괜스레 주위를 둘러보았다.

"저, 얼굴은 괜찮으세요?"

"아, 예. 저 아까 맞은 곳은……."

"괜찮습니다."

"예."

다시 생각해도 황당한 상황이었다.

"아까 꽃은 미안합니다."

"아닙니다. 괜찮습니다."

"칼인 줄 알고."

"예?"

재운은 잘못 들었다는 얼굴로 이재에게 되물었다.

"아니, 인상을 쓰면서 품에서 뭘 꺼내려고 하길래."

"아, 이안 씨 주려고 사 왔는데 계속 품에 넣고 있으면 망가질 것 같아서."

"예."

어색하다 못해 불편해질 무렵, 이안이 구급상자를 들고 돌아왔다. 이재와 재운은 안도의 숨을 내쉬며 그녀를 향해 어색하게 웃어 보였다. 그래 봤자 돌아온 건 구박뿐이었지만.

"얼굴들 좀 봐. 이래 가지고 출근은 어떻게 할 거야? 사람들한테는 또 뭐라고 할 거야? 얼굴 봐, 얼굴!"

이재와 재운은 입을 꾹 다물었다. 입이 두 개여도 할 말이 없었다. 하지만 동시에 억울한 생각도 들었다. 애초에 누구 생각해서 이런 건데?

하지만 아직까지도 놀란 마음이 진정되지 않았는지 글썽

글썽한 이안의 눈망울을 보자 절로 다소곳한 마음이 들었다.

'내가 잘못했네.'

이안은 소독 솜과 면봉, 연고와 밴드를 꺼내 바닥에 쭈욱 늘어놓았다. 호기심이 발동한 건지 미오가 슬그머니 다가와 면봉 하나를 툭툭 발로 차며 장난을 쳤다.

"아! 앗, 따거!"

"가만히 좀 있어!"

"아악!"

이재의 비명에 미오가 면봉으로 말썽을 부리지 않도록 말리던 재운의 얼굴이 다시금 새하얗게 질려 갔다. 화나면 무섭구나, 우리 애인.

상처가 난 부위에 연고를 발라 주고 밴드까지 깔끔하게 붙여 준 이안은 망연한 표정으로 나란히 앉아 있는 두 남자를 심드렁하게 바라보다 이내 웃음을 터뜨렸다. 놀라고 당황스러운 마음에 화부터 냈지만 이게 다 자신을 걱정하는 마음이라니 어쩐지 아이러니하게도 으쓱해지는 기분이었다.

이안이 웃음을 터뜨리니 괜히 서로 눈치만 보고 있던 이재와 재운도 헤헤거리며 바보같이 웃기 시작했다. 그 모습에 이안은 더욱 크게 웃어 버렸다.

어이없는 사건은 이리 일단락되었으나 생각지도 못한 문제에 봉착했다. 재운과 이재의 첫 만남이 그리 유쾌하지 못했다는 점. 어쨌든 재운에게 이재는 어려운 사람이었다. 그렇기 때문인지 그에 대한 재운의 걱정이 이만저만이 아니었다.

"형님은 괜찮으시데요?"

재운은 잔뜩 긴장한 얼굴로 이안에게 물었다. 심란해하는 표정을 보자니 지금 마시고 있는 커피가 입으로 들어가는지 코로 들어가는지도 모르고 있는 것 같았다. 이안은 걱정을 덜어 줄 겸 애써 밝게 대답했다.

"괜찮은 모양이에요. 상처도 다 나았고."

재운은 목이 타는지 커피를 단번에 들이켰다. 이안은 안쓰러운 눈길로 바라보다 이젠 제법 옅어진 이마 위의 생채기를 어루만졌다. 걱정이 이만저만이 아닌지 며칠 새에 재운의 얼굴이 핼쑥해져 있었다. 안쓰럽게 바라보던 이안은 재운의 이마를 쓰다듬고 있던 손을 내려 어깨를 토닥여 주었다.

재운은 이안의 손을 끌어 내리곤 자그마한 손바닥 위에 얼굴을 포옥 파묻었다.

"나 어떡해."

안 그래도 불안한 마음에 며칠 전 제주에게 상담을 한 터였다. 상담 내용을 간추려 보자면,

'미래 손위 처남을 실수로 때렸는데, 괜찮을까?'
'괜찮을 것 같니?'
'……'

'쯧쯧, 무사하길 바라마. 그분의 머릿속에서 그 기억이 지워지길 하늘에 간절히 빌어. 네가 살길은 그것뿐이야.'

재운은 울상을 지었다. 만약 입장이 반대되는 상황이라면 재운 역시도 곱게 보지만은 못할 것 같았다. 특히나 여동생을 그리 위하는 오빠라면 더더욱.
"언제 한번 식사 같이 하자고 그래요. 내가 대접한다고."
재운은 거의 울 듯한 얼굴로 이안에게 요청하다시피 부탁했다. 그 간절한 태도에 이안은 그러겠노라 흔쾌히 수락했다.
하지만 문제는 이재였다.
-나 바빠.
그새 팅기는 스킬이 느는 건지 이안이 같이 식사하자며 전화를 할 때마다 그는 바빠, 로 일관하고 있었다.
'냄새를 맡은 건가?'
좀 친해지면 어때서! 동생을 지키려다 난데없이 스토커 취급당하며 얻어맞은 그 억울하고 분한 마음을 모르는 바 아니었으나 동생의 가까운 사람인데 밥 한 끼 먹는 게 뭐 그리 어렵다고. 어쩌면 동생의 짝이 될지도 모르는 사람인데. 설마 아직 인정하지 않았다 이건가?
'이거 꽤 험난하겠는데.'
구체적인 결혼 이야기가 오간 건 아니었지만 어쩐지 이안까지도 불안해지는 기분이었다. 그러고 보니 이안이 먼저 그에게 청혼한 적이 있었다.

'결혼해 주세요!'

공통점이 너무도 많은 두 사람인지라 결혼을 해서도 함께 그리고 즐거이 할 수 있는 게 많을 것 같았다. 공원에서의 그 청혼을 그는 기억하고 있으려나?

두 사람을 제대로 화해시키기 위해 몇 날 며칠 머리를 굴리던 이안은 조금 얍삽하긴 했지만 꾀를 쓰기로 방법을 바꾸었다. 미오가 그리워하는 것 같다고 밥도 먹지 않는다며 이재를 집으로 초대한 것이다. 재운에겐 이재가 거부반응이 없도록 우연히 마주친 것처럼 날짜에 맞춰 줄리도 데리고 오라고 일러두었다.

드디어 계획한 날이 다가왔고, 이안은 다소 긴장된 마음으로 이재를 기다렸다.

"나 왔어."

예상대로 이재가 먼저 이안의 집에 도착했다. 다행히도 상처가 깊진 않았던 건지 이재의 얼굴에 나 있던 생채기는 옅어지거나 거의 사라진 상태였다. 그나마 다행이었다. 이안은 긴장했던 가슴을 살며시 쓸어내렸다.

'시간을 잘 맞춰 와야 할 텐데.'

이안은 미오를 쓰다듬는 이재의 눈치를 보며 자꾸만 현관

문 앞을 기웃거렸다.

얼마 지나지 않아 초인종 소리가 들려왔고, 이안은 한껏 어색한 말투와 동작으로 누구지, 라고 말하며 현관으로 달려 나갔다. 무언가 직감을 한 듯 이재의 표정이 무심하게 변해 갔다.

그 후 아니나 다를까, 언젠가 들어 본 적 있는 남자의 목소리가 들려왔다.

"안녕하세요."

남자는 제법 상기된 표정이었고, 그 뒤에 서 있는 이안은 탐탁지 않은 얼굴이었다. 이안은 나지막하게 한숨을 내쉬었다. 최대한 자연스럽게 나타나라고 그렇게 일렀건만 현재 재운의 복장은 한껏 차려입은 상태였다. 잘 보이고 싶은 마음이야 백번 이해한다만 과할 경우 오히려 일을 그르치는 법이다.

하지만 이재는 담담한 모습이었다. 가슴을 쓸어내린 이안은 준비할 게 많다며 재빨리 주방으로 자리를 피했다. 이 기회를 재운이 잘 이용하기를 바랐다. 이안은 바삐 요리를 하는 척하며 두 사람이 있는 곳을 기웃거렸다.

"잘 지내셨어요? 그땐 워낙 정신이 없어서. 다친 곳은 괜찮으세요?"

꽤나 연습한 듯 재운은 정중하면서도 차분하게 인사했다. 그리고 이재는 여전히 담담하게 대꾸했다.

"네, 괜찮아요."

그러던 이재의 시선이 재운이 내려놓은 커다란 가방 쪽으로 향했다. 재운이 인사를 하자 이동가방 안에 있던 줄리도 앞발을 내밀며 인사를 시도한 까닭이었다. 이재의 눈동자가 호기심 짙게 변하자 재운은 놓치지 않으며 주의 깊게 관찰했다. 이런 건 남매가 비슷하네. 그래서 이안이 줄리를 데리고 오라고 한 건가?

이제껏 재운의 물음에 대답만 하던 이재가 처음으로 그에게 말을 걸었다.

"고양이네요."

"네. 미오랑 친구예요. 꺼내 놔도 될까요?"

"그러세요."

이동가방을 열자마자 줄리는 이재 곁으로 다가가 냥냥거리며 한껏 친한 척을 해 댔다. 미오와는 같은 듯 또 다른 고양이의 모습에 이재는 결국 정신을 차리지 못했다. 온갖 애교를 떨어 대는 줄리로 인해 이재는 어느새 무장해제되기까지 했다. 인사 이후로 한마디도 하지 않을 것 같던 모습은 온데간데없고 어느새 이재는 재운에게 폭풍 질문을 하고 있었다.

"얘 이름이 뭐예요?"

"줄리예요."

"줄리. 암컷이에요?"

"네."

"예쁘게 생겼네. 되게 활발하네요."

"개냥이 기질이 있어서요. 특히 인사하고 산책하는 거 좋아해요."

"산책도 해요?"

"자주 하는 편이에요."

어쩐지 대화의 중심이 이안이 아닌 엉뚱한 곳으로 빗나가는 것 같아 씁쓸했으나 이렇게라도 어색함이 없어지기만 한다면야.

품으로 파고드는 줄리를 쓰다듬던 이재는 무언가 떠오른 듯 다시금 재운에게 물었다.

"줄리면 로미오랑 관련이 있을까요?"

"네, 줄리엣의 약자예요. 로미오와 줄리엣."

재운은 어색하게 웃어 보였다. 이재는 재운을 가만히 돌아보았다. 언젠가 이안이 말한 적이 있던 동선이 겹치고 취향이 비슷하다던 그 남자인가? 폴링 인 러브 씨?

문득 새해 아침 세배를 하다 침까지 흘릴 태세로 폴링 인 러브, 라고 외쳤던 이안의 표정이 떠올랐다.

"저 잠시 이안이 좀 도와주고 오겠습니다."

더위가 한풀 꺾이긴 했어도 아직 더운 날씨에 땀을 뻘뻘 흘리며 혼자 요리를 하는 이안이 걱정됐는지 재운은 이재에게 양해를 구한 뒤, 주방으로 향했다. 이재는 생각이 많은 얼굴로 입매를 늘였다. 미오와 노느라 이재에게 애교를 떠느라 한창 바빴던 줄리는 전보다 한풀 꺾인 이재를 눈치챘는지 집 안에 있는 작은 물건들을 물어 오며 그의 환심을 사려 애를 썼다.

피식 웃으며 줄리가 물어 오는 물건들을 가지런히 놓아두던 이재는 줄리가 또 어디선가 힘겹게 물어 오고 있는 검은 물체에 의아한 눈빛을 했다.

'지갑인가?'

생각보다 나가는 무게 때문인지 한쪽 면만 문 채 질질 끌고 오다시피 했던지라 받아 들자마자 안쪽의 내용물이 이재의 눈에 비쳤다. 이안의 취향은 영 아닌 것이 재운의 지갑인 듯했다.

지갑 안쪽엔 이안의 사진이 들어 있었다. 자세히 보니 재운 또한 사진에 담겨 있었다. 이안은 평상 위에서 곤히 잠들어 있었고, 그 옆에서 재운이 손을 뻗어 이안의 얼굴 위로 그늘을 만들어 주고 있었다. 그저 사진일 뿐인데도 그 속의 반짝거림이 선명하게 느껴졌다. 그저 빤히 들여다보던 이재는 작게 숨을 내쉬었다.

그 후로 줄리 때문인지 아니면 다른 이유 때문인지 이재의 표정이 많이 누그러져 있었다. 예상했던 것보다 이재가 더 호의적으로 나오자 이안은 안도의 숨을 내쉬었다. 딱히 특별하다고 생각되는 대화를 나눈 건 아니지만 세 사람은 다소 안정적인 분위기에서 식사를 나누었다. 두 남자는 간간이 이안이 한 요리를 칭찬했다. 콧대가 높아진 이안은 평소 먹으려고 사 놓았던 과일들로 디저트까지 만들어 내왔다.

이안이 준비한 식사를 모두 마친 뒤, 이재는 재운을 잠시 밖으로 불렀다.

"같이 어디 좀 갔으면 좋겠는데, 괜찮겠어요?"

이재의 제안에 재운은 흔쾌히 수락했다. 터덜터덜 걷는 이재의 뒤로 재운은 저벅저벅 걸음을 옮겼다. 어쩐지 나란히 걷기가 애매했다.

이재가 향한 곳은 이안의 동네에 있는 꽃집이었다.

"잠시만요."

이재는 짧게 말을 남기고는 홀로 꽃집 안으로 들어갔다. 재운은 몇 번 지나친 적이 있는 꽃집을 보며 머리를 긁적였다. 얼마 후 이재가 예쁘게 포장된 장미꽃 한 송이를 든 채 꽃집에서 나왔다.

"이거."

이재는 재운에게 그 꽃을 내밀었다. 재운은 누가 봐도 당황한 얼굴로 이재를 멀뚱하게 바라보았다.

"이걸 왜……."

"그날 꽃 망가뜨린 것도 모자라서 바닥에 내동댕이친 게 내내 마음이 걸려서요. 이안이 주려고 했던 거 아닙니까?"

"아, 맞습니다만 이럴 필요까지 없으신데."

"받아요."

이재는 꽃을 툭 내밀었고, 됐다며 거절하기도 민망한 상황이기에 재운은 그가 내민 꽃을 주섬주섬 받아 들었다. 어쩐지 묘한 기분이었다. 길 한복판에서 남자에게, 그것도 잘생긴 남자한테 꽃을 받는 기분이란.

기분도 묘한데 어쩐 일인지 이재는 우물쭈물거리고까지 있었다. 남자에게 꽃을 받는 남자라. 꽃집 안에 있던 사람들이 유리 너머로 기웃거리며 구경까지 하고 있었다.

주위의 시선이 영 신경 쓰였지만 빨리 얘기해 달라고 말하기도 민망한 상황이라 재운은 잠자코 이재를 기다렸다. 뺨을 긁적거리던 이재가 마침내 입을 열었다.

"그리고… 고마워요. 전에 이상한 놈 쫓아 준 것도 그렇고, 이안이 많이 아껴 주는 것 같아서 마음이 놓이네요. 단단해 보여도 여린 녀석이라 걱정 많이 됐는데."

"아니에요. 제가 이안 씨한테 더 많은 도움 받고 있습니다. 제가 해야 할 일이기도 했구요."

어쩐지 마음이 놓여 재운은 차분하게 웃어 보였다. 다소 어색하고 덤벙대던 모습에서 벗어나 이제야 그다운 모습으로 돌아온 것 같았다. 따스해 보이는 그 미소에 이재는 든든하고 편한 마음으로 말을 건넸다.

"앞으로도 잘 부탁해요."

손목에 차고 있는 시계를 들여다본 이재는 재운에게 짧게 고개를 까닥거렸다.

"다음에 또 봅시다."

재운은 장미꽃을 품에 꼬옥 안으며 돌아서는 이재를 바라보았다. 어쩐지 감격스러웠다. 그에게서 인정을 받은 것만 같아서.

꽃집 안에서 지켜보던 사람들이 호들갑을 떠는 것도 모른 채 재운은 꽃을 품에 안고 한달음에 이안의 집으로 향했다.

"왜 혼자 와요? 오빠는요?"

이재의 모습이 보이지 않자, 이안은 의아한 얼굴로 두리번거렸다. 그러다 평소와는 다른 재운의 표정에 걱정과 의심이 섞인 눈빛을 했다.

"얼굴이 왜 그렇게 빨개요? 혹시 또 싸웠어요? 어? 꽃이네? 나 주려고 사 왔어요?"

"형님은 먼저 가셨어요. 그리고 이건 내 거예요."

"응?"

이안은 한쪽 눈썹을 치켜들었다. 무어라?

"귀한 사람한테 받은 거라."

쑥스러운 듯 엷게 웃는 모양새가 수상쩍어 이안은 눈을 갸름하게 떴다.

"어디 가서 한눈팔고 있어요?"

턱을 치켜들며 팔짱을 끼는 이안의 모습에 재운은 금세 꼬리를 내렸다. 더 뜸을 들여 봤자 자신만 손해일 것 같아 그는 솔직하게 털어놓았다. 불과 며칠 전에 무시무시한 연이안을 보지 않았던가?

"형님이 하나 사 주셨어요. 형님하고 나하고 서로 오해했던 날, 당신 주려고 장미 한 송이 사 왔었는데 품에서 꺼내자마자 형님이 집어 던지셨거든. 칼인 줄 아셨대."

재운은 민망한 듯 웃어 보였고, 이안은 심드렁하게 숨을 내쉬었다.

'바보들.'

?

많은 사건과 추억을 남기며 시간은 점차 흘러갔고, 더위가 한풀 꺾이며 가을이 성큼 다가왔다. 가을은 이안이 가장 좋아하는 계절이었다. 제법 분위기 있는 계절에 걸음걸이마저도 우아해지는 기분이었다. 꽃집 앞을 지나치던 이안은 진열되어 있는 화사한 꽃에 시선을 빼앗겼다.

그러던 중, 문득 얼마 전 보았던 재운의 얼굴이 떠올랐다. 이재에게 받았다며 장미 한 송이를 든 채 배시시 웃던 모습이. 늘 그에게 꽃을 받기만 했던 입장인지라 그가 꽃을 받고 그렇게 좋아할 거라곤 미처 알지 못했다. 하긴 여자만 꽃 좋아하라는 법 있나?

이안은 거침없이 꽃집 안으로 들어갔다. 진열되어 있는 꽃을 구경하며 꽃집 주인의 설명을 듣던 그녀가 마침내 손을 뻗었다. 예쁘게 포장되는 꽃을 지켜보는 이안의 얼굴에 화사하게 미소가 번졌다.

꽃이 상하지 않도록 꽃다발을 조심스럽게 품에 안은 이안은 회사에 들르기 전, 한 군데를 더 거쳤다. 진열되어 있는 상품을 유심히 살펴보던 그녀는 카드 하나를 집어 들며 환하게 웃음을 머금었다.

이안은 가게 안에 있던 테이블에 꽃다발을 내려놓고는 가방에서 펜을 꺼내 들었다. 무언가를 적는 이안의 표정이 다소 짓궂게 변했다. 많은 일들을 거쳐 오면서 느낀 건 그가 더 사랑스럽고 좋아졌다는 것.

재운을 생각하는 이안의 입가가 여느 때보다 더 환하게 올라갔다.

그날 저녁, 야근을 하는 이안을 기다릴 겸 잔업을 하던 재운은 텅 비어 있는 사무실을 둘러보곤 의자에서 일어나 기지개를 켰다. 피곤이 밀려오며 기분 좋은 나른함이 찾아들었다.

'생각보다 늦네.'

시간을 확인한 재운은 창밖을 내다보며 잠시 생각에 잠겼다. 전에도 그런 생각이 안 든 건 아니지만 요즘따라 헤어지기 싫다는 생각이 툭하면 들곤 했다.

'보고 싶다.'

이안에게 연락을 해 보려던 재운은 마침 그녀에게 와 있는 메시지를 발견했다.

[많이 했어요? 난 아직 진행 중이에요. 시간이 꽤 늦었네. 배고프진 않아요? 아, 난 갑자기 샌드위치가 먹고 싶네.]

이안의 능청스런 메시지에 재운은 피식 웃었다. 바쁘긴 바쁜 모양이다. 평소 같으면 같이 가자고 했을 텐데. 배고플 이안이 걱정되어 재운은 곧장 사무실을 나섰다.

몇 분 후, 두 손 가득 음식을 든 채 이안의 사무실을 찾은 재운은 다소 허전한 얼굴을 했다.

'…….'

기껏 샌드위치에 생과일주스까지 사 갖고 왔건만 이안은 보이지 않았다. 이안에게 전화를 하려다 그녀의 자리에 샌드위치와 주스를 내려 둔 재운은 다시 제 사무실로 돌아갔다. 방해하고 싶지 않았다.

자신의 사무실로 돌아와 책상 앞으로 터벅터벅 향하던 재운이 멈칫거리며 자리에 멈춰 섰다. 책상에 무언가가 놓여 있었다.

'뭐지?'

가까이 다가가서 책상 위를 확인한 재운이 피식 웃음을 흘렸다.

"꽃이네."

꽃다발이었다.

생각지도 못한 선물에 입가가 올라갔다.

"다알리안가?"

적색과 다홍 빛깔이 섞인 화사한 꽃다발은 햇살 아래서 환하게 웃는 이안을 떠오르게 했다. 꽃다발을 들어 느긋하게 향기를 맡던 재운은 꽃다발 사이에 꽂혀 있는 카드를 발견했다. 환한 얼굴로 카드를 집던 그가 엷게 미소를 지었다.

"이건 어디에서 찾았대?"

그가 처음 이안에게 줬던 카드와 같은 카드였다. 재운은 신기하다는 눈빛을 했다. 이내 그는 무슨 내용이 있을까 궁금해하는 표정으로 카드를 펼쳤다.

재운.
다알리아인 건 알았죠? 꽃말은
〈당신의 사랑이 나를 행복하게 합니다.〉

재운의 입가가 시원스럽게 올라갔다. 온몸에 온기가 퍼지는 듯 느껴졌다. 이윽고 그의 시선이 카드 맨 밑으로 내려갔다.

결혼해 주세요.
-이안-

그의 눈이 느릿하게 감겼다 떠졌다. 방금 뭘 본 거지? 재운은 깊게 숨을 내쉬었다. 얼마나 크게 두근거리는지 심장 뛰는 소리가 마치 귓가에 들려오는 것 같았다. 진지하면서도 차분한 눈동자로 그 줄을 반복해서 읽던 재운은 다시 한번 숨을 깊게 내쉬었다.

한 방 먹었다는 듯 피식 웃은 그는 카드로 눈을 가리며 이내 환하게 미소를 지었다.

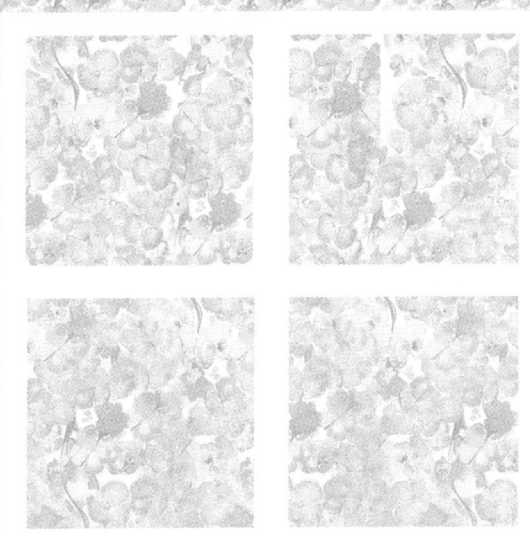

17장. 인연이에요

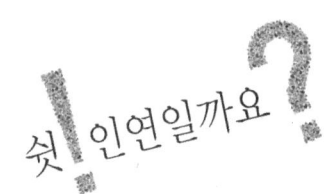

 느닷없는 초인종 소리에 느긋하게 휴식을 즐기고 있던 이재의 시선이 현관으로 향했다. 갸름하게 뜬 눈엔 곧 귀찮다는 감정이 떠올랐다.

 누군지 예상이 되기에 이재는 급한 기색 없이 저벅저벅 걸어가 문을 열었다. 그러자 이젠 익숙해진 훤하고 말끔한 얼굴이 나타났다.

 "형님."

 또냐?

 예상은 했지만 표정 관리가 될 리가 없었다. 작게 한숨을 내쉰 이재는 시선을 내려 그가 들고 있는 이동가방을 눈에 담았다. 오늘 역시도 앞발을 내밀고 반갑게 인사를 하는 줄리가 인상 깊었다.

'이건 질리지가 않네.'

조금 전과는 달리 줄리를 보는 이재의 눈동자가 반짝반짝 빛났다.

장미꽃을 받은 이후로 재운은 틈만 나면 이재를 찾았다. 그 두 번째 만남 후, 이안까지 포함해 식사를 하는 기회가 많이 생겼고 틈틈이 친한 척을 해 대던 재운은 마침내 이재의 집까지 초대받기에 이르렀다. 줄리가 없었다면 상상도 못 했을 일이다. 빈틈을 노려 줄리를 핑계로 이재를 찾아갔고 다행히 줄리도 이재라면 자다가도 벌떡 일어날 정도로 좋아했다.

이안과 토론을 해 본 결과, 이재에게 고양이들이 좋아하는 무언가가 내재되어 있는 게 아닐까라는 의견까지 나왔다. 줄리야 워낙 사람을 잘 따르는 고양이였지만 한없이 까칠한 미오를 낯선 동네 산책까지 데리고 나갈 정도였으니까.

어찌 됐건 재운에겐 행운이었다. 줄리 덕에 연애를 하기 전 이안과도 가까워졌고, 그녀의 조금 어렵고 무서운 형제에게도 친한 척을 할 수 있었으니까.

재운은 집안일을 돕는 척 소파 위에 어지러이 놓여 있는 타월을 개키며 줄리와 놀고 있는 이재의 눈치를 슬며시 살폈다.

"형님."

"왜?"

껄끄러웠던 순간이 있긴 했지만 이젠 제법 편하게 느껴져 이재는 재운에게 자연스럽게 말을 놓고 있었다.

처음엔 그를 스토커로 오해했으나 그럴 사람이 아니란 걸 이젠 너무도 잘 알고 있었다. 반듯하게만 느껴지던 인상과는 달리 겪을수록 의외의 면들도 제법 발견할 수 있었다. 재운은 치밀하고 뻔뻔한 데다 끈질긴 구석까지 있었다. 하지만 미워할 수가 없는 게 싹싹하며 예의 바른 면도 갖추고 있어 늘 반듯하고 좋은 인상이 먼저였다.

그건 그렇다 쳐도 이안과 소소하게 다투는 날이면 왜 그 상담을 자신에게 하는 건지, 선물이나 이벤트 같은 낯간지러운 고민을 왜 자신에게 술술 털어놓는 건지 이해가 되지 않았다. 하지만 그런 일이 반복되니 이제는 그것 또한 자연스러운 일상이 되어 버린 것 같았다.

"저 프러포즈하려구요. 정식으로."

설렘이 묻은 듯한 차분한 목소리에 줄리를 쓰다듬던 이재의 손이 공중에서 딱 멈췄다. 너무도 당황한 탓에 하마터면 누구하고, 라는 말이 튀어 나갈 뻔했다. 하지만 늘 그렇듯 표정은 무심한 빛을 띤 채였다. 이재는 조용히 숨을 내뱉었다.

'그래, 결혼. 해야지.'

이안이 결혼을 한다면 지금 이 녀석과 할 거라는 생각은 늘 해 왔지만 어쩐지 입 안이 썼다. 내내 맴도는 씁쓸한 기분에 이재는 멍하게 생각에 잠겼다.

"형님?"

이재가 반응이 없자, 재운은 조심스럽게 그를 불렀다. 번쩍 고개를 든 이재가 아무 말이나 막 내뱉었다.

"이안이하고 상의는 된 거야?"

"프러포즈를 상의하고 하나요, 뭐."

"그렇지."

금방 인정하는 이재의 모습에 재운은 싱겁게 웃었다. 그러다 문득 어떤 생각이 난 듯 이재를 홱 돌아보았다.

"아! 전에 프러포즈 받긴 했었어요. 두 번."

재운은 흐뭇한 듯 싱긋 미소를 지었다. 그 화사한 미소에 이재는 움찔거렸다. 얼굴에서 광이 나는 것 같았다.

그나저나 뭐라고? 프러포즈를 받아?

"이안이한테?"

"네."

이재는 못 말리겠다는 듯 고개를 저었다. 어느새 직접 프러포즈까지 하다니, 그것도 두 번이나. 어떤 면에선 대단한 녀석이다.

"형님보다 먼저 결혼하면 안 되려나요?"

"무슨 상관이야, 요즘 시대에. 갈 때 되면 누구든지 먼저 하는 거지."

이재의 무릎 위에 무방비한 자세로 엎드린 줄리가 마치 웃는 듯한 얼굴로 갸르릉거렸다. 그 귀여운 모습에 이재는 줄리의 보드라운 털을 맘껏 쓰다듬었다.

"신혼여행 갈 때 줄리랑 미오는 내가 맡아 줄게."

허락 혹은 응원의 뜻이 내포되어 있는 이재의 발언에 재운은 환하게 미소를 머금었다.

"감사합니다."

이재는 별거 아니라는 듯 가볍게 어깨를 으쓱였다.

'자, 이제 어떻게 할까?'

재운은 이재의 집을 나서며 프러포즈를 어떻게 할 것인지에 대해 진지하게 고민했다. 얼마 전, 이안에게 생각지도 못하게 프러포즈를 받았다. 그 순간 얼마나 행복했는지 말로 설명할 수도 없을 정도였다. 그 행복한 감정을 이안에게도 느끼게 해 주고 싶었다. 그리고 남자로서의 자존심인 건지 아니면 훗날의 추억을 위한 건지 정식으로 하는 프러포즈는 꼭 자신이 그녀에게 해 주고 싶었다.

그 전, 그녀의 오빠인 이재에게 그 사실을 알리고 싶었다. 그에게 허락을 꼭 맡아야 한다는 생각까지는 아니었으나 그가 편에 서 준다면 무척이나 든든할 것 같았다. 다행히 그는 흔쾌히 수락했고, 역시 마음이 놓였다.

재운은 한적한 저녁 길을 걸으며 곰곰이 생각에 잠겼다. 그녀를 행복하게 만들 생각만으로도 가슴이 마구 벅찼다.

?

 시간은 서서히 흘러 가을을 배웅하고 포근한 겨울을 맞이하고 있었다. 재운과 이안, 두 사람 다 가을을 좋아하기에 유난히 짧게 지나간 계절을 아쉽게 느꼈다. 하지만 처음으로 함께 맞이하는 겨울이라는 계절 또한 좋지 않을 리 만무했다.

 날이 추워지자 손만 잡고 걸었던 전과는 달리 가까이 붙어 있는 시간도 점차 길어졌다.

 "추우니까 이런 건 좋네요."

 이안은 재운에게 달라붙다시피 한 자세로 팔짱을 낀 채 거리를 걸었다. 오늘따라 코트를 입은 그의 모습이 더욱 멋스러웠다. 겨울날의 찬 공기에도 포근함에 어려 있는 건지 겨울마저도 달콤하게 느껴졌.

 그리고 첫눈이 오던 날, 또 하나의 추억거리가 한편에 포근하게 자리 잡았다. 근무를 하던 이안은 다소 소란스러운 소리에 하던 업무를 멈추고 소리가 나는 곳으로 고개를 돌렸다. 꽃 배달을 온 모양이었다. 이안의 시선이 자연스레 창가로 향했다. 금방 멈출 것 같았던 첫눈은 아직까지도 보슬보슬 내리고 있었다.

 눈을 보자 조금 전 재운과 만났던 일이 떠오르는지 이안은 배시시 미소를 지었다. 첫눈이 막 내리기 시작할 당시 이안은 재운과 함께 옥상에 있었다. 첫눈이라며 신나하던 이안을 재운은 여전히 사랑이 듬뿍 담긴 눈길로 흐뭇하게 지켜보았다. 손바닥에 닿았던 차가운 눈의 감촉이 아직까지도 생생하게 기억났다. 들뜬 표정으로 창밖을 내다보던 이안은 자신을 부르는 소리에 서둘러 고개를 돌렸다.

"연이안 씨 계시나요?"

설렘이 묻어 있던 이안의 눈동자가 크게 떠졌다.

"전데요."

두리번거리는 배달 기사의 모습에 이안은 자리에서 벌떡 일어났다. 꽃다발을 든 잘생긴 청년은 배달을 무사히 마쳐 뿌듯했는지 다행이라는 표정으로 환하게 웃으며 이안에게로 저벅저벅 다가왔다.

"꽃 배달 왔습니다. 연인분한테서요."

"아… 감사합니다."

"좋은 하루 되세요."

꽃 배달을 온 청년은 모자를 고쳐 쓰고는 씩씩하게 사무실을 나섰다. 첫눈이 오는 날의 첫 꽃 배달인 만큼 실수를 하지 않기 위해 꽤 긴장을 하고 있던 모양이었다.

이안은 여전히 눈을 동그랗게 뜬 채로 품에 안고 있는 꽃다발을 내려다보았다. 아까 그 청년이 언급한 '연인'이라는 말을 배제하더라도 누구에게서 온 것인지 금방 알 수 있을 것 같았다.

그녀의 품에 안긴 건 라넌큘러스 꽃다발이었다. 12월의 신부처럼 온통 새하얀 꽃잎 사이사이엔 홍조를 띤 신부의 발그레한 뺨같이 연한 핑크색의 꽃잎도 더러 섞여 있었다. 분위기 있게 보이던 기품 있던 꽃이 오늘은 수줍은 소녀처럼, 청초한 신부처럼, 화사한 여인처럼 다양하게 느껴지고 있었다.

이안은 꽃다발에서 좀처럼 눈을 떼지 못했다. 행복한 기분과 함께 뭉클한 감정이 서서히 피어오르는 것 같았다.

"와, 너무 예쁘다."

"꽃이 연 대리하고 닮았는데."

"첫눈 오는 날 이렇게 예쁜 꽃을 보내다니 누군지 완전 센스 있네요, 연 대리님."

"아, 오늘 첫눈 왔구나. 노렸네, 노렸어."

소문을 듣고 온 사원들이 어느새 이안의 주위로 몰려들었다. 모두들 한마음 한뜻으로 호들갑을 떨어 대는 통에 정작 당사자인 이안마저도 정신이 없을 정도였다.

"어? 이거 카드 아니에요?"

연희가 꽃다발 속에 꽂혀 있는 카드를 발견하곤 이안에게 서둘러 손짓했다. 이안은 발그레하게 물든 뺨으로 카드를 집어 들었다. 팀원들이 훔쳐보려는 통에 이안은 곧장 카드를 펼치지 못했다. 꽃다발을 책상에 내려놓고 저만치로 도망가 혼자 있음을 확인한 후에야 카드를 펼칠 수 있었다.

이안.

라넌큘러스예요. 꽃말은,
〈당신은 매력적입니다.〉 여전히.
-재운-

이안의 입가에 환하게 미소가 맺혔다. 아주 오래도록 기억에 남을 추억을 간직한 채 그녀는 카드에 적힌 글을 읽고 또 읽었다.

그는 알고 있을지 모르겠지만 그 또한 그녀에겐 여전히 매력적인 사람이었다.

몰래 엿보고 있던 팀원들의 얼굴에도 따뜻한 미소와 함께 부러움의 감정이 아주 오래도록 떠올랐다.

'보기 좋구나.'

그로부터 일주일 후, 두 사람은 주말을 맞아 제주도로 훌쩍 여행을 떠났다. 여름휴가 이후 두 번째로 함께 온 제주도였다.

공항에서 곧장 바다를 보러 간 두 사람은 넓게 펼쳐진 바다를 보며 누가 먼저랄 것도 없이 깊게 숨을 들이마셨다. 업무 스트레스로 인해 답답했던 속이 뻥 뚫리는 것 같은 기분이었다. 언제 봐도 예쁜 바다를 감상하며 이안은 배시시 미소를 지었다.

재운과 이안은 바다 특유의 내음을 맡으며 나란히 해변을 걸었다. 이안의 손을 감싸 쥔 채 걸음을 옮기던 재운도 스륵 입 끝을 올렸다. 자주 찾지 않던 바다였지만 어쩐지 지금은 반가운 기분이 들었다. 겨울 바다는 여름 바다와는 또 다르게 차분하고 감상적인 분위기를 풍기고 있었다. 바다의 매력에 푹 빠져들었던 두 사람은 찬바람에 으슬으슬해졌을 때에야 발길을 돌렸다.

다음으로 두 사람이 향한 곳은 게스트하우스였다. 사람이 다소 붐볐던 여름과는 달리 겨울의 게스트하우스는 대체로 한가했다. 그리하여 다소 급하게 예약을 했음에도 휴가 때 묵었던 게스트하우스의 그 2인실에 그대로 묵을 수 있었다.

게스트하우스 주인은 재운과 이안을 알아보고는 반갑게 맞아 주었다. 이안은 객실로 들어가기 전 마당에 있는 백구, 겨울에게로 향했다.

"겨울아, 안녕."

이안의 얼굴을 알아본 건지 겨울도 꼬리를 살랑살랑 흔들며 마구 친한 척을 해 댔다. 그 틈을 타 재운은 게스트하우스 주인에게 은근슬쩍 눈짓을 했다. 그 눈짓에 게스트하우스 주인도 눈빛으로 어딘가를 가리키며 재운에게 신호를 보냈다. 눈빛으로 대화를 하는 두 남자를 미처 발견하지 못한 채 이안은 겨울과 해맑게 재회의 인사를 마쳤다.

"이안아, 먼저 들어가. 금방 갈게."

마당 한편에서 작게 외치는 재운의 말에 이안은 선선히 전에 묵었던 2인실로 향했다. 문 앞에 도착하자 그녀는 별생각

없이 문을 열었다. 하지만 곧장 안으로 들어가지 못하고 잠시 멈칫했다. 방이 예전과는 다른 느낌이었다.

뭐랄까, 마치 결혼식, 그리고 신부를 연상시키는 분위기 같달까?

'뭐지? 컨셉을 잡아서 다시 꾸민 건가?'

이안의 눈동자가 아래에서 위로 천천히 굴러갔다. 어쩐지 얼떨떨한 기분에 오묘했지만 이안은 다시금 방 안으로 걸음을 옮겼다. 아무리 둘러봐도 분명 달랐다.

창가에 걸린 하늘하늘한 하얀빛의 커튼도, 동그란 탁자 위에 걸쳐진 새하얀 테이블보도, 그 위에 마련된 레드 와인과 와인 잔, 2층으로 쌓인 여린 핑크빛이 섞인 새하얀 케이크도, 그리고 진열대 위에 놓인 사진 액자들도.

유리로 만들어진 신랑과 신부 인형을 만지작거리던 이안은 무심코 눈동자에 들어온 액자 속 사진으로 인해 고개를 갸웃거렸다. 어쩐지 익숙했다. 가까이 다가가 유심히 살펴보던 이안은 눈을 동그랗게 떴다.

"어?"

액자 안에 들어 있는 건 다름 아닌 이안의 사진이었다. 주위를 둘러보던 이안은 문가에 기대어 서 있는 재운을 뒤늦게 발견하곤 그를 향해 놀란 목소리로 물었다.

"뭐예요, 이거?"

재운은 대답 대신 등 뒤로 돌리고 있던 손을 이안 앞으로 내밀었다. 옅게 미소가 스민 그의 얼굴이 유난히 매력적으로 비춰졌다. 이안의 눈이 다시금 커졌고, 살며시 벌어진 붉은 입술은 어떠한 말도 내뱉지 못하고 있었다.

커다랗게 떠진 이안의 눈동자엔 여린 핑크빛과 하얀빛으로 이루어진 라넌큘러스 꽃다발이 가득 담겼다.

"받아."

옅게 미소를 머금은 재운은 그녀를 향해 꽃다발을 가까이 내밀었다. 여전히 매력적인 미소였지만 촉촉한 눈동자는 어쩐지 긴장을 하고 있는 것처럼 느껴졌다.

"이게 다 뭐예요?"

이안이 꽃다발을 받아 들면서도 어안이 벙벙한 얼굴을 하자, 재운은 꽃 사이에 꽂힌 카드 쪽으로 살며시 눈짓했다. 심장이 마구 두근거려 길게 숨을 내뱉은 이안은 눈을 갸름하게 떠 재운을 곱게 흘겼다.

'무슨 꿍꿍이야?'

이실직고하기는커녕 재운이 그 근사한 얼굴로 그저 웃고만 있자, 이안은 작게 심호흡을 하며 조심스럽게 카드를 펼쳤다.

이안.
나와 결혼해 줘.
-당신의 재운-

다소 짧은 글이었지만 금방 이해가 되지 않는 건지 이안은 반복해서 읽으며 멍한 표정으로 느릿하게 눈을 깜박거렸다.

'이거 혹시?'

꽤나 당황했는지 울컥거리는 감정은 다소 뒤늦게 찾아왔다. 애틋한 눈빛으로 그녀를 지켜보던 재운은 품에서 작은 케이스 하나를 꺼낸 뒤, 떨리는 마음을 추스르려 깊게 심호흡을 하곤 이안에게 내밀었다.

"이건 청혼 반지. 결혼반지를 혼자 맘대로 골라 버리면 혼날 것 같아서."

그답지 않게 긴장을 한 건지 간간이 머뭇머뭇대는 재운이 귀여워 이안은 피식 웃어 버렸다. 어느새 그녀의 눈망울에 눈물이 가득 맺혀 있었다. 재운은 붉게 물든 이안의 눈가를 부드럽게 쓸어 준 후, 그녀를 새하얀 의자에 앉혔다.

"결혼해 줘."

이안의 앞에 쪼그려 앉은 재운은 귀여움으로 승부를 보려는 듯 촉촉한 눈망울을 깜박였다. 하지만 그것과는 달리 귓가로 전해진 낮은 목소리는 한없이 달콤하고 감미로웠다. 이런 날 우는 모습을 보이고 싶지 않아 이안은 눈물을 참으며 입을 앙다문 채로 고개를 끄덕였다. 하지만 울컥 치미는 감정은 쉬이 사라지지 않는지 이안은 코를 훌쩍였다.

그런 그녀가 귀여워 재운은 낮게 웃음을 흘리며 발그레하게 물든 이안의 양 뺨을 부드럽게 감싸 쥐었다. 가만히 눈을 맞추는 그녀가 너무도 사랑스러워 견디기가 힘들었다.

재운은 이내 이안의 앞에 한쪽 무릎을 꿇고 앉아 그녀의 왼쪽 손을 부드럽게 잡은 후 왼손 약지에 반지를 끼웠다. 헐렁이지도 작지도 않는 손가락에 딱 들어맞는 반지에 두 사람은 감격 혹은 희열 비슷한 감정을 느꼈다.

이안은 감격스러운 얼굴로 오래도록 제 손에서 시선을 떼지 못했다. 형언할 수 없는 감정이 끝임없이 찾아들었다. 처음 느껴 보는 벅찬 감정에 어떤 표정을 지어야 할지, 어떤 말을 해야 할지 도무지 알 수가 없었다.

그런 그녀를 배려해 준 건지 아니면 지금 꼭 하고 싶은 말인 건지 재운이 그녀를 대신해 말을 꺼냈다.

"고마워."

귓가에 닿아 오는 나지막한 음성에 꾹 참고 있던 이안은 결국 울음을 터뜨렸다. 아이같이 우는 모습에 재운은 무릎을 꿇은 채로 다가가 이안을 부드럽게 껴안았다. 옅게 미소를 머금는 그의 모습이 어느 때보다도 행복해 보였다.

감정을 추스르려 재운에게 한참을 기대어 있던 이안은 이내 눈물이 그렁그렁해진 눈망울로 재운을 마주 보았다. 이벤트를 준비하기 위해, 청혼을 하기 위해 또 얼마나 준비를 하고 고민을 하며 시간을 썼을까 생각하니 다시금 마음이 벅찼다.

"고마워요."

그의 마음 하나하나가 모두 고마웠다. 시간이 꽤 흐른 뒤에도 뭉클거리는 기분과 울컥거리는 감정은 여전히 이어졌다.

"사랑해."

이안을 토닥인 재운은 입술에 짧게 입을 맞추며 다시금 감미롭게 고백했다. 사랑스럽게 미소를 지은 이안은 그를 힘주어 껴안았다.

"사랑해요."

그렇게 재운의 청혼은 성공적으로 마무리되었다. 그 후 바비큐를 먹으며 저녁 식사를 하는 자리에서 게스트하우스 주인은 이안에게 프러포즈의 과정을 상세히 들려주었다.

재운은 꽤나 오랫동안 준비한 듯했다. 게스트하우스 주인에게 미리 전화를 해서 일정과 이벤트에 대해 양해를 구했고, 장소의 사이즈를 물은 후 그에 맞게 커튼과 테이블, 액자, 장식품들을 손수 골라 미리 게스트하우스로 보내 놨다고 했다. 그 과정에 이재가 있었고, 또 제주가 있었다. 제주에겐 휴가에 도움을 받은 적이 있었기에 고마운 마음이 드는 것과 동시에 어느 정도 수긍이 갔지만 이재까지 포함되어 있었다니, 이안은 꽤나 놀란 얼굴을 했다.

재운의 이벤트에 감동한 건 이안뿐만이 아니었다. 재운의 대단한 정성과 수고를 칭찬하며 게스트하우스 주인은 그에게 물었다.

"왜 여기에서 청혼할 생각을 했어요? 더 근사한 곳 많았을 텐데."

게스트하우스 주인은 정말 궁금하다는 듯한 얼굴을 했다. 재운은 망설임 없이 곧장 대답했다.

"사실 고민하지 않은 건 아닌데 이곳이 나중에 떠올렸을 때 두고두고 기억에 남을 것 같았어요. 즐겁고 좋은 기억이 많은 곳이기도 하고. 이안이가 좋아해 줄 것 같기도 했고."

"음, 난 좋아요."

이안은 맥주를 홀짝홀짝 마시다 재운의 말에 동조한다며 번쩍 손을 들었다. 게스트하우스 주인은 어쩐지 씁쓸한 듯 애처롭게 미소를 지었다.

"고마운 일이네요."

전에 느꼈던 것과 같이 게스트하우스 주인에게서 어떤 사연이 느껴져 재운은 어깨에 기댄 이안을 챙기며 그에게 시선을 주었다. 와인과 맥주 몇 캔에 취한 건지 이안은 재운에게 온전히 기댄 채 눈을 감고 새근새근 숨소리를 냈다. 이안이 귀여워 미소를 숨기지 못한 재운은 흘러내린 담요를 꼼꼼하게 덮어주며 그녀가 불편하지 않게끔 자세를 고쳤다.

생각에 잠긴 듯 멍하게 있던 게스트하우스 주인이 시선을 느끼곤 재운을 돌아보았다. 사려 깊은 재운의 눈빛에 게스트하우스 주인은 마음을 먹은 듯 쉽사리 꺼내 놓지 못했던 말을 털어놓았다.

"사실은 우리 게스트하우스에 오는 커플마다 싸우거나 헤어지고 돌아갔어요. 아니면 아예 싸운 커플이 오든가. 이상하게 이미 결혼한 부부는 안 그러는데 커플은 무조건 싸우고 가더라구요. 게스트하우스에 놀러 왔다가 연 맺게 된 지인들한테 들러 들러 전해진 말에 의하면 다 헤어졌다고. 마음이 너무 안 좋아져서 커플을 안 받아 볼까 고민도 했는데, 장사하는 사람인데 그게 돼야지. 서비스 안 좋다는 소문만 돌고. 여기 터에 결혼 못 해 보고 죽은 귀신이 붙은 건지 남들은 웃기다 생각할지 몰라도, 말도 마요. 마음고생이 엄청 심했어요."

게스트하우스 주인은 깊게 한숨을 내쉬다 재운을 마주 보곤 진지하게 이야기를 이어 갔다. 그러고 보니 게스트하우스 주인은 눈빛뿐만이 아니라 계속해서 이어져 온 근심 때문인지 표정까지도 어두운 것같이 느껴졌다. 재운은 저도 모르게 집중하며 그의 이야기를 경청했다.

"근데 거기 커플은 너무 예쁜 거야. 저러다가 다른 커플처럼 또 싸우는 건 아닌가 싶었는데 가는 날까지도 안 싸웠잖아요. 오히려 너무 예뻐서 내가 카메라까지 들이대고. 전에 잠깐 사진도 했던 사람이라 나름 프라이드가 있어서 아무나 안 찍어 주거든요. 근데 참 찍고 싶더라구요. 너무 보기 좋아서. 그 후에 재운 씨한테 프러포즈할 건데 가능하냐고 연락 왔을 땐 어찌나 반갑던지. 이거저거 전혀 안 따지고 내가 바로 콜했잖아요. 진짜 오는 커플마다 족족 헤어지니까 심리적으로 나까지 영향을 받은 건지 결혼하려고 생각한 사람들하고는 다 파투가 났어요. 이걸 접든지 결혼을 포기하든지 결정을 해야겠다고 진짜 진지하게 생각하고 있었는데. 그쪽 커플이 그거 깨 준 거예요. 너무 고마워요."

게스트하우스 주인은 재운의 손을 두 손으로 꽈악 잡으며 고마움을 표했다. 반짝거리는 눈동자에서 진심이 느껴졌다. 알게 모르게 쌓인 스트레스 때문에 많이 힘겨웠던 모양이다. 저도 모르게 빠져들어 멍하게 이야기를 듣던 재운은 한숨과 비슷한 웃음을 짧게 터뜨렸다.

"아, 죄송해요. 그런 이유일 거라고는 생각도 못 해서."

"괜찮아요. 다들 그런 반응이에요. 어떻게 그럴 수가 있냐고, 우연일 거라고 믿지도 않는데 환장하겠더라니까."

재운은 생각을 하는 듯 시선을 내리다 짐짓 심각하게 대꾸했다.

"그럼 우리 커플도 싸우는 거 아닐까요?"

게스트하우스 주인은 그럴 일은 없다는 듯 단호하게 손을 저었다.

"그건 아니에요. 내가 분석을 해 본 결과 다들 첫날에 싸우더라고. 그리고 결혼한 부부들은 더 애정이 충만해졌다는 소식이 들려왔어요. 우리 게스트하우스에만 오면 애정이 깊어진다고 아예 1년마다 한 번씩 들르는 부부도 있어요. 따져 보니 첫날에만 안 싸우면 상관이 없는 거지. 혹여 그 이튿날에 싸우려나 했던 그쪽 커플은 그 예상 깨고 더 화기애애해져서 떠났으니까."

"신기하네요."

"그러게나 말이에요. 인연이 아닌 커플들이 왔다가 헤어지는 건지 아니면 인연이더라도 여기에만 오면 그 빨간 실이라는 게 풀려 버리는 건지."

곰곰이 생각하는 것 같던 재운은 허망하게 중얼거리는 게스트하우스 주인에게 자신 있게 말했다.

"걱정 마세요. 진짜 인연이면 안 헤어질 거예요. 저희가 진짜 인연이거든요."

게스트하우스 주인의 눈이 휘둥그레졌다.

"그래요?"

"네. 믿으셔도 돼요."

재운은 굳게 고개를 끄덕였다. 그것만큼은 아주 자신 있었다. 이안과 자신이 인연이 아닐 리가 없었다. 다소 혼란스러워 보이던 게스트하우스 주인은 재운의 분명한 답변에 마음이 놓이는지 그제야 입가를 올렸다.

"두 사람 결혼식 사진 꼭 보내 주세요. 기념으로 게스트하우스에 걸어 놓을 테니까. 결혼 골인 1호 부부."

게스트하우스 주인의 농담 같은 진담에 재운은 웃음을 터뜨리며 그러겠노라고 대답했다. 모닥불이 곁에 있는 제주도의 겨울밤은 무척이나 포근했다.

?

 그로부터 세 달 후, 이안은 두 손을 가지런히 모은 채 계속해서 심호흡을 해 댔다. 청심환까지 먹었건만 쿵쾅대는 심장은 쉬이 진정이 되질 않고 있었다.

 오늘은 그와 그녀가 결혼식을 올리는 날이었다. 그와 함께한 지 어느새 1년 정도가 지나 있었다. 돌이켜보니 봄, 여름, 가을, 겨울 사계절을 그와 함께 보내며 수많은 추억을 쌓았다.

 준비 기간 내내 재운과 세심하게 골랐던 새하얀 웨딩드레스는 마치 그녀의 것인 양 이안과 너무나도 잘 어울렸다.

 "신부님, 부케는 아직인가요?"

 웨딩촬영을 하던 기사가 여전히 심호흡을 하고 있는 이안에게 물었다. 드레스, 화장, 헤어스타일까지 모든 준비가 끝났건만 아직 부케가 도착하지 않아 신부 대기실에서의 사진을 제대로 찍지 못하고 있었다.

 "곧 도착할 거예요."

 이안은 흘끔 고개를 돌려 테이블에 놓아둔 휴대폰을 확인했다. 부케는 신랑의 누나가 직접 꽃집을 운영하는 만큼 재운의 누나인 지수가 준비하기로 되어 있었다.

 '차가 막히는 건가?'

 이안은 걱정스러운 얼굴을 하다가 곧 고개를 저었다. 이제껏 순조롭게 진행되어 왔으니 오늘 또한 마찬가지일 것이다.

다행히도 더 늦지 않게 지수가 도착했고, 그녀는 서둘러 신부 대기실로 향했다.

"미안해요. 내가 좀 늦었죠?"

막 신부 대기실로 들어선 지수가 인사를 하다가 새하얀 소파에 앉아 있는 이안을 발견하곤 엄지손가락을 척 치켜들었다.

"신부 너무 예쁘다."

지수는 화사하고 아름다운 이안의 모습에 감동 어린 눈빛을 했다.

"고마워요, 언니. 아니, 형님."

"언니라고 불러도 된다니까."

이안에게 다가간 지수가 소중히 안고 있던 상자를 바닥에 살며시 내려놓았다. 이내 상자 뚜껑이 열렸고, 지수는 상자 속에서 부케를 조심스러운 손길로 꺼내 들었다. 숨을 죽이고 지켜보는 이안의 눈이 초롱초롱하게 빛났다.

"와아, 진짜 예뻐요. 제가 본 부케 중에 제일 예쁜데요."

연방 감탄사를 뱉어 내는 이안의 뺨이 상기되어 있었다. 흡족해하는 이안의 반응에 지수는 흐뭇한 표정을 지었다.

"그래? 보람이 있겠네. 그거 재운이가 직접 만든 거야."

"재운 씨가요? 진짜요?"

이안을 비롯한 신부 대기실에 있던 사람들 모두가 놀라는 눈치였다.

"말도 마. 세상에 신부 부케 만들어 주는 신랑이 어디 있냐고 그렇게 타박해도 자기가 직접 만들고 싶다면서 어찌나 고집을 부리던지. 이른 아침에 와서 몇 시간 동안이나 만들고 바로 미용실로 간 거야."

이안은 못 말리겠다는 듯 피식 웃음을 터뜨렸다. 대체 언제까지 감동을 줄 작정인지. 그의 마음이 느껴져 너무도 행복했다.

부모님의 곁에 서서 자리를 지키던 이재는 한층 높이 있는 신부 대기실에 잠시 들렀다가 지수가 하는 이야기를 모두 듣곤 고개를 절레절레 흔들었다.

"졌다, 졌어."

하지만 그리 말하는 이재의 입가엔 옅게 미소가 스며 있었다. 전에 느꼈던 것과 같이 든든하면서도 안심이 되었다.

대기하고 준비하는 시간은 모두 끝이 났고, 이젠 하이라이트인 결혼식만을 남겨 두고 있었다.

"자, 이제 눈부시게 아름다운 신부를 맞이하겠습니다. 우아한 자태로 입장하는 아름다운 신부에게 축하의 박수 보내 주시기 바랍니다. 신부 입장!"

사회자의 외침과 동시에 이안은 부케를 쥔 손으로 드레스를 잡으며 조심스럽게 발을 내디뎠다. 재운은 설렘을 안은 채로 그녀가 곁에 서기만을 기다렸고, 이안은 서서히 가까워지는 그에게로 한 발자국씩 조심스레 향했다. 그가 건네준 라넌큘러스 부케를 든 채로.

 서로를 눈에 담는 두 사람의 얼굴에 이내 환하게 미소가 담겼다. 라넌큘러스의 하얀 꽃잎 한 장이 나풀거리며 마치 속삭이듯 신부 주위를 맴돌다 바닥으로 살며시 내려앉았다. 살포시 내려앉은 꽃잎들이 두 사람의 앞날을 축복해 주듯 하얗게 빛을 발하고 있었다.

 '당신은 매력적입니다, 영원히.'

 반짝거림이 가득한 순간이 이제 막 시작되고 있었다.

에필로그

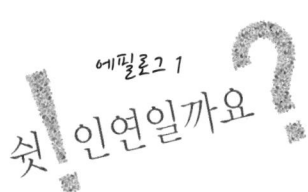

에필로그 1
쉿! 인연일까요?

 이안은 손목에 찬 시계를 들여다보다 더욱 속도를 내어 뛰기 시작했다. 하필 이런 날 업무가 밀리다니. 헉헉거리던 이안은 입술을 꽉 문 채 죽을힘을 다해 달렸다.
 가쁜 숨을 몰아쉬며 안으로 입장한 그녀는 저 안쪽에서 손짓하는 재운을 발견하곤 사람들에게 양해를 구하며 서둘러 그의 곁으로 다가갔다.
 "시작했어요?"
 "아직."
 오늘은 재운과 이안의 아이, 지윤의 발표회가 있는 날이었다. 거창하게 마련된 자리는 아니지만 아이가 어떻게 수업을 받는지, 참여도는 높은지 간단하게 확인하고 지켜보는 날이었다.

"주제가 뭐였지?"

이안은 자기 차례를 기다리고 있는 작은 뒤통수에 빤히 눈길을 주며 궁금한 듯 재운에게 물었다.

"안 알려 주던데."

그건 재운 역시도 마찬가지인 듯 작은 뒤통수를 뚫어져라 바라보다 이안에게 눈길을 주었다. 어찌나 급하게 달려온 건지 이안의 이마와 콧등이 땀범벅이었다. 안쓰러운 눈길로 바라보던 재운은 바지 뒷주머니에서 손수건을 꺼내 이안의 얼굴을 꼼꼼하게 닦아 주었다. 이안은 헤죽 웃으며 재운에게 얼굴을 맡겼다. 그 예쁜 모습에 시선을 주는 학부모들의 얼굴에도 절로 미소가 스몄다.

"고마워요."

"별말씀을."

얼마 있지 않아 지윤의 발표 차례가 돌아왔고, 지윤은 교탁 앞으로 씩씩하게 이동했다. 누군가를 찾는 듯 두리번거리던 지윤은 재운과 이안이 뒤쪽에서 손을 흔드는 걸 발견하곤 앞니가 보이도록 환하게 미소를 머금었다.

"1학년 3반, 22번 서지윤. 주제, 우리 집 자랑."

지윤은 종이에 적은 커다란 글씨를 또박또박 읽어 내려갔다. 며칠 내내 지윤이 고심하고 고민하며 힘겹게 써 내려간 걸 알기에 재운과 이안은 호기심 짙은 눈망울로 잔뜩 집중하며 귀를 기울였다.

"아빠는 집안일을 참 잘합니다. 밥하기, 청소, 설거지, 빨래, 쓰레기 버리기, 뭐든지 잘합니다. 그래서 엄마한테 칭찬을 많이 듣습니다. 아빠가 자랑스럽고 엄마가 사랑스럽습니다."

발표를 듣는 학부형들 사이에서 웃음소리가 터져 나오자 재운과 이안은 애매하게 입꼬리를 올렸다. 하지만 상기된 통통한 볼을 오물오물 움직이며 씩씩하게 발표를 하는 지윤의 귀여운 모습에 다시금 환하게 미소를 지었다. 재운과 이안은 다정하게 손을 잡은 채로 지윤의 발표를 들었다.

"우리 집에는 로미오와 줄리엣이 있습니다. 레오나르도도 있습니다. 로미오는 줄리엣을 따라다니고 줄리엣은 아빠를 따라다닙니다. 엄마는 로미오를 따라다닙니다. 아빠는 엄마를 따라다닙니다. 레오나르도는 다 따라다닙니다. 조금 이상합니다. 하지만 보고 있으면 참 재밌습니다."

로미오와 줄리엣이 고양이라는 걸, 그리고 레오나르도, 일명 레오가 사모예드라는 걸 모르는 사람들은 의아한 얼굴로 웅성웅성거렸고, 재운과 이안은 못 말리겠다는 듯 웃음을 터뜨렸다.

그렇게 발표회가 끝이 났고, 지윤은 교실 앞에서 기다리고 있던 재운, 이안과 함께 학교를 나섰다. 책가방을 멘 지윤은 재운과 이안의 손을 잡고 교문을 지나치다 고개를 들어 그들을 번갈아 바라보았다.

"나 오늘 발표 어땠어?"

궁금한 듯 반짝거리는 눈망울로 묻는 지윤이 몹시 귀여웠다.

"최고야."

"멋있었어."

두 사람의 아낌없는 칭찬에 지윤의 입가가 활짝 올라갔다. 외모는 엄마 판박인 데 반해 웃는 모습은 재운을 꼭 닮았기에 재운과 이안은 서로 흡족해했다. 이안은 지윤을 사랑스럽게 내려다보다 재운을 바라보았다. 재운은 옅게 미소 띤 얼굴로 이미 이안을 보고 있던 중이었다. 두 사람은 다정하게 눈을 마주쳤다.

한편, 학교 앞을 지나치던 지윤은 씩씩하게 걷던 아까와는 다르게 곁눈질을 하느라 속도를 내지 못하고 있었다. 딸 바보답게 지윤이 시선이 팔린 곳을 금세 눈치챈 재운이 다정하게 물었다.

"지윤아, 뭐 먹을까?"

"솜사탕이요! 하늘도 맑고 솜사탕 먹기에 좋은 날씨예요."

곧장 손가락을 내민 지윤은 가게에서 판매하는 솜사탕을 척 가리키며 당차게 대꾸했다.

"솜사탕은 너무 단데. 솜사탕 먹고 집에 가서 바로 양치질할 거야?"

"네! 약속할게요."

지윤은 노래를 부르듯 맑은 목소리로 외쳤다. 해맑은 모습에 재운과 이안의 얼굴엔 햇살 같은 미소가 내려앉았다.

재운이 주섬주섬 지갑을 꺼내는 사이, 어느새 가까이 다가온 이안이 그에게 귓속말을 했다. 하던 일을 멈추고 귀 기울여 듣던 재운이 피식 웃음을 터뜨렸다.

"나도 솜사탕이요."

이안은 침까지 꿀꺽 삼켰다.

'못 살아.'

솜사탕을 두 개 구매한 재운은 지윤과 이안에게 각각 한 개씩을 내밀었다.

"조심히, 맛있게 먹으세요."

"네!"

"네!"

이중 합창 같은 맑은 외침에 재운은 크게 웃음을 터뜨렸다. 사랑스러운 나날들이 이어지고 있었다.

"이거 꼭 레오 닮았다. 가서 레오한테 얘기해 줘야지."

지윤은 몽글몽글한 하얀 솜사탕을 보며 마찬가지로 하얀 털을 가지고 있는 사모예드인 레오를 떠올린 듯했다.

"그러고 보니 닮았네."

가만히 솜사탕을 바라보던 이안은 미소가 스민 목소리로 중얼거렸다. 레오는 북극곰처럼 하얀 털을 갖고 있었고, 털 양 또한 만만치 않았다. 엎드려 있는 뒷모습만 본다면 이 솜사탕과 아주 비슷한 모양새일 것 같았다.

 지윤의 입과 뺨에 붙은 솜사탕을 다정하게 떼어 주는 재운을 발견한 이안은 그의 입 속에 솜사탕을 살며시 넣어 주었다. 세 사람의 입 속에서 달콤함이 사르르 녹아 가고 있었다. 지윤의 말대로 하늘은 맑고 솜사탕을 먹기에 좋은 날씨였다.

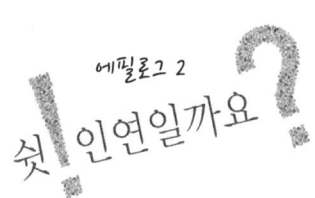

에필로그 2
쉿! 인연일까요?

"조금 더 고민해 볼게요."

재운은 고양이의 턱을 부드럽게 쓰다듬으며 생각이 많은 얼굴로 말했다. 그러던 중 고양이 턱에 작게 하트 무늬가 있는 걸 발견하곤 옅게 미소를 지었다.

'하트네.'

"웬만하면 빨리 결정하세요. 예쁘고 건강한 아이라 아마 빨리 분양될 거예요."

"네, 알겠습니다."

아쉬운 손길로 고양이를 놓아준 재운은 가게를 나서려다 쉽사리 발길이 떨어지지 않는지 생각이 많은 얼굴로 다시금 고양이를 돌아보았다. 분양숍에 있는 노르웨이숲 품종의 고양이가 무척이나 마음에 들었지만 재운이 생각해 왔던 건 암컷 고양이었다.

예상과는 어긋났기에 재운은 직원에게 조금 더 고민해 보겠다는 말을 남기고 가게를 나섰다.

그로부터 며칠 후, 마침내 결정을 한 재운은 가벼운 마음으로 분양숍으로 향했다. 하지만 안타깝게도 그의 마음에 들었던 고양이는 분양숍에 더 이상 있지 않았다.

"어쩌죠? 분양됐어요. 바로 어제 분양됐는데, 조금만 빨리 오시지."

직원은 안타까운 얼굴을 하며 미안한 듯 말했다. 문득 며칠 전 제주가 했던 말이 떠올라 재운은 심란한 얼굴로 목을 긁적였다.

'너무 고민만 하면 어떻게 되는 줄 알아? 뺏긴다.'

재운은 작게 한숨을 쉬며 애써 미소를 지었다.
"어쩔 수 없죠. 더 좋은 곳으로 갔겠죠."
"예쁜 아이들 많은데 더 보시고 가세요. 안타깝네요. 마음먹고 분양하러 오신 건데."
"그럴게요."
가게를 나서려던 재운은 아쉬움이 짙게 남는지 고개를 끄덕였다.

하지만 재운은 각자 놀고 있는 고양이들 중에서 한 마리를 정하지 못하고 그저 멀찍이서 지켜만 보았다. 그러던 중, 고양이 한 마리가 그의 눈에 띄었다. 유독 활발하고 말이 많은 아이였다. 전에 봤던 노르웨이숲 품종의 고양이와 비슷하게 하얀 털과 연한 회색 털이 섞인 고양이었다. 재운은 몰랐겠지만 그 고양이는 며칠 전 그가 쓰다듬었던 고양이와 털을 핥아 주고 장난도 치며 친하게 지냈었다.

"저 고양이는 터키쉬앙고라인가요?"

"네, 맞아요. 아! 저 아이는 암컷이에요. 암컷 찾으셨잖아요."

"그래요?"

재운은 멀찍이 시선을 주던 아까와는 다르게 한 고양이에게 길게 눈길을 주었다. 시선을 눈치챈 건지 홱 고개를 돌려 재운을 바라보던 고양이가 별안간 그에게로 다가왔다. 그러곤 그의 다리에 턱 하니 앞발을 걸쳤다. 꽤나 도도한 표정으로. 거침없는 고양이의 행동을 예상치 못한 건지 재운은 잠시 멍하게 서 있었다.

이윽고 빤히 올려다보는 도도하면서도 당찬 고양이의 시선에 재운은 피식 웃음을 터뜨렸다. 어쩐지 선택을 한 게 아니라 선택을 받은 듯한 기분이었다.

'선택까지 받았는데 안 데리고 가면 또 후회하려나?'

재운은 쪼그려 앉아 고양이의 머리를 부드럽게 쓰다듬었다.

고양이는 기분이 좋은지 웃는 듯한 얼굴로 고르릉거리는 소리를 내기 시작했다. 도도한 외모와는 다르게 무척이나 애교가 많은 고양이 같았다.
"어머! 골골송 부르는 것 좀 봐. 꼭 데려가셔야겠는데요."
"그러게요."
그렇게 줄리는 재운의 반려묘가 되었다.

한편 그 당시, 미오의 털을 빗기던 이안은 턱에 있는 무늬를 발견하곤 한참을 들여다보았다. 미오는 갸르릉대느라 눈치를 못 챈 모양이지만 이안은 신기한 듯 고개를 내밀어 미오의 털을 자세히도 관찰하고 있었다.
"응? 이거 하트 무늬인가? 로미오, 너 하트를 이런 데에 숨기고 있었구나. 왠지 로미오답네. 빨리 줄리엣 찾아야겠네, 너."
그리고 그로부터 1년 후 어느 날, 로미오와 줄리엣은 재회하게 된다.

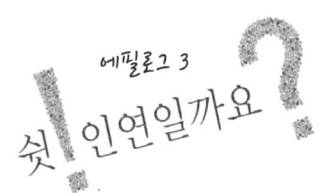

에필로그 3
쉿! 인연일까요?

　제주도의 한 게스트하우스.
　객실은 예약을 했던 사람들로 가득 찼고, 그 손님들 대다수가 커플이었다. 손님들은 화기애애한 분위기 속에서 바비큐를 먹고 또 대화를 나누며 제주도에서의 추억을 더욱 행복하게 쌓아 갔다.
　혼자 혹은 동성끼리 온 손님들 중에선 게스트하우스에서 연을 맺어 연인이 되는 경우도 더러 있었다. 그리고 그 연인은 제주도를 떠나 더 돈독해지고 애정이 깊어져 대다수가 결혼에 골인을 하곤 했다.
　본래 입소문이 가장 강력한 법이었다.
　게스트하우스를 방문했던 손님들이 그 후 블로그에 후기를 남겨 그 글이 인터넷으로 그리고 소문으로 퍼져 제주도에 '큐피트 게스트하우스'가 있다는 말이 퍼졌고, 커플은 물론이고 커플이 되고 싶은 사람들까지 사계절 상관없이 예약을 하는 통에 게스트하우스는 늘 손님들로 붐볐다.

쉴 틈 없이 움직이고 있는데도 피곤하지가 않은지 환하게 웃음 짓고 있는 게스트하우스 주인의 미소가 유난히도 밝았다.

앞마당에서 낮잠을 자고 있던 백구는 내리쬐는 햇살에 눈이 부신지 총총 걸음을 옮겨 금빛 화살이 매달려 있는 자신의 집으로 쏘옥 들어갔다. 지붕 위엔 '큐피트 겨울'이라는 이름표까지 붙어 있었다.

그리고 게스트하우스의 거실 한 면에 장난스러우면서도 환하게 미소 짓고 있는 결혼식장의 신랑, 신부의 사진이 떡하니 걸려 있었다. 그 사진 아래에는 '1호 부부'라고 친절히 설명까지 적혀 있었다.

"사장님, 저희 얼음 좀 주세요."

"네, 잠시만 기다리세요."

얼음을 찾기 위해 게스트하우스 안으로 들어온 사장은 거실 한 면에 걸려 있는 액자가 시선에 박히자, 그 앞으로 다가갔다. 쨍하게 내리쬐는 햇빛에 반사되어 그런지 사진이 유난히도 반짝거려 보였다.

"고마워요, 큐피트 커플."

게스트하우스 사장은 사진 속에서 환하게 미소를 머금고 있는 재운과 이안에게 나지막하게 말을 걸었다. 사진을 볼 때마다 절로 행복해지는 기분이었다.

재운은 약속대로 게스트하우스 주인을 위해 결혼식 날 유독 유쾌하게 찍은 특별한 사진을 보냈고, 게스트하우스 주인은 동아줄이라도 잡는 심정으로 그 사진을 액자에 넣어 거실 벽면 중앙에 떡하니 걸어 두었다.

그 이후로 신기한 일이 벌어졌다. 게스트하우스에서 연을 맺어 연인이 된 커플 하나가 블로그에 글을 올렸고, 댓글에 자신도 그 게스트하우스에서 커플이 되어 이제 결혼식을 하거나 결혼을 염두에 두고 있다는 글들이 수두룩하게 올라왔다. 게스트하우스 사장이 얼떨떨해하고 있는 사이, '큐피트 게스트하우스'라는 소문이 돌았고, 아직까지도 그 소문은 이어지고 있었다.

'걱정 마세요. 저희가 진짜 인연이거든요. 믿으셔도 돼요.'

게스트하우스 사장은 그날 밤, 자신 있게 말하던 재운을 떠올렸다. 신기하게도 그 이후로는 더 이상 싸우는 커플도 생겨나지 않았다.

'그 두 사람 혹시 결혼의 신이었던 건가?'

아직까지도 이 신기한 일이 두 사람의 영향인 건지 아니면 그저 우연이었던 건지는 알 수가 없었다. 머리 아프게 생각하는 대신 그저 좋은 사람들과 연을 맺어 운이 좋았다고 생각하며 게스트하우스 사장은 앞으로 더 행복해질 손님들을 위해 활기차게 기합을 넣었다.
'큐피트 부부, 만세!'

마침

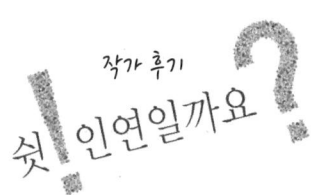

작가 후기
쉿! 인연일까요?

 1년 만이에요. 올해 역시도 좋아하는 계절에 출간을 하게 됐어요. 하지만 내년엔 좀 더 일찍 찾아뵐 수 있도록 노력할게요.

 마야마루 출판사 대표님과 우리 담당자님인 노민희 과장님, 그리고 로맨스팀 손도영 차장님과 배선희 주임님을 비롯한 관계자분들께 감사드려요. 과장님과는 벌써 네 번째 작업이네요. 늘 세세하게 신경 써 주셔서 감사드려요.

 즐겁게 연재할 수 있도록 도움 주신 로망띠끄 이성희 대표님과 독자님들께도 감사 인사 드려요.

 여전히 사랑 듬뿍 주시는 아빠, 엄마 너무너무 감사하고 사랑해요. 건강하세요.

늘 챙겨 주시는 아버님, 어머님께도 감사 인사 드려요. 자주 찾아뵙지 못해 죄송해요. 건강하세요.

늘 곁에 있는 우리 신랑, 유성 오빠 언제나 내 편 돼 주고 항상 웃게 해 줘서 너무 고마워. 사랑해.

이제 행복한 일만 남은 내 동생, 희형이 조금 더 힘내길! 재연 씨도 고마워요.

사랑하는 친구들, 유리, 순주, 진아, 그리고 현명한 혜련 씨, 늘 고마워.

꽃샘 요새 자주 찾아가지 못해서 죄송해요. 늘 활기차고 즐거운 분위기로 맞아 주셔서 감사합니다. 역시 힐링 꽃집!

잊지 않고 먼저 챙겨 주고 배려해 주는 든든한 우리 언니들, 희정 언니, 희진 언니, 희영 언니, 희은 언니, 그리고 지영 언니, 미나 언니, 성미도 너무 고마워.

이 글을 읽고 계시는 독자님들께도 감사드리며 찬란하고 행복한 일들이 가득하시길 기원할게요.

더 좋은 글로 찾아뵐 수 있도록 노력하겠습니다.

늘 감사해요.

2017년 10월
양희윤 드림